우키카와 사토미

히야마 메구루

히메노 미노리

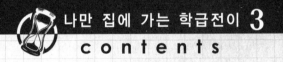

나만 집에 가는 학급전이 3

c o n t e n t s

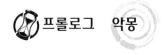 프롤로그 악몽

"으…… 끄…… 끄으으으으……."

나는 밤중에 신음하는 하기사와, 쿠마코와 같이 잠들었던 미노리 씨를 간호하고 있었다.

"가우……."

"냐아……."

때때로 두 사람은 밤중에 아무리 흔들어 깨워도 깨지 않은 채, 고통스러운 신음만 흘릴 때가 있다.

처음 그 사실을 알아챈 건 한 달쯤 전이었다.

요리후지나 다른 아이들도 그렇게 고통스러운 잠꼬대…… 악몽을 꾸는 것처럼 보이는 때가 있다고 한다.

처음에는 2주 간격으로 몇 분씩 증상이 나타나곤 했지만, 최근에는 증상이 나타나는 간격이 사흘에 한 번쯤으로 줄고, 세 시간씩 지속되기도 했다. 몸에 이상이라도 있는가 싶어서 국가의 교회, 치료계 능력자의 진단도 받아 봤지만, 원인은 알 수 없었다.

당사자들은 전혀 자각하지 못하고 있었다.

처음에는 하기사와나 미노리에게도 증상이 거의 나타나지 않았었는데…….

"냐, 냐아아아아……."

신음하는 하기사와가 걱정되는지, 미케가 그 옆에 누워서 안아 주고 있었다.

주인을 아끼는 녀석이군.

"가우~."

그 점은 쿠마코도 마찬가지여서, 미노리 씨가 좋아하는 곰 모습으로 변해, 잠든 미노리 씨를 할짝할짝 핥아서 격려해 주려 애쓰고 있었다.

나는 하기사와의 얼굴에 난 땀을 닦아 주었다.

도대체 어떤 악몽이기에 이렇게 모든 친구를 괴롭히는 거지?

우리 반 아이들도 이 증상에 대해 여러모로 원인을 추측하려 해 봤지만, 원인은 찾을 수 없었다.

나도 비슷한 악몽을 꿀 때가 있다는 모양인데, 대체 뭘까?

"유키나리 군."

다른 아이들의 상태를 살펴보고 있던 메구루 씨가 우리의 상황을 살피러 『전송』을 통해 나타났다.

"흐음……."

살레아도 반 아이들의 상황을 보며 미간을 찌푸리고 있었다.

평소에는 같이 장난을 치곤 하던 하기사와가 이 모양이니, 살레아도 장난 칠 여유는 없겠지.

"괴로워하는 모습이 유키나리와는 다르단 말이지……."

쿠마코의 얘기에 따르면 나와 다른 아이들의 증상은 서로 달라 보인다고 한다.

하긴…… 내가 신음할 때는 대개 그 하얀 꿈을 꿀 때였고, 다른 사람이 깨우면 금방 눈을 뜨곤 했다. 하지만 하기사와나 다른 아이들은 일단 한번 증상이 나타나기 시작하면 아무리 깨워도 일어날 기색을 보이지 않는다.

어떤 꿈을 꾼 건지 기억도 안 난다는 모양이었다.

이 차이는 뭘까?

대체…… 무슨 일이 일어나고 있는 거지?

"무슨 일인가가 벌어지고 있는 걸까……?"

메구루 씨가 중얼거린 말에, 나도 동의할 수밖에 없었다.

"해결 방법이 있으면 좋을 텐데……."

해답은 나오지 않았다. 그런 밤이 덧없이 늘어났다.

빨리…… 모두를 이 부조리한 이세계에서 원래 세계로 돌려보내 주고 싶었다.

나 혼자 돌아간다 해도…… 좋을 건 하나도 없단 말이다.

이윽고 하기사와와 미노리 씨의 잠꼬대가 서서히 잦아들고, 우리도 잠자리에 들었다…….

며칠 후.

반 아이들에게 부탁받은 것을 구입하고, 『전이』를 통해 물건을 멀리로 배달하는 등, 나는 비교적 바쁘게 여러 가지 일들을 맡아 하고 있었다.

요리후지와 다른 아이들도 만약에 대비해서 레벨업에 힘쓰고 있었다.

"이봐……."

내게 부탁했던 신간 만화를 받으러 하기사와의 공방으로 찾아온 요리후지가…… 어떤 존재에게 시선을 돌리며 말했다.

나도 그 시선이 가는 곳의 변화를 잘 이해하고 있었고, 오히려 모르는 사람이 더 적을 정도였다.

매일 보면 눈치채지 못할지도 모르지만.

"무슨 소린지 알아. 저거 말이지?"

나도 슬쩍 그것을 가리키며 요리후지의 의견에 찬동했다.

"개체 차이라고 해야 할까?"

"글쎄다. 어쨌든 저만큼 되는 건 희귀하지 않을까 싶구나."

메구루 씨와 살레아도 그쪽으로 눈길을 향하고 있었다.

"그러고 보면 쿠마코도 곰일 때의 모습이 점점 변하고 있단 말이지."

"그건 나도 알아."

쿠마코 녀석, 요즘에는 인간화 상태로 있을 때가 많지만, 곰일 때의 모습이 점점 더 단순해지는 건지 처음 만났을 때와는 모습이 전혀 달라졌다. 지금은 말 그대로 동물 캐릭터 같은 형태로 변해 있었다.

유니크 웨폰 몬스터의 특징 같은 것이리라.

아무리 그래도 이렇게까지 변화하다니, 마물의 생태란 여러모로 신기하단 말이지.

"미케, 재료 준비해."

"냐~."

채집에서 돌아온 하기사와가 미케가 짊어지고 온 바구니에서 재료를 꺼내도록 지시하고 있었다.

그 점은 딱히 이상할 것 없다. 평소부터 하기사와와 함께 외출을 하거나 채집 작업을 하곤 했으니까.

문제는 그게 아니다.

"아, 안녕, 미케 군, 하기사와 군."

"아, 미노리 씨. 오늘도 쿠마코 줄 밥을 가져온 거야?"

"응."

"냐~!"

미케가 팔을 들어 포즈를 취하자, 미노리가 장난치듯 그 팔에 매달렸다.

"아하하~ 미케 군 힘 무지 세졌다~!"

"가우~ 미노리 왔다~."

미노리 씨의 목소리를 듣고 쿠마코가 다가왔다.

"……."

문제는, 모두의 암묵적인 양해 사항에 대한 것이다.

그렇다. 미노리 씨가 매달릴 만큼 커다란 미케의 체격…….

요즘 들어서는 반 여자애들도 미케에 관해 이런저런 생각들이 늘어나는 것 같았다.

뭐, 미케의 성격상 모두에게 사랑받는 건 변함없겠지만.

다만, 좀 걸리기는 한다.

쿠마코가 둥글둥글함과 귀여움을 강조하는 식으로 변화하고 있는 것과 마찬가지로, 미케는…… 짧은 기간에, 하기사와를 돕는 데 적합하도록 대폭적인 변화를 이루었다.

까놓고 말해 다들 '진화'라고 수군댈 정도의 수준이었다.

인간은 매일 조금씩 변화하는 것에 대해서는 알아채기 힘들다고 한다.

처음에는 나도 알아채지 못했었고 하니, 이런 상황을 보면 그런 점을 새삼 실감하게 되었다.

단도직입적으로 얘기하자.

미케가⋯⋯ 크게 성장했다.

이건 비유적 표현이 아니라, 물리적으로 성장했다는 것이다.

신장은 곰 형태 쿠마코와 별반 다르지 않을 정도고, 몸 둘레도 비슷한 정도였다.

람레스 씨를 비롯한 게이머 기사들이 대형 동반자 고양이라고 부르고 있다는 건 함구해 두자.

주위 사람들 얘기에 따르면, 이렇게까지 커지는 건 비록 드문 일이기는 해도 전혀 없는 일은 아니라고 했다.

살레아도 아까 그렇게 얘기했었다.

전문가의 말로는 미케가 하기사와의 일을 도우면서 짐꾼 노릇을 하는 동안에 스스로 더 큰 체격을 원하게 된 결과, 또 하나의 성장기에 접어들어 이렇게 커진 것이라고 했다.

하기사와에게 얘기할지 어떨지는 망설이는 중이다.

하기사와 본인도 알고 있는 것 아닌가 하는 생각도 드니까, 알면서도 일부러 모른 척하는 건지도 모른다.

다른 아이들도 그 문제에 대해 언급하지 않았다.

미노리 씨는 덩치가 커진 미케도 쿠마코와 마찬가지로 귀엽다고 했으니까 말이지.

하지만 아무리 그래도 이제 슬슬 얘기해야 할 것 같은데⋯⋯.

"있잖아, 하기사와 군."

메구루 씨가 침묵을 깨고 말을 걸었다.

"응? 왜?"

"미케 군⋯⋯ 좀 커진 것 같지 않아? 여러 부분이."

"그래⋯⋯."

역시 알고 있었던 모양이군.

하긴 알아채는 게 당연하지.

"아, 미케 군, 아까 미케 군한테 선물이 왔었어."

"냐?"

가끔 미케의 열성 팬 같은 사람이 선물을 보낼 때가 있다.

질 나쁜 모험가에게 걸린 여자를 구해주거나 물건을 사러 갔을 때 신사적으로 대응해서, 그 보답으로 선물을 받곤 한다고 했다.

원래부터가 예의를 중시하는 사벨 캣이다 보니, 본능적으로 남 돕는 걸 좋아한다는 모양이다.

대부분은 하기사와가 보낸 심부름을 하면서 겸사겸사 하는 거 라지만 말이지.

미케가 그렇게 남을 돕게 된 것은, 한가해 보일 때 나나 메구루 씨가 사냥에 데려가기 시작했을 때부터였던 것 같다.

메구루 씨가 있으면 쉽게 사냥터에 갈 수 있어서 하기사와도 자주 이용했는데, 그러다 보니 마물과 싸우는 경우도 저절로 늘 어났다.

"큭…… 왜 미케 녀석에게 선물이 들어오는 거야."

그럴 때마다 하기사와는 미케에 대해 울분을 토해내곤 했다.

아, 이제 아예 못 본 척하기로 한 모양이군.

기뻐해라, 하기사와. 미케는 너 말고 다른 사람에게는 관심이 별로 없는 것 같으니까.

"냐아아앙."

아, 미케가 또 특이한 억양으로 울면서 하기사와를 뒤에서 끌 어안고 있잖아.

마치 놀이공원에서 캐릭터 인형이 달려든 것 같은 모양새였다.

……나도 쿠마코에게 자주 당하곤 하지만.

인간화된 모습으로 그랬다간 메구루 씨에게 꾸중을 듣기에, 장난칠 때는 곰 모습으로 변신할 때가 많았다.

"널 버리겠다는 게 아니잖아. 난 그냥 네가 인기가 많은 게 짜증 나는 거라고."

"있잖아, 하네바시, 저건 혹시……."

"요리후지 군, 쉿! 쿠로모토 씨가 열변을 토한 걸 보면 틀림없어."

메구루 씨에게서 들은 건데, 요리후지의 여자 친구인 쿠로모토 씨는…… 동성애에 관해 범상치 않은 열정이 있다고 한다.

『서기』 능력을 병용해 가며 이세계에서 만화를 그리기 시작해서, 이 나라의 그쪽 취향 여자들 사이에서 인기를 얻고 있다나 보다.

그러고 보니, 나한테 동인지 구입을 부탁하러 오기도 했었지.

하여튼 절대로 하기사와에게 들켜서는 안 될 안건인 만큼, 쿠로모토 씨에게도 단단히 당부해 두었다. 그러니 하기사와의 눈에 띌 가능성은 지극히 낮았다.

미케의 팬들이 생겨난 것은, 쿠로모토 씨와 그 동료들이 만든 『충성을 맹세하는 고양이』라는 그림책의 영향도 컸다.

바람둥이 하기사와에게 휘둘리는 미케를 주인공으로 한 이야기였다.

주로 부녀자(腐女子) 층에서 유명세를 타고 있는 이야기로, 모델이 된 하기사와와 미케에게 반응하는 사람들이 증식하는 중이라고 한다.

참고로 일부 귀부인(貴腐人)들이 미케에게 인간화 약을 지급하려 드는 바람에 비밀리에 공방전이 벌어졌다나 뭐라나.

쿠로모토 씨 말로는 미케의 인간일 때 모습이 아직 확정되지 않은 것이 망상력을 전개시킬 수 있기에 더 좋다는 식의 의견 일치가 이루어졌다는 모양이지만.

이해하기 힘든 세계다……. 뭐, 덕분에 하기사와도 전보다 인기가 생겼으니 괜찮은 것 아닐까? 미케의 덤 취급이긴 하지만.

어떤 의미에서는 여자들과의 인연이 더 멀어져 버린 건가?

"본론으로 돌아가서, 미케, 무지 커지지 않았어?"

요리후지가 미케를 향해 고개를 끄덕이며 솔직한 감상을 늘어놓았다.

"그러게 말야. 주인의 경향에 따라 여러모로 변화한다는 얘기는 들었는데…… 하기사와에게 맞추려면 이렇게까지 커져야 한다는 거지?"

"역시 『도구제작』 능력을 떠받치려면 짐꾼 노릇을 해야 하니까 큰 몸이 필요해지는 건가?"

"그럴지도 모르지."

내가 기억하기로, 도구제작에 필요한 재료 탐색을 돕기 위해, 미케는 항상 바구니를 짊어진 채 하기사와를 돕고 있었다.

이제 하기사와도 미케를 짐꾼으로 이래저래 부려 먹고 있다.

볼 기회가 며칠에 한 번밖에 없는 때도 있으니까 장담할 수는 없지만, 하루에 몇 센티미터는 자라는 게 아닐까 싶었다.

"빌어먹을, 미케! 너, 사벨 캣 보스보다 더 커진 거 아니냐? 이제 다이어트 좀 해!"

"냐아아앙."

하기사와에게 등을 얻어맞은 미케가 수줍어했다.

기쁜 거냐?

그나저나 이건 그냥 '돼냥이' 정도로 취급해도 되는 걸까? 아예 다른 종류의 마물이라고 표현하는 게 옳을 것 같은데.

으음……. 유니크 웨폰 몬스터의 생태에는 수수께끼가 많군.

"그건 그렇고, 쿠마코는 왜 안 커지는 건데?!"

"쿠마코는 점점 더 귀여워지고 있어요!"

쿠마코의 등에 매달려 있던 미노리 씨가 곧바로 대답했다.

빨라도 너무 빠른 그 대답 속도에서 쿠마코에 대한 미노리 씨의 정열이 느껴졌다.

"부정할 수 없겠는걸."

"가우~?"

하긴 곰 모습으로 변했을 때도 펀칭 베어의 면모는 완전히 사라져 버렸으니까.

이제는 완전히 놀이공원에서나 보일 것 같은 모습으로 변해 버렸다.

"유키나리 군, 쿠마코 팬시 상품도 날개 돋친 듯 팔려나가고 있어요."

쿠마코에 대한 미노리 씨의 애정은 만날 때마다 더 커지고 있는 것 같았다.

"언제 그런 상품까지 팔고……."

아, 메구루 씨가 황당해하고 있다.

"내가 주관했느니라."

"또 네가 한 짓이었구나……."

주모자는 살레아였냐.

길거리를 돌아다니다가 쿠마코를 쏙 닮은 봉제 인형을 가진 아이를 보고 놀란 적이 있었다.

그건 그냥 비슷하게 생긴 게 아니라, 본인에서 따 온 봉제 인형이었구나.

"미케도 그런 노선으로 좀 가라고."

"무리한 주문은 하지 마. 미케는 주인에게 힘이 돼 주려고 최선을 다하고 있는 거잖아."

미케는 하기사와의 짐꾼으로서 필요한 체격을 원한 것이리라.

쿠마코의 경우, 내가 원래 세계에 가 있는 사이에 모두의 주목을 끌어야 했기에 자연스럽게 외모를 중시하게 된 건지도 모른다.

메구루 씨는 그렇게 설명해 주었다. 쿠마코도 나름대로 열심히 노력한 결과라는 것이다.

"하네바시가 미케의 주인이었다면 계속 아담한 상태를 유지하지 않았을까?"

"왜 그렇게 생각하는 건지가 더 궁금한데."

내가 작은 동물을 좋아한다고 생각한 걸까?

뭐, 미케는 하기사와 생각만 하니까, 하기사와에게 버림받고 내가 키웠다고 해도 지금과 똑같이 성장했을 것 같지만.

"유키나리 군이 미케 군을 키워 보는 건 어때요? 그러면 귀여워질 것 같기도 하네요."

"그렇게 생각해 보면 유니크 웨폰 몬스터들의 성질은 참 재미있는 것 같아."

몬스터를 소유하지 않은 미노리 씨와 메구루 씨가 신이 나서 떠들고 있었다.

"메구루 씨와 미노리 씨가 유니크 웨폰 몬스터를 갖게 되면 어떻게 될까?"

"히야마 씨는……."

그러자 요리후지가 어째선지 살레아를 쳐다보았다.

아니, 하기사와와 미노리 씨까지 똑같은 눈으로 쳐다보잖아.

"아마 저런 성격이 되겠지."

"그렇느니라!"

"넌 사람이잖아!"

"하하……."

마물로 취급해도 되는 거냐, 살레아.

메구루 씨와 같이 있는 게 그렇게까지 좋은 건가.

"아무리 그래도 살레아 같은 성격이 되는 일은 없지 않을까?"

"아마 그렇겠지."

게다가 성격 얘기까지 나왔다.

미노리 씨의 유니크 웨폰 몬스터가 생긴다면…… 쿠마코 2호 같은 느낌이 될까?

"자, 잡담은 정도껏 하고, 다들 작업으로 복귀하는 게 어때?"

"그럼 쿠마코, 같이 밥 먹으러 가자."

"가우~."

요리후지의 말에 모두 고개를 끄덕이고, 각자 자신이 맡은 일을 찾아 해산했다.

처음 알았다. 미노리 씨의 일은 쿠마코와 같이 밥을 먹는 거였다니.

……뭐, 농담이다.

"이런, 벌써 시간이 이렇게 됐네."

"그럼 슬슬 가 볼까요?"

내 말에 메구루 씨도 고개를 끄덕였고, 요리후지도 출발 준비를 시작했다.

가 봐야겠지.

게임에 빠져 있던 람레스 씨 일행도 게임기 전원을 끄고 일어섰다.

"가자, 쿠마코."

"가우~. 그럼 잘 있어, 미노리~."

"다녀와, 쿠마코!"

"오늘은 어디로 가는 게 좋을까?"

"글쎄……."

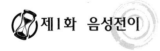

제1화 음성전이

그렇게 우리는 메구루 씨 일행과 함께 출발해서, 레벨업을 위한 사냥에 나섰다.

이런 식으로 매일 짬짬이 레벨업을 한 결과, 어느덧 레벨 50에 다다랐다.

"오?"

"확장됐어?"

나는 요리후지의 물음에 고개를 끄덕였다.

"어떤 능력을 얻었는데?"

"『음성전이』야."

대충 예상했던 대로, 『시각전이』의 발전형이군.

귀족의 저택에 몰래카메라를 보냈을 때도, 음성은 들을 수가 없었기에 카메라를 회수해서 확인해야 했었다. 실시간으로 보고 들을 수 있는 건 반가운 일이군.

시험 삼아 하기사와에게 음성전이를 사용해 보았다.

"하기사와~."

"응? 하네바시? 뭐야?"

하기사와가 내 목소리에 반응해서 고개를 돌렸지만, 어디에 있는지 모르겠다는 표정이었다.

"어디 있는 거야, 하네바시?"

"요리후지 쪽. 확장능력으로 음성을 보낼 수 있게 됐어. 그런데…… 이거 마력 소비가 너무 심한데."

마력이 쑥쑥 줄어들었다.

편리하기는 하지만, 절체절명의 상황이 아니면 쓰기 힘들 것 같군.

"사람 좀 놀래키지 마. 목소리만 나서 깜짝 놀랐잖아."

"냐!"

"아, 미안. 미케와 데이트 중인 줄 몰랐어."

"헛소리 마, 인마! 내가 미케랑 뭘 한다는 거냐!"

"냐아아아아앙!"

"미케 너도 분위기에 편승하지 마! 환장하겠네!"

하기사와와 미케의 애정 행각이 한동안 이어졌다.

"아니, 아니, 그냥 실험에 좀 사용한 것뿐이라니까."

"그나저나…… 이러면 요리후지 쪽을 지원하기가 더더욱 편해지겠군."

이러면 멀리 있더라도 상황에 따라 보낼 물건을 정할 수 있고, 나를 보호할 필요가 없는 만큼 요리후지 일행도 싸우기가 편해질 것이다.

위기 상황에 빠지더라도 메구루 씨가 있고 말이지.

그나저나, 나는 너무 지원 특화 아닌가?

"그럼 마력 소비가 너무 많으니까 그만 끊을게."

"알았어."

음성전이를 종료한 나는 요리후지 일행 쪽을 돌아보았다.

어째 다들 나를 쳐다보고 있었다.

"왜들 그래?"

"아니, 뭔가 말을 하는 것처럼 뻐끔뻐끔 입을 벌리는 것 같긴 한데, 아무런 말도 안 해서."

"음성을 전이시키는 거니까 그렇게 된 거겠지."

"그야 그렇겠지만, 뭔가 복화술 같은 거라도 하는 것처럼 보이더라고."

"이건 원래 세계에 있을 때도 쓸 수 있는 거야?"

"글쎄……. 까놓고 원래 세계에서 말을 걸었다가, 너 같은 놈

모른다는 소리를 들으면 등골이 오싹할 것 같은데…….”

내 말에 요리후지 일행이 겸연쩍은 얼굴로 시선을 외면했다.

뭐…… 다 각오하고 시험해 봤지만, 시각전이와 『청각전이』는 원래 세계에 있을 때는 사용할 수 없었다.

대체 기준이 뭐지?

“나도 『지옥귀』라는 확장능력이 있지만, 유키나리 군의 능력은 참 편리한 것 같다니까.”

『전이』 능력을 가진 나와 『전송』 능력을 가진 메구루 씨의 확장능력은, 서로 비슷한 것 같으면서도 달랐다.

지원 능력이라는 점에서는 내가 더 뛰어날지도 모른다.

이렇게 내 전이 능력은 더더욱 지원 성향으로 확장되어 갔다.

그리고 요리후지와 함께 사냥을 하고 성 밑 도시로 돌아와서, 동료들과의 회의에 출석했다.

그냥 뭉뚱그려서 회의라고는 했지만, 그 양상은 날마다 제각각이었다.

원래 세계로 가는 내게 부탁할 구입 의뢰 목록을 작성하기도 하고, 모두에게 알려야 할 사안에 대한 보고를 하기도 한다.

국가에서 일어난 사건이나 소문 같은 잡담을 몇 시간씩 할 때도 있다.

물론, 우리 반 아이들이 내게 배달을 부탁할 때도 있다.

아, 쿠로모토 씨가 뭔가 자료를 정리해서 나타났다.

“딱히 긴급한 사항은 아니지만, 여러 나라의 전설 같은 걸 조사하다가 생각난 의문점이 있어서 보고할까 해.”

“전에도 비슷한 얘기를 했었지?”

"맞아."

쿠로모토 씨가 이런 보고를 하는 건 이번이 몇 번째일까.

이 나라 라이크스는 큰일이 벌어졌을 때 멜라시아 대삼림에서 마왕이나 용사나 이세계인이 나타난다고 하는데, 현재 성검에 선택된 용사로 국가에서 인정받은 건 메구루 씨다.

신전 제단에 있던 성검을 멋지게 뽑아 보였으니까.

용사로 불리는 이세계인이 커다란 말썽을 해결해 준 경우가 역사적으로 자주 있어서, 옛날이야기 형태로 남아 있을 정도라고 했다.

그리고 쿠로모토 씨의 얘기에 따르면, 그 옛날이야기에 나오는 용사들에게는 다양한 이름이 있다고 한다.

또한…… 그 이름이 무수히 혼재되어 있다고 했다.

"처음에는 그냥 우연이거나, 한 명의 용사…… 이세계인의 모험담일 거라고만 생각했었는데, 그렇게 생각하기에는 아무래도 좀 이상하게 느껴지는 경우가 많아졌어."

"예를 들면?"

"분명 같은 용사일 텐데 갖고 있는 능력이 달라. 그런데도 이름은 같은 거야."

구전이나 필사를 통해 전해지는 과정에서 뒤섞인 거라고 생각하는 게 타당하겠지만…… 뭔가 걸리는 부분이 있다는 모양이었다.

"용사의 성만 해도, 우리 반 아이의 성과 겹치는 것도 있고 안 겹치는 것도 있고 제각각이고…….."

"성이 겹치는 것쯤은 딱히 이상할 것도 없잖아."

"그야 그렇지만 말야. 그래서 명단을 만들어 봤어. 소환돼서 숲에서 나온 이세계인으로 여겨지는 사람들을."

쿠로모토 씨는 그렇게 말하고, 전설 속에 이름을 남긴 이세계인들의 명부를 보여 주었다.

응? 이건…….

"어라? 내 이름이 있잖아."

"나도."

"나도."

"그냥 동명이인 아니야?"

참 기묘한 우연도 다 있군.

그냥 우연으로 치기에는 좀 많다는 게 마음에 걸리는데…….

"뭐, 그렇게까지 많은 건 아니지만, 남은 자료는 이 정도야."

쿠로모토 씨가 그렇게 말하며 고개를 끄덕였다.

"이 이름, 본 적이 있어. 옆 반 애야."

"이 이름도."

나도 명부를 확인해 보니, 낯익은 이름에 눈에 띄었다.

……마루이?

거기에는 나와 시게노부의 친구인, 다른 학교에 다니고 있는 마루이와 동명이인인 녀석이 있었다.

그 외에 시게노부의 이름도 있었다……. 하지만 반대로 내 이름은 없었다.

별 기묘한 우연도 다 있군.

하지만 우연으로 단정하기 힘들 만큼 중복 빈도가 높았다.

물론, 누군가가 이야기를 지어내면서 멋대로 붙인 이름일 가능성도 부정할 수는 없지만…….

"그리고 침략자나 지배자로 욕을 먹던 이세계인들의 이름도 명단을 짜 봤어."

명부 두 장째를 확인했다.

오노? 타니이즈미와 그 패거리에 있던 녀석의 이름도 보였다.

그 외에는, 우리 학년에서 안 좋은 소문이 돌던 녀석들의 이름도 있었다.

정말이지, 우연치고는 너무 많은데.

"유키나리 군."

"하네바시, 어쩌면 과거에 다른 반도 이 세계에 소환된 거 아닐까?"

"적어도 내가 확인한 바로는, 다른 반에는 딱히 이상한 점은 없었는데."

애초에 마루이는 전에 슈퍼에서 물건을 사러 갔을 때 우연히 만난 적도 있었다.

학교 쪽에는 자주 가지 않지만, 딱히 무슨 일이 있는 것처럼 보이지는 않았다.

적어도 내가 아는 한은, 이렇다 할 이상은 없었을 터였다.

"유키나리 군, 원래 세계로 돌아가서 확인해 볼 수 없어?"

"뭐? 으음……. 예전에 같은 반이었던 녀석한테 전화로 연락해 보는 정도는 할 수 있겠지만……."

"그래, 어차피 그냥 이상한 우연이 겹친 것뿐이긴 하겠지만, 혹시 모르니까 확인 좀 해 줘."

"알았어."

"그리고 이건 모든 전승에 다 나오는 건데…… 특히 이세계인들 간에 사이가 나쁜 경우에는 더더욱…….”

쿠로모토 씨가 이세계 관련 책을 몇 권 펼치고 가리켰다.

애석하게도 나는 읽을 줄 모르는 글자였다.

"많은 이세계인이 나타났을 경우, 최종적으로 살아남은 이세계인은 몇 명 안 돼……. 마왕의 손에 죽었다느니, 숭고한 희생이었다느니 하는 내용이 적혀 있어.”

"마왕이라…….”

"정기적으로 부활해서 세계를 어둠으로 지배한다는데…….”

그럼 이세계인들은 매번 그 마왕이라는 녀석과 싸우는 건가?

"이세계인은 이 마왕을 상대로 싸우는데…… 그 후의 일들은 너무 애매모호하게 적혀 있어. 마왕을 물리친 용사의 이름도 안 나온 경우가 많고. 그냥 이세계인이라고만 나와 있는 게 고작인걸.”

"이야기 속에 자주 나오곤 하지. 나도 알고 있다, 메구루!”

살레아가 어째선지 대화에 끼어들어 메구루 씨에게 자랑했다.

즉, 이 세계에서는 제법 유명한 얘기라는 뜻이다.

"그래? 그럼 나중에 얘기해줘.”

"나만 믿거라!”

"살레아의 얘기는 나중에 듣기로 하고, 이름이 애매모호한 건 역시 원래 세계로 돌아가서 그렇게 된 걸까……?”

"그래서 내가 돌아갔을 때처럼 원래부터 없었던 존재로 취급받게 됐고, 그러면서도 상황의 아귀를 맞추려다 보니까 일의 결과만 남았다거나 하는 식일까?”

"그럴지도 모르겠네."

"그리고…… 오래된 서적은 너무 낡아서 못 읽는 게 많아."

쿠로모토 씨가 한숨을 지었다.

"항상 이러면 엄청 지적인 사람이라고 할 수 있을 텐데……."

메구루 씨가 어쩐지 한탄 섞인 목소리로 중얼거렸다.

지금의 쿠로모토 씨는 지적이고 유능해 보이지만…… 메구루 씨가 보기에는 상당히 폭주가 심한 모양이다.

그러고 보니 쿠로모토 씨가 그린 동인 작품이 있었지. 살레아가 읽는 걸 본 적이 있었다.

나와 요리후지의 BL이었지……. 빨리 잊어버리고 싶다.

"중간 보고는 이 정도쯤 해 두자. 조사 업무는 앞으로도 쿠로모토 씨에게 맡기기로 하고, 다른 사람들은…… 이세계 생활에는 좀 적응이 됐어?"

"그야 여기 온 지도 한참이 지났으니까."

"능력 덕분에 오히려 전보다 더 편하게 지내고 있어."

"원래 세계로 돌아간 뒤가 더 걱정인데."

"그러게 말이야."

"그럼 그만 해산하자."

이튿날 원래 세계로 돌아간 나는 반 아이들의 부탁대로 확인해 보았지만, 이름이 겹치는 아이에게 딱히 무슨 일이 있는 것 같지는 않았다.

이세계에서 죽어서 다시 원래 세계로 돌아갈 수 있는 거라면 참 좋을 텐데…… 하는 생각이 들기는 했다.

어쨌거나, 이세계인의 이름이 우연히 겹치는 일도 있긴 한 모양이었다.

학교과 학급 이름까지 같은 걸 보면, 우리 선배들도 우연히 소환되거나 했던 걸까?

어쩌면…… 모두 원래 세계로 돌아갔지만, 여러 시대에 걸쳐 소환되는 바람에 뿔뿔이 흩어진 경우가 있었던 건지도 모른다.

미래에 대한 한 가지 추측이 떠올라서 등골이 오싹해졌다.

무슨 추측이냐고?

미래에 내가 전이로 모두를 돌려보낼 수 있게 되어서 시도해 봤다가, 실수로 오히려 과거로 날려 보낸 것 아닐까 하는…….

언젠가 시공전이 같은 명칭의 스킬을 얻는다고 해도 전혀 위화감이 없을 것 같으니까.

그래, 최대한 조심하는 게 좋겠다.

애초에 시공전이 같은 걸 손에 넣는다면 사용법은……. 아니, 아직 얻지도 못한 능력의 사용법 따위 생각해 봤자 헛수고겠지.

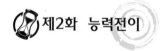 제2화 능력전이

이렇게 일상이 흘러갔다.

그러는 동안, 나는 메구루 씨와 요리후지 등의 안내를 받아 레벨업에 나섰다.

내가 상대하면 상당히 위험할 법한 마물들을 요리후지 일행이 척척 처치해서 경험치를 공급해 주었다.

"그냥 구경만 하고 있는 것 같아서 어째 좀 미안한데."

"미안해할 거 없어."

"맞아, 맞아. 지난번 같은 일에 대처하려면 유키나리 군도 강해져야 하잖아?"

이세계인인 우리를 배척하려 드는 녀석들이 있었다.

람레스 씨나 임금님이 다들 좋은 사람들이라서 깜박 잊기 십상이지만, 이세계 사람들이라고 해서 다 똑같이 생각하는 건 아닌 것 같았다.

녀석들의 함정에 걸려들었을 때를 떠올려 보았다.

그때는 정말 위험했다. 자칫 잘못했으면 죽었을지도 모른다.

그렇다⋯⋯. 우리는 함정에 걸리더라도 손쉽게 반격해 낼 수 있을 만큼의 힘이 필요하다.

주모자를 죽인, 검은 기사 갑옷 같은 녀석과 언제 다시 만나게 될지 알 수 없다.

"가우~."

"쿠마코~! 여자애로 변해서 웃어 봐~."

반 여자아이들은 쿠마코가 인간으로 변할 수 있다는 걸 안 후로 한껏 신이 나 있었다.

이 자리에 미노리 씨가 있었다면 불같이 화를 냈겠지.

이 일은 나중에 여자아이들에게 찬찬히 얘기해 둬야겠군.

최소한 미노리 씨 앞에서는 그런 얘기를 못 하게 하는 방향으로 해 두고 싶다.

메구루 씨도 그 광경을 보면서 나와 같은 생각을 하고 있는지도 모르겠다.

"가우…… 으?"

물론 요리후지의 동료들 중에는 여자들도 있는데, 다들 쿠마코를 마음에 들어 했다.

애교가 많은 녀석이니까. 살벌한 상황이 많은 이세계에서는 마음의 위안이 필요한 법이라나 뭐라나.

"그러고 보니 글러브의 파워업 대결에서 지면 글러브가 떨어져 나가지?"

유니크 웨폰을 강화하려면 보스 마물과 싸워서 이겨야 한다.

그 대결에서 지면 소지하고 있던 글러브가 떨어져 나가고, 내 경우에는 쿠마코가 가진 글러브가 사라지게 되어 있다.

"절대로 지면 안 돼. 그랬다간 쿠마코가 울 거라고!"

"나도 그러고 싶지만…… 다음 대전 상대는 미노리 씨가 지명할 테니까 말야."

미노리 씨는 상당히 심사숙고해서 대전 상대를 엄선하고 있다고 한다.

내 생각엔 글러브 자체의 변화 패턴을 더 늘리는 것도 하나의 방법일 것 같은데 말이지.

그리고 또 하나, 이 세계에는 유니크 웨폰 몬스터의 낙원과도 같은 섬이 있다고 한다.

그 섬들에는 여러 종류가, 이를테면 '복서섬' 같은 섬이 있는 식이어서, 단계적으로 도전할 수 있다는 모양이다.

미노리 씨는 언젠가 나를 거기로 안내하려는 게 아닐까 하는 생각도 든다.

레벨의 힘으로 밀어붙여서 물리력으로 역경을 극복하고 싶었다. 어찌 됐건 강해져서 손해 볼 건 없으니까.

"너희는 내 수준에 맞춰서 사냥하는 것 같은데, 그래도 돼?"

"응? 아, 문제없어. 어차피 이미 성장세가 무뎌진 상태니까. 지금은 각 지방을 돌면서 좋은 무기 소재들을 모으고 있는 중이야. 이것도 그 일환이고. 이 마물의 비늘 같은 게──."

그렇게 말하면서, 방금 처치한 마물이 다음에 만들 무기의 소재가 된다는 것을 가르쳐 주었다.

그건 그것대로 문제가 있는 거 아닐까?

"이 세계에는 아직 사람들의 발길이 닿지 않은 비경도 많으니까……. 괴물들을 처치할 때는 최대한 신중을 기해야 해."

"호오……."

그렇게 말하면서, 나는 소재를 창고로 전이시켰다.

"오? 또 왔네."

"마물 말이지?"

"그나저나, 진짜 많이도 나오네."

액년이라 그런지 마물들이 활성화됐다는 얘기는 들었지만, 오지에 오니 정말로 많이 나온다.

숲에서도 지금처럼 마물들과 조우하긴 했지만.

"올해는 포인트 인플레이션이 가속화되고 있다나 봐. 마을이나 도시의 결계 정도는 손쉽게 유지할 수 있대."

"그 장치는 연비도 형편없다는데 말이지. 국가가 거느린 환전 상인들이 정신없이 움직이고 있다던데."

으음……. 드디어 때가 오는 건가?

요리후지 일행은 다시 나타난 마물이 내 앞에 도착하기도 전에 처치했다.

그 직후, 내 레벨이 60에 달했다.

"아, 올랐네."

레벨이 이 정도가 되니까 아무래도 레벨업 속도가 느려지네.

나는 그런 생각을 하면서 확장된 능력을 확인했다가, 말문이
턱 막혔다.

"이, 이럴 수가……."

"왜 그러는데? 드디어 모두를 돌려보낼 수 있는 능력이 나타난
거야?"

"히야마 씨는 쓸 수 있을 것 같으면서도 못 썼었는데, 하네바시
는 기대해 봐도 되겠는데."

"그러게 말야. 나는 왜 못 쓴 건지 이유는 잘 모르겠지만……."

나는 떨리는 시선으로, 요리후지 일행과 동행하고 있는 기
사…… 최근에는 게임에 지나치게 심취해서 요리후지 쪽으로 배
치 전환된 람레스 씨 쪽을 쳐다보았다.

틈만 나면 내 쪽으로 오는 바람에 아예 양쪽을 겸임하는 거나
다름없는 상태가 됐지만.

아니, 지금은 그게 중요한 게 아니지.

"나라에서 나를 죽이려고 들 거야……."

"뭐?"

"무, 무슨 말씀이신지?"

나는 가슴의 고동을 필사적으로 억누르려 했지만…… 멈출 기
색이 없었다.

내 운명은 여기서 끝나는 건가?

아무것도 못한 채, 친구들을 구하지 못한 채 온 세계의 적이 되어 버리는 건가?

"뭔가 불길한 확장능력을 얻으신 거라고 판단해도 될 것 같군요. 하지만 안심하십시오. 만약에 국가의 결계가 하네바시 님을 쫓아낸다 하더라도 저희가 사정을 설명할 테고, 국왕님께서도 하네바시 님께는 온정을 베푸실 테니까요."

람레스 씨가 힘주어 말했다.

"맞아. 혹시 위험한 능력을 얻었다고 해도, 우리가 하네바시를 지켜줄 테니까! 국가와 적대하게 되는 한이 있더라도, 그 점은 변하지 않아! 내 말 맞지?"

"""오오!"""

얘, 얘들아⋯⋯. 람레스 씨와 우리 반 아이들의 말에 눈가가 촉촉해졌다.

역시 좋은 사람들이다.

그렇기에 더더욱, 어서 원래 세계로 돌려보내 주고 싶다.

그러고 싶었지만⋯⋯.

"무엇보다, 하네바시가 없으면 새 만화책을 못 구하잖아."

"게임도 못 구하고!"

"동인지를 구할 수가 없잖아!"

"생리용품은 어쩔 건데?"

"만에 하나 최악의 사태가 벌어지더라도, 쿠마코는 히야마 씨와 히메노를 비롯해서 우리가 책임지고 돌볼게요."

어⋯⋯ 잠깐, 내 감동을 돌려줘.

아니, 반쯤은 농담이겠지만.

뭐랄까, 이렇게 대놓고 물욕을 드러내니 정신적인 충격이 느껴지는군.

"너희 말야~! 적당히 좀 하지 못해?!"

본능을 노골적으로 드러내는 아이들을 메구루 씨가 꾸짖었다.

이것들이 진짜……. 응, 그래도 이제 마음이 좀 가라앉았다.

"그런데 정말 괜찮겠어?"

"네, 물론입니다. 하네바시 님은 우리 나라에 많은 혜택을 가져다주신 분이니까요."

람레스 씨가 주먹을 불끈 움켜쥐고 결의를 담아 말했다.

"혹시 위험한 능력을 얻으셨다 하더라도 관대하게 용인될 수 있도록 우리 기사들을 비롯한 국가의 사람들이 힘을 보태 드리겠습니다. 이제 하네바시 님은 이 나라에 없어서는 안 될 존재입니다."

"애초에 위험한 능력을 손에 넣었다는 걸 자백했으니까, 어느 정도는 관대하게 봐 주겠지. 그냥 말해도 괜찮지 않을까?"

요리후지의 말에 나는 고개를 끄덕였다.

심호흡을 한 번 하고, 람레스 씨 쪽으로 시선을 보내며 대답했다.

"새로 얻은 확장능력의 이름은 『능력전이』. 국가가 가장 금기시하고 두려워하는 『강탈』과 비슷한 능력이 아닐까 싶어서."

내 말에, 모두의 말문이 막혔다.

그렇다. 숲에서 나와 처음 찾아간 마을에서 모두가 환영을 받는 와중에도 유일하게 경계의 대상이 되었던 위험한 능력.

그것에 해당하는 능력 아닐까?

"그건……."

람레스 씨도 말문이 막혀 있었다.

그렇다. 만약에 이 능력이 내가 예상한 것과 같은 능력이라면, 전이를 통해 상대방의 능력을 빼앗을 수 있다는 얘기가 된다.

"능력전이……. 정말 무서운 능력이긴 하네. 나도 비슷하게 능력전송 같은 걸 얻게 될지도 모르겠는걸."

"우리 능력은 서로 비슷하니까……."

언젠가는 자신도 같은 신세가 될 수 있다는 생각에, 메구루 씨도 내게 동정을 표했다.

뭐, 메구루 씨는 성검의 용사니까 즉결 처형 같은 걸 당하지는 않을 것 같지만.

"무서워하지만 말고 한번 시험해 보는 건 어때?"

"하지만……."

"하네바시."

요리후지가 내 눈을 똑바로 쳐다보며 말했다.

"나를 실험 대상으로 써 줘!"

"요리후지?"

요리후지는 진지하기 그지없는 표정으로 말했다.

아니아니, 실험 대상으로 써 달라니 무슨 소리를 하는 거야?

"하네바시, 나는 네가 착한 녀석인 걸 알고, 만에 하나 네가 내 능력을 빼앗아서 도망친다고 해도 후회는 없어. 너한테 배신당한다면, 오히려 잘됐어. 원래 나는 너희 덕분에 목숨을 건진 몸……. 그 목숨을 너한테 줄 수 있다면 조금도 두렵지 않아."

"요리후지 군……."

요리후지는 그때…… 숲에서 나를 협박한 때의 일을 아직도 마음에 두고 있는 것이리라.

지난번에 사죄를 받았을 때, 이미 나는 요리후지를 용서했다.

하지만 아직도 죄의식 같은 감정이 남아 있는 것이리라.

"배신할 생각은 없어. 만약에 능력을 빼앗게 된다고 해도, 반드시 돌려줄 거야."

나는 요리후지의 눈을 똑바로 마주 보며 대답했다.

"그래. 그러니까 한번 해 봐."

"알았어."

나는 능력을 확인하고, 능력전이 항목에 체크했다.

상당히 많은 마력이 소모되는 모양이었다. 지정 가능 범주도 넓었다.

이윽고 요리후지를 지정한다. 그러자 또 하나의 아이콘이 출현했다.

시험 삼아 나 자신을 지정해 봤지만 아무런 효과도 없었다.

"뭔가 항목이 하나 더 나왔는데. 누군가…… 한 명을 더 지정해야 하는 것 같아."

그러자 람레스 씨가 한 발짝 앞으로 나섰다.

"저도 하네바시 님을 믿습니다. 하네바시 님을 만나서, 이세계의 문화와 게임을 배우면서, 더없이 즐거운 시간을 보낼 수 있었습니다. 부디 저를 실험체로 써 주십시오. 이것이 제 신뢰의 증거입니다."

좋아. 나는 힘주어 고개를 끄덕이고 람레스 씨를 지정했다.

"오? 승인 아이콘이 떴는데?"

그러자 람레스 씨는 안도한 표정으로 가슴을 쓸어내렸다.

"아무래도 딱히 문제 될 건 없는 능력인 것 같군요. 오히려 이건…… 하네바시 님에 대한 평가가 한층 더 올라갈 수도 있을 것 같습니다."

그렇게 말하고, 람레스 씨와 요리후지가 모두 승인 아이콘을 체크한 모양이었다.

"이건, 설마……?!"

요리후지가 놀라서 눈을 부릅뜨고는, 내 양손을 붙잡고 연신 들어 올렸다.

"굉장해! 이건 말 그대로 능력전이야! 강탈처럼 능력을 훔치는 게 아니었어!"

"네! 그러게 말입니다!"

"무, 무슨 소리야?"

"지금 내 시야에는 메인인 『검술』 능력과 그 확장능력들이 나타나 있어. 전이시킬 수 없는 것들은 깜박거리고 있지만. 그리고 밝게 표시된 확장능력을 지정하면, 상대방…… 람레스 씨가 지정한 확장능력을 전이시키겠느냐 하는 항목이 나타나는 식이야."

"서로 교환한다는 거야?"

"맞습니다!"

람레스 씨가 흥분한 얼굴로 고개를 끄덕였다.

한마디로 강탈하는 능력은 아니라는 건가? 아직 이해가 안 가는 부분이 많은데.

"교환이 가능하면서도, 결국은 상대방에게 어떤 능력을 보낼 것인지 본인의 승낙이 필요하니까 문제가 되지는 않을 겁니다.

앞으로 더 조사해 봐야겠지만, 이건 국가에서 탐낼 만큼 희소한 능력부여 계통의 능력 같습니다!"

"그거 대단한 거야?"

"네, 우리 세계에서는 이 능력이 있으면 귀족…… 아니, 왕족과도 혼담이 들어올 만큼 희소한 능력이지요!"

"그렇게 굉장한 거야?!"

요리후지 등이 일제히 소리쳐 되물었다.

"가우?!"

쿠마코도 마찬가지였다.

내게 그렇게 대단한 능력이……?

"물론 어느 정도까지 할 수 있을지 조사해 봐야겠지만, 틀림없습니다. 승인이 필요하고, 능력 교환이 가능하다면 의심할 여지가 없습니다. 보고를 위해 한 번 국가로 돌아가는 게 어떻겠습니까?"

"응? 그야 상관없지만…… 정말 괜찮은 것 맞아?"

그럴싸한 얘기로 안심시켜 놓고 죽이려는 건 아니겠지?

국가로 돌아갔다가 나를 비롯한 우리 반 아이들이 살해당하기라도 하면 환장할 노릇이다.

경계하는 나를 보고 람세스 씨가 연신 고개를 가로저었다.

"저를 신뢰하기 힘든 건 충분히 이해가 갑니다. 하지만…… 부디 믿어 주십시오."

어차피 이미 다 말해 버린 상태다.

지금 람레스 씨가 함구해 준다고 해도, 언젠가 어디서든 흘러나갈 가능성이 클 테고…… 되도록 원만하게 넘어가고 싶었다.

"혹시 돌아오시면…… 메구루 씨나 요리후지, 우리 반 아이들에게 피해가 가지 않게 해 주세요. 제가 원하는 건 그것뿐이에요."

"제발 좀 믿어 주십시오!"

아, 람레스 씨가 곤혹스럽기 그지없는 표정으로 발을 동동 구르고 있다.

"계속 의심만 하면 아무것도 못 한다구. 유키나리 군, 한번 믿어 보자."

"최악의 경우…… 하네바시는 원래 세계로 도망쳐. 그러면 모두가 일시적으로 다 잊어 버릴 거야. 도시나 마을에는 들어갈 수 없게 될지도 모르지만, 『음성전이』를 이용해서 말을 걸어 줘. 그러면 모두 나라에서 나올 테니까. 히야마 씨나 쿠마코는 인식 변조에 걸리지 않으니까 얘기 잘 전해 주고."

"최악의 경우에는 그렇게 할게. 될 수 있으면 그런 일은 피하고 싶지만."

"가우!"

이렇게 해서 우리는 그길로 성 밑 도시로 돌아갔다.

다행히 결계는 나를 밀어내지 않아서, 무사히 성 밑 도시로 들어갈 수 있었다.

그리고 나는 안내에 따라 성으로 이동했다.

꼼꼼한 체크를 거쳐, 능력전이 실험을 반복 실시해야 했다.

그 후에 다시 안내에 따라 옥좌의 방으로 이동했다.

얼마쯤 지나자 임금님이 어째 흥분한 기색으로 게임기를 들고 나타났다.

아직도 하고 있는 겁니까?!

"능력교환 능력을 얻었다고?!"

"아, 네! 하지만 저는 나쁜 짓은 하지 않을 것입니다! 벌을 내리시려거든 저에게만 내리시고, 부디 다른 친구들은――."

그렇게 친구들의 목숨을 살려 달라고 애원하려 하자, 임금님이 고개를 가로저었다.

"하네바시 공이 죽으면 새로운 게임을 구할 수 없잖은가!"

뭐야! 임금님까지 그 소립니까?!

꼭 나를 게임을 가져오는 오락상인쯤으로 생각하는 것 같았다.

"이게 좋은 일인지 안 좋은 일인지……. 아마 안 좋은 일이겠지만, 일단은 그냥 받아들이자."

"그래서? 하네바시 공이 새로 얻은 확장능력은 어떤 거지?"

임금님이 대신에게 물었다.

"음……. 현재까지의 조사로 판명된 바로는, 이세계인 사이에서 메인 능력의 교환, 증여는 불가능한 것 같습니다. 하지만 일부 확장능력은 교환이 가능하다고 합니다."

이 점은 메구루 씨와 요리후지의 예를 들어 설명하면 간단할 것 같다.

메구루 씨의 능력은 『전송』, 요리후지의 능력은 『검술』.

이 메인 능력은 교환, 증여할 수 없다.

하지만 확장능력의 일부는 교환이 가능하다는 것이다.

단, 상호 교환이어야 한다는 절대조건이 붙는다.

어느 한쪽이 일방적으로 능력을 줄 수는 없다.

능력 A와 능력 B를 교환하는 식으로만 가능한 것 같았다.

그 밖에, 확장능력 중에서도 메인 능력에 큰 연관이 없어야 한다거나, 건네줄 상대가 원래 자력으로 익힐 수 있는 능력이어야 한다는 조건도 붙었다.

메구루 씨의 경우를 예로 들자면, 『물질전이』 같은 걸 요리후지에게 줄 수는 없다.

고유능력을 남에게 줄 수 없는 것과 마찬가지다.

조사가 더 필요하겠지만, 동일 계열의 능력자라면 서로 능력을 주고받을 수 있을지도 모른다는 모양이었다.

또한, 예를 들어…… 하기사와가 보유한 『채집향상』이라는 확장능력은 요리후지에게 줄 수 있다고 한다.

이 경우, 요리후지는 채집향상 능력의 영향으로 식물계 마물과의 전투가 용이해진다.

식물계 마물은 원래부터 하기사와에게 약했지만.

상대가 식물일 때는 채집보정이라는 부차효과가 생긴다.

단, 용량 조건 같은 게 있어서, 그 한도에 걸리면 능력을 받지 못하는 경우도 있다고 한다.

어쩌면 능력에는 코스트 같은 요소가 있는 건지도 모르겠다.

그렇게 생각하니, 오노가 사용하던 강탈이 얼마나 굉장한 능력이었는지 실감할 수 있었다.

그 녀석은 그 자리에 있던 반 아이들 대부분의 능력을 자유자재로 사용했었으니까.

한편 나나 메구루 씨의 경우에는, 익힐 수 있는 능력 대부분에 '전이'나 '전송'이 붙어 있다.

즉 『전이』에 속해 있는 확장능력이기에 능력전이가 불가능했던 모양이다.

거기다 용량도 부족한 모양이라…… 사용은 할 수 있지만, 어디까지나 주위 사람들에게 걸어 주는 것밖에는 할 수 없는 것 같았다.

"그리고 이 세계 사람들 사이의 경우, 놀랍게도 메인 능력까지 교환 가능한 것으로 판명되었습니다!"

"오오! 그렇게 근사할 수가!"

임금님도 대흥분 상태였다.

"하네바시 공! 부디 우리 나라 국민들을 위해 힘을 좀 써 주실 수 없겠소?"

으음…… 이게 대체 어떻게 된 상황이지?

임금님을 비롯한 주위 사람들이, 전에 없을 만큼 들뜬 채 내게 협조를 부탁하고 있다.

"저기…… 그 말씀은, 저를 처분하실 생각은 없다는 거 맞죠?"

"무슨 당연한 말을! 큭…… 하네바시 공, 부디 우리 왕족 여자와 결혼해 줄 수 없겠소?"

"안 돼요."

"오오, 용사 히야마. 하지만 그건 너무 아까우니……. 제2부인 정도면 괜찮지 않겠소?"

"안 돼요!"

메구루 씨는 한 발짝도 물러서지 않았다.

어쩐지 좀 쑥스러웠다.

하여튼 방금 임금님이 한 말은 처음에 람레스 씨가 했던 말 그대로였다.

좋은 능력자를 맞아들여서 아군으로 삼고 싶다는 뜻인지도 모른다.

아니면…… 정말로 게임을 포기하고 싶지 않은 건가?

그때, 메구루 씨가 손을 들고 임금님에게 질문했다.

"혼인은 거절한다 치고, 우선 대체 어떻게 된 건지 설명 좀 해주실 수 없을까요? 저희도 아직 개요 정도밖에 이해하지 못하고 있는 상태라서요."

"흐음…… 하긴 그렇겠지."

"람레스 씨에게 듣기로는, 희소한 능력이라서 국가에서 환영할 거라고 했는데, 어째서 환영하는 건지 알 수 있을까요?"

먼저 그 점부터 알아볼 필요가 있었다.

얘기를 정리해 보면, 나는 능력전이를 통해 지정한 상대의 능력을 교환시킬 수 있게 되었다.

임금님 쪽의 얘기에 따르면, 그건 더없이 희소한 능력이라고 한다.

그리고 그 능력은 강탈에 속하는 능력과는 달리, 처분되기는커녕 오히려 환영을 받고 있다.

어째서 이런 차이가 발생한 걸까?

일단 몇 가지 가능성을 생각해 볼 수는 있지만, 완전하게는 알 수 없다.

"우선 하네바시 공의 능력이 강탈에 해당하지 않는 이유부터 들자면, 능력을 사용한 상대의 승인이 필요하다는 것. 그리고 쌍방의 승인이 없으면 사용이 불가능하며, 우리 세계 사람들 간에는 주체가 되는 능력도 교환이 가능하다는 점이 강탈과는 다른 점이오."

임금님은 차근차근 나에게 가르쳐 주었다.

이 임금님, 우리가 처음 이 나라에 왔을 때는 메구루 씨나 학급을 이끌어 가는 학생들하고만 얘기했었는데, 지금은 나한테서 시선을 떼지 않고 있다.

내가 얻은 능력이 그렇게 중요한 능력인가?

"상대방의 승인이 필요하다면 능력을 빼앗는 거라고 할 수는 없겠지."

우리 반 아이들 말에 주위 사람들도 일제히 고개를 끄덕였다.

하긴 상대방의 승인이 필요하다면 빼앗는다고 보기 어렵겠지.

하지만…… 예를 들어, 능력을 넘겨주지 않으면 죽이겠다는 식으로 협박할 수도 있지 않을까?

그런 위험성은 틀림없이 존재할 것 같다.

그 점에 대해서는 국가 측에서도 이미 염두에 두고 있겠지만.

"물론 마음만 먹으면 악용할 수도 있겠지만, 이번에 온 이세계인들은 국가에 적응하기 위해, 항상 국가에 이익을 가져다 주는 쪽으로 행동하고 있소. 그렇기에 우리 나라에서는 여러분을 신뢰하기에 충분한 분들로 인식하고 있지."

"으음……."

나는 임금님의 손에 있는 게임기며, 대신이 들고 있는 식물 일러스트집, 그리고 테이블에 놓여 있는, 향신료가 가미된 내빈용 음식 등을 쳐다보았다.

거기에 동인지며, 도서관에 장서로 보관된 책들 등등…… 굳이 따지자면 악영향을 주고 있는 것들만 뇌리를 스치는데…….

이 나라, 괜찮은 건가? 서브컬처에 완전히 침식당한 느낌이 드는데.

"아…… 하네바시 님이 무슨 생각을 하고 계신지는 저희도 충분히 인식하고 있으니 걱정하지 마십시오."

대신이 앞으로 나서서 설명했다.

아, 이미 인식하고 있다고?

"하지만 이번에 오신 이세계인 여러분들은, 다양한 교역품을 이용해서 나라를 협박하려는 모습 같은 건 전혀 보이지 않으셨습니다. 저희는 그 모습에 신뢰하게 된 것이니, 부디 이해해 주십시오."

"아, 네."

"국가에서는 은근히 골칫거리가 되어 가고 있는 포인트 인플레이션 문제 해결에도 하네바시 님이 한몫해 주고 계신다고 생각하고 있으니, 더더욱 걱정하실 것 없습니다."

그러고 보니 람레스 씨도 얘기한 적이 있었다.

액년의 영향으로 마물들로부터 들어오는 포인트가 증가하는 바람에, 시장이 상당히 혼란스러운 모양이었다.

그런 가운데 이세계에서 가져온 물건들이 유입된 덕분에, 약간이나마 인플레이션을 막아 주는 브레이크 역할을 해 주고 있다고 한다.

뭐, 확실히 우리는 값비싼 무기를 만들면서 살레아가 포인트를 물 쓰듯 소모하고 있고, 그 밖에도 포인트 소비가 많아서 말이지.

급격하게 진행되어 가고 있던 포인트 가치 기준의 상대적 저하를 저지하고 있다는 건가……?

비록 우연이긴 해도, 순조롭게 잘 풀리고 있군.

"얘기가 곁길로 샜군요. 그럼 능력전이…… 아뇨, 능력교환에 관한 설명을 드리도록 하죠."

대신이 임금님에게 바통을 넘기듯이 손을 내밀었다.

그러자 임금님이 의기양양하게 가슴을 펴고 말했다.

"아마 이세계인 여러분도 알고 있겠지만, 개화할 능력 가운데 개인이 선택할 수 있는 범위는 지극히 좁소. 그런 상황이니, 그중에 본인이 원하는 능력이 있을 가능성이 오히려 더 적은 게 당연하지."

"아…… 네."

그 점은 나도 뼈저리게 잘 알고 있다.

내 능력은 전이.

그리고 반 아이들은 각각 자신의 의도와는 무관하게 다양한 능력을 얻었다.

딱히 스스로 선택한 것도 아니었고, 할 수만 있으면 다른 능력을 갖고 싶다고 생각하는 사람들도 많다.

나만 해도, 전투계 능력을 갖고 있었더라면 좋았을 거라고 생각한 적이 여러 번 있었다.

"이 세계 사람이 능력을 얻으려면, 일정 수준까지 레벨을 올린 후에, 능력을 주는 신전에 가서 능력 개화 의식을 치러야 하오."

"네."

"그 과정에서 다수의 후보가 나타나지만, 물론 그중에 원하는 능력이 없는 경우도 있지."

임금님의 지시에 따라 성의 심부름꾼이 칠판을 가져왔다.

이를테면 기사가 되기를 원하는 자가 갖은 노력 끝에 능력을 얻을 수 있는 레벨까지 도달해서 의식을 치른다고 치자.

기사에게 필요한 능력이라면 전투 계열…… 람레스 씨의 『라이크스류 검술』 같은 능력이 적합할 것이다.

물론 유니크 웨폰 몬스터를 물리쳐서 무기를 손에 넣는 등의 수단도 존재하긴 하지만, 다른 확장능력까지 고려하면 만족스럽지 못한 게 사실이긴 하다.

게다가 유니크 무기를 구하지 못하면 얻을 수도 없으니…….

그 밖에 다른 능력을 얻은 게 있으면 우대받는 경우도 있다지만, 그래도 원치 않는 능력을 얻게 되는 경우가 많다고 한다.

어떤 능력을 얻는가에 따라 자신의 진로를 생각해야 하는 것이 이 세계 사람들의 인생인 것이다.

예를 들어 기사가 되고 싶었는데 『금속가공』 능력을 얻은 자와, 장인이 되고 싶었는데 라이크스류 검술을 얻은 자가 있다고 치자.

직업이 직업이다 보니 서로 교류는 있을 테고, 서로의 고민을 이해할 수도 있을 것이다.

그런데 능력을 교환할 수 있는 힘을 가진 자가 이들 사이에 개입한다면?

서로의 능력을 교환해서 기사가 되고 싶었던 자에게 라이크스류 검술을, 장인이 되고 싶었던 자에게 금속가공 능력을 줄 수 있는 것이다.

"본인이 원하는 직업과 능력이 서로 들어맞지 않는 경우는 아주 흔하지. 이세계 분들 중에도 있지 않소?"

그렇군……. 능력이라는 건 역시 재능과 비슷한 것으로 인식되는 모양이다.

자신이 얻은 재능이 본인이 원하는 길과 맞지 않는 경우도 다수 존재하는 것이리라.

물론 능력에 의존하지 않고 자신이 원하는 직업을 선택하는 자도 있다는 건 임금님도 알고 있었다.

하지만 그렇다 해도, 들여야 하는 노력의 양을 따지자면 그야말로 비교조차 할 수 없을 만큼의 차이가 있는 것이다.

"하긴…… 있긴 하죠."

서브컬처에 비유하면 이해하기 쉬울지도 모르겠다.

예를 들어, 만화가가 되고 싶지만 그림을 못 그리는 경우.

아무리 그려 봐도 실력이 늘지 않는다.

아무리 노력해 본들, 잘 그리는 사람은 얼마든지 널려 있다.

지구였다면 재능이 명확한 수치로 나타나는 일은 없지만, 이세계에서는 스테이터스라는 형태로 증명되고 만다.

여기에서 재능으로서 능력 차이가 크게 드러나게 된다면 어떡하지?

……견디기 힘들겠지.

만화를 그리는 재능이 있는지 없는지가 증명되고 마는 것이다.

그런데 만약에, 본인이 원치 않음에도 만화를 그리는 재능을 가진 상대가 있고, 그자가 자신이 가진 재능을 원하고 있으며, 그 두 재능을 교환할 수 있게 된다면 어떨까?

기꺼이 상대방과 자신의 재능을 교환하겠지.

그렇게 함으로써 자신이 원하는 직업을 가질 수 있다면, 그야말로 악마에게 영혼을 파는 녀석이 있다 해도 이상할 게 없다.

이 세계는 따지고 보면 능력에 의한 관리사회 같은 측면도 있는 것 같으니까.

물론 본인의 노력을 인정하지 않는 건 아닌 것 같지만.

"즉, 능력 교환에 해당하는 능력이 그렇게 많은 사람들에게 희망을 줄 수 있다는 거죠?"

"빨리 이해해 주니 고맙구려. 그렇소. 하네바시 공이 발현한 확장능력은 사람들에게 그만큼 큰 희망이 되는 거요."

"용사로 임명된 나보다 유키나리 군이 더 떠받들어지는 것 같다는 느낌이 드는데."

메구루 씨가 웃으며 내게 그렇게 말했다.

메구루 씨는 원래 용사 취급 받는 걸 싫어했으니까. 기다렸다는 듯 내게 반격을 가하려는 것이리라.

뭐랄까…… 될 수 있으면 재능 없이도 노력으로 성공하는 사람을 보고 싶지만, 여기는 재능이 명확하게 드러나는 세계니까.

"많은 사람들의 희망이 되는 건 좋은 일이라고 생각하는데, 유키나리 군."

뭐, 당사자 입장에서 보면, 아무리 노력해도 얻을 수 없는 능력이라 포기할 수밖에 없다면 울고 싶은 심정이겠지.

그런 상황에서 능력전이 능력은 희망이 된다……라는 건가.

"임금님의 말씀을 보충해 드리지요. 예를 들어 능력과는 무관하게 꾸준한 능력을 통해 검술을 익힌 자에게 검술 능력을 주면 어떻게 될 거라 생각하십니까?"

"그동안의 노력이 헛수고가 되거나, 아니면 효과가 더 상승되거나?"

"후자 쪽이라고 알려져 있습니다."

능력이 더 보태진다는 말이군.

하긴 자력으로 요리후지 수준의 검술을 재현할 수 있는 녀석이 실제로 그 능력을 사용할 수 있게 되면 이해도가 한없이 올라가는 게 당연하겠지.

감각의 차이에도 바로 대처할 수 있을 것 같다.

그런 게 바로 스테이터스로 드러나는 능력과 실제 경험의 차이인지도 모르겠다.

"저기…… 그래서요? 이 능력이 중요하다는 건 알겠지만, 임금님이 그렇게 흥분하시는 이유는 뭔가요?"

"네, 대화의 흐름으로 보아 이해하시겠지만——."

"능력교환 능력을 소지한 자는 아주 희귀하오. 전례가 없었던 건 아니지만, 그야말로 100년에 한 명 나올까 말까 한 수재. 어느 나라에 가건, 어느 곳에 가건 열렬한 환영을 받게 될 거요."

임금님이 대신의 말을 가로막고 힘주어 말했다.

그, 그렇게 희귀한 능력인가?

"그러고 보니 하네바시의 전이 능력은 국가의 능력 일람에도 없는 희귀한 능력이라고 그랬었지?"

요리후지가 중얼거렸다.

"전례가 없는 능력을 가진 게 나 혼자는 아닐 거잖아?"

"하지만 능력교환에 해당하는 능력은 수요도 많을 것 같으니까 괜찮지 않을까?"

"유키나리 굉장하다~!"

남의 일이라고 속 편하게 얘기하긴…….

희소가치가 있다는 건 불필요한 사건에 조우할 가능성이 높다는 뜻이기도 하다고.

그것이 다른 아이들에게 악영향을 끼친다면 의미가 없다.

"하네바시 공의 경호를 담당할 기사를 증원하는 게 좋겠군. 뭔가 불경한 짓을 저지르는 녀석이 없으리라는 보장도 없으니까. 국가의 역량을 총동원해서 이세계 사람들에 대한 경호를 강화하도록."

임금님이 뭔가 대대적으로 선언하시는데.

일이 너무 커지는 거 아니야?

하긴 내가 악용당하는 사태는 나도 걱정했었으니까, 그런 일이 발생하지 않도록 감시하는 측면도 있을지도 모른다.

그건 반드시 필요한 일이니, 불만은 없다.

하지만 내 능력은 전이다. 정기적으로 원래 세계에 가서 물건도 사 와야 하니, 경호 기사가 늘어난다 해도 철저하게 감시하기에는 부족한 측면이 있을 텐데.

"임금님! 하네바시 님 경호는 부디 제게 맡겨 주십시오!"

게임에 지나치게 빠져서 좌천당했던 람레스 씨가 기다렸다는 듯 지원하고 나섰다.

"좋다! 기사 람레스, 자네가 몸을 바쳐 하네바시 공을 지켰다는 얘기는 이미 들었다. 게임에 지나치게 열중하는 바람에 받았던 근신 처분을 풀기에도 좋은 기회겠지. 허락하겠다."

뭐, 평소에는 거의 게임만 하다시피 하는 사람이고, 임금님과도 게임 친구 같은 사이가 되어 있으니 부탁도 잘 통하겠지.

너무 노는 데만 빠지는 바람에 메구루 씨와 요리후지를 경호하는 임무로 배속됐었는데…… 요령도 좋은 사람이군.

"현재 하네바시 님에게 능력교환 능력이 있다는 걸 아는 사람은 소수……. 정보를 통제한 뒤, 하네바시 님께 복면을 씌우고 직업신전에서 능력교환원 업무를 보게 하는 건 어떻겠습니까?"

어? 나한테 뭔가 일을 시키려는 건가?

괜찮은 걸까?

"흐음……. 이세계 분들에 대한 엄중한 보호와 더불어, 이 사실을 국가기밀로 지정한다! 이세계인 이외의 사람이 이 사실을 발설할 경우 중범죄로 판정, 그 일족들까지 모두 엄벌에 처하겠다!"

우와!

갑자기 얘기가 살벌한 분위기로 흘러가잖아.

"이것도 다 이세계인 여러분의 생활을 보호하기 위한 일이니, 모쪼록 이번에 얻으신 능력에 대해서는 같은 이세계인 분들에게도 함구해주시길 바랍니다."

"아, 알았어요. 그래 봤자 이미 꽤 많이 알려진 것 같지만요."

나와 같이 사냥을 하던 요리후지 일행이며, 람레스 씨를 비롯한 기사들도 알고 있으니까.

이 세계 사람인 람레스 씨와 기사들은 자기들의 지위가 있으니 말조심을 해 주겠지만, 요리후지를 비롯한 반 아이들에게도 입단속을 해야겠군.

하긴 요리후지와 반 아이들이 군이 외부에 정보를 흘린다고 해서 득을 볼 일은 없겠지만.

나를 불리하게 만든다고 해서 이득이 될 일도 없고, 금전적으로 곤경에 처한 사람도 없으니까.

"그럼 다음 얘기로 넘어가죠. 하네바시 님, 직업신전에서 능력 교환 직무를 맡아 주실 수 없겠습니까? 보상은 한 번 교환할 때마다 요금의 8할, 국가와 직업신전에서는 알선료로 2할 정도를 받도록 하겠습니다."

뭐랄까…… 게임 속 신전에서 교황 역할을 맡게 될 것 같은 분위기인데.

"한 번 교환할 때마다 보상을 받는다고 하셨는데, 그 보상은 대충 어느 정도인가요?"

메구루 씨가 손을 들고 물었다.

경우에 따라서는 받아들이지 않을 수도 있다는 표정이었다.

이 중에서는 요리후지와 더불어 톱클래스의 전력을 갖고 있으니까. 그에 따른 책임감을 갖고 물어본 것이리라.

"과거 전례에 비추어 보아, 처음에는 한 번 교환할 때마다 1인당 30만 포인트, 교환에는 둘이 필요하니 총 60만 포인트를 징수할 계획입니다. 하네바시 님이 취임하시면, 아마 수없이 많은 방문객들이…… 소속 국가를 불문하고 몰려드는 사태가 벌어질 것입니다. 혹시 의견이 있거든 말씀해 주십시오."

"추첨제, 투자한 돈이나 포인트에 따른 우대 등, 어떤 조건을 붙이더라도 다들 받아들이겠지. 워낙 희소한 능력이니, 어느 정도는 하네바시 공이 자유롭게 요금을 책정해도 좋소."

이거 무슨 약점이라도 잡은 사람처럼 됐잖아?

임금님의 말마따나…… 상당히 큰돈이 벌릴 것 같다.

그리고, 비록 마력을 어느 정도 소비하기는 하지만, 실제로 의식을 진행하는 시간은 10분 정도잖아?

고작 그 정도면 끝나는데도 건당 60만…… 내 수중에는 50만 포인트가 들어온다면…… 한 시간에 300만 포인트?

게다가 이건 비교적 저렴하게 책정한 거고, 가격을 더 올릴 수도 있는 상황이잖아?

덩굴째 굴러온 호박이랄까, 상대의 숨통을 쥐고 있는 거나 마찬가지라는 건가?

게다가 지금은 포인트 인플레이션 때문에, 손님들도 포인트가 넘쳐나서 감당하지 못하고 있는 상태다.

뭐, 그래도 포인트가 없는 사람은 돈을 벌든가 해서 포인트를 얻어야겠지만.

여기서 가격을 더 끌어올려서…… 안 그래도 비싸던 게 더 비싸지고, 원하던 능력이 눈앞에 있고 교환할 사람도 찾았음에도 교환 대금을 구할 수 없는 사태가 벌어지면 어떻게 될까?

내 망상 속에, 원하는 능력이 눈앞에 있는데도 얻지 못한다는 괴로움에 신음하는 사람의 모습이 선하게 떠올랐다.

나도 갖고 싶은 확장능력이 있다.

모두를 원래 세계로 돌려보내는 능력이다.

물론, 능력을 악용하기 위해 교환하고자 하는 인간이 없으리라는 보장은 없다.

하지만, 그래도 나는 많은 사람들에게 각자가 원하는 능력을 주고 싶었다.

"어떻게 할래? 가격을 올려도 된다는데?"

메구루 씨가 내게 말했다.

그러나 나는 고개를 가로저었다.

"알았어요. 직업신전 사람들이 많이 고생하겠지만, 국가의 방침에 따르기로 하죠. 단, 사람들을 농락하는 행동…… 포인트를 함부로 올리거나, 저에게 알선하는 단계에서 불법 수수료를 챙기는 행동 같은 건 절대로 용납하지 말아 주세요."

"알겠소. 국가의 위신을 걸고 철저하게 준비하도록 하지."

이렇게 나는 임금님의 부탁을 받아들여서, 직업신전 취업 제안을 받아들이기로 마음먹었다.

근무일은 일주일에 3일. 나도 이것저것 하고 싶은 일들이 있기도 하고, 나머지 날에는 직업신전과 국가가 협조해서, 원하는 능력과 제공 가능한 능력을 조회해 두겠다고 했다.

악용하거나 사전에 약점을 잡고 능력을 간접적으로 강탈하는 건 절대로 불가능하다 한다.

국가의 엄정한 심사를 반드시 거쳐야만 하게 되었다.

거짓말을 간파하는 능력이 있다는 모양이었다.

참 편리한 능력도 다 있다.

아마 지금까지 우리에게도 그 능력을 사용했었고, 그 때문에 우리를 신뢰하게 된 거겠지.

어찌 됐건 내가 능력전이 작업을 하는 날에는 스케줄이 빼곡하게 들어찼다.

국가의 장인이 만든 음성변조 도구와 덩치가 커 보이게 만드는 외투, 거기에 얼굴을 알아볼 수 없도록 하는 마법이 걸린 가면까지 제공되었다.

나는 직업신전 내에서 엄중하게 관리되는, 엄선된 자밖에 들어
갈 수 없는 구획에서 옷을 갈아입고 직무를 수행했다.

아, 내 마력 회복 담당으로는 미노리 씨가 발탁되었다.

상대가 나라는 건 모른다는 모양이지만.

⏳ 제3화 능력과 재능

그렇게 취임한 날…… 나는 직업신전에 도착했다.

성 밑 도시 외곽에 있는 커다란 신전이었다.

대충 표현하자면 커다란 돌기둥이 늘어서 있는 건축물인데, 그
안에 교회가 통째로 들어 있었다.

건물 안에는 수로가 만들어져 있고, 단적으로 말하자면 모 유
명 게임 3에 나오는 곳 같다고 표현하면 맞을 것 같다.

우와……. 뭔가 신전 앞에 엄청 긴 줄이 생겼잖아.

지금까지는 제대로 안 봤었는데, 이건 혹시 내가 하는 일을 보
러 온 사람들인가?

그런 내 생각은, 반은 맞고 반은 틀린 것이었다.

사람들 중 반쯤은 능력개화 쪽에 줄을 선 사람들이었던 것이다.

그 밖에 유니크 웨폰 몬스터 예약이나 분포 열람도 여기에서
하게 되어 있다고 했다.

"잘 부탁드립니다."

직업신전 안에서 옷을 갈아입은 후, 나는 새로 설치된, 아니 복
각된 능력교환 부문 담당자의 자리에 앉았다.

그랬더니 사람들이 끊임없이 몰려들었다.

사전 예약이 필요한 데다, 자신이 원하는 능력과 매치되는 사람도 찾아야 하는 등 복잡한 조건이 있는데도 손님은 꼬리에 꼬리를 이었다.

"그럼 능력교환을 담당하는 사찰관님. 원치 않은 능력을 가진 이 자들에게 희망의 빛을 내려 주십시오."

사회 진행을 맡은 신부가 말했다.

그리고 내 앞에 나타난 두 사람…… 한 사람은 말쑥한 옷차림의 청년이었고, 다른 한 명은 중년 사내였다.

이 두 근육질 남성들을 확인해 보았다.

교환 내용에 대해서는 나도 잘 몰랐지만, 사전에 건네받은 자료 덕분에 상대방의 개인 정보를 알 수 있었다.

귀족스러운 청년의 능력은 『광석채굴』이고, 중년 남성은 『라이크스류 소검술』이라는 모양이었다.

물론 귀족스러운 청년은 차림새 그대로 귀족으로, 국가의 견습 기사 신분이라고 했다.

중년 남성은 광산에서 일하는 광부인 것 같았다.

확실히 현재의 직업과 능력이 안 맞는군.

나는 『능력전이』를 작동시키고 두 사람에게 승인을 요청했다.

그러자 내 앞에서 기도를 올리던 두 사람이 동시에 퍼뜩 놀란 표정을 짓고, 요청을 승인했다.

내 마력이 줄어드는 동시에 두 사람의 얼굴이 환해졌다.

"지푸라기라도 잡는 심정으로 신청했는데, 설마 정말로 이 능력을 얻을 수 있을 줄은 생각도 못 했습니다! 감사합니다."

"드디어 동료들과 같은 선상에 설 수 있게 됐어! 감사합니다!"

두 사람은 모두 후련한 표정으로 제단에서 내려갔다.

"이번 의뢰에 대한 보상입니다."

미노리 씨가 나를 회복해 주는 도중에 신부가 나에게 포인트를 건넸다.

정말 50만 포인트가 들어왔잖아!

굉장한데. 아까 그 둘이 각각 30만 포인트씩 냈다는 건가.

어쩌면 귀족 청년이 전부 내준 건지도 모르지만.

두 사람 모두 원하던 능력을 손에 넣은 덕분에 발걸음이 가벼워 보였다.

중년 남성은 나이에 안 어울리게 폴짝폴짝 뛰고 있다.

정말로 절실하게 원했었던 모양이군.

이렇게 나는 분 단위 스케줄에 맞춰 의뢰인들의 능력을 교환하는 작업을 수행했다.

그래도 하루…… 저녁 5시쯤에는 업무가 끝나긴 했지만, 헤아리기도 넌더리가 날 만큼 어마어마한 횟수의 능력전이를 수행했다.

물론 능력 교환을 마친 자들의 표정은 하나같이 밝았다.

중간에는 변칙적으로, 한쪽이 원하는 능력을 교환하고 다시 다른 사람과 재교환하는 식의 작업을 하기도 했다.

하긴 매치가 딱딱 들어맞는 경우란 얼마 없는 법이니까.

이런 건 임기응변을 발휘해서 대처하는 모양이었다.

단 하루 만에 내게 막대한 포인트가 들어왔다. 지금까지의 수입과는 비교도 되지 않을 정도의 숫자였다.

하루 만에 대부호가 된 것 같은…… 그런 상황이었다.

하지만 이렇게 많은 포인트가 있어도 살 수 없는 물건이나 소재도 많이 있었다.

일단 저축해 두는 게 정석이겠지.

"후우…… 피곤하다."

"가우~. 유키나리 수고했어~."

일을 마치고 하기사와의 공방에서 쉬고 있으려니 쿠마코가 인간 형태로 내 어깨를 주물러 주었다.

이런 부분은 인간 형태로 변신할 수 있게 돼서 잘됐다고 해야 할까?

"수고했어. 어땠어?"

"뭐냐뭐냐, 유키나리가 뭔가 시작한 것이냐?"

극비사항이라서 아직 살레아에게도 말하지 않은 상태였다.

어떤 일인지를 얘기하기는…… 상당히 꺼림칙한 상대니까.

메구루 씨를 잘 따른다고는 해도 상인은 상인이니까. 어디서 떠벌리고 다닐지 장담할 수 없다.

"간단히 말해 엄청난 포인트가 들어오는 일이야. 고작 하루에 1500만 포인트를 벌었으니까."

"천오백……"

아, 살레아가 말문이 막혀 입가를 가렸다. 눈이 화폐 단위 모양이 되어 있다.

"끝내주잖아!"

"냐!"

하기사와도 흥분한 기색이었다. 미케도 그런 주인의 반응에 맞장구를 쳤다.

뭐, 하기사와의 입이 무겁기를 기도하는 수밖에 없겠지.

그나저나…… 생각해 보면 우스운 일이다.

한 시간에 300만 포인트라니.

첫날이라 유독 더 손님이 많았던 건지도 모르지만, 사람들의 수만큼 고민이 존재하고, 나는 그런 자들에게 사람당 30만 포인트를 받고 원하는 능력을 준 것이다.

수요가 많다는 얘기는 정말이었던 모양이군. 임금님이 나를 붙잡아 두려 하는 것도 이해가 간다.

하지만 능력 부적합 때문에 고민하는 사람들의 숫자에도 한계가 있는 법.

이 수입이 언제까지 이어질지는 장담할 수 없다.

최대한 저축해 두고, 반 아이들의 장비 값에 보태는 게 무난하겠지.

"그렇게 포인트가 많으면 아예 두려울 게 없는 거 아니야? 풀메탈 터틀 장비 같은 건 우스운 수준일 것 같은데."

"뭐, 그건 그렇지."

"문제는 재료겠구나. 제작 과정도 상당히 버거울 테고."

살레아의 말에, 나도 고개를 끄덕였다.

애더먼트 터틀 소재 장비는 아무리 돈을 들여도 구할 수 없는 경우가 많았다.

그야말로 전설급 소재라고 할 수 있으리라.

"그럼 이렇게 하자꾸나. 내가 아는 장인에게 부탁해서, 풀메탈 터틀 소재로 과잉정련에 도전해 보는 긴 이떻겠느냐?"

과잉정련……. 대장장이 계열의 확장능력 중에 있는 『정련』이라는 기술을 사용해서, 모 아니면 도 식으로 한계치 이상의 강화를 시도해 볼 수 있다. 실패하면 무기가 망가져서 소실되는, 온라인 게임에 흔히 나오는 요소가 이 세계에도 존재하는 것이다.

"풀메탈 터틀 시리즈로 과잉정련에 성공하면 단번에 유명 인사가 될 것이니라! 가게에 장식해 두면 틀림없이 대박이 날 게야!"

"이봐……."

그런 돈 먹는 하마를 만들어서 어쩌자는 거야.

하긴 이제 그런 시도를 하는 것도 불가능하지는 않지만…….

시게노부의 유품인 검만 아니라면 해 보는 것도 안 될 건 없지만, 기껏 번 돈이 날아가 버리는 건 제법 타격이 간단 말이지.

게다가 요리후지는 글러브 사용을 권하고 있고……. 뭐, 그러는 것도 이해는 가지만.

방어구로 과잉정련에 도전하는 건…… 흐음, 영 안 내키는데.

"어쨌든 종합적으로 따져 보면, 메구루 씨나 요리후지나 다른 친구들한테 강화 장비를 지급하는 게 장래의 수입에 가장 큰 도움이 되지 않을까?"

"유키나리는 참 견실하구나. 도전하지 않으면 나중에 중요한 상황에서 후회할지도 모른다만?"

"괜히 무리했다가 포인트를 시궁창에 버리는 꼴이 될지도 모르잖아."

"역시 메구루야! 현실을 제대로 파악하고 있구나!"

"방금 유키나리 군한테 한 말이랑 달라도 너무 다르지 않니?"

메구루 씨가 황당한 표정으로 살레아의 태도를 지적했다.

최근, 요리후지는 국가 소속 연금술사에게 만들 수 있는 장비의 소재를 물어 보고 특화 장비 제작을 시작했다.

액년을 맞아 활성화된 마물을 처리하는 작업은 국가의 주요 사업이 되기도 했을 정도고, 우리가 있던 숲 쪽에도 변화가 나타났다고 들었다.

상당한 빈도로 마물들이 숲에서 뛰쳐나오는 사태가 벌어졌다는 모양이었다.

"하긴 이제 슬슬 유키나리 군도 새 장비를 마련해야 할 때인 것 같기도 해."

"레벨은 올랐지만, 아직 풀메탈 터틀 장비를 입고 움직이는 것만 해도 버거울 정도인데?"

이제 조금씩 따라잡고는 있을지언정, 아직 요리후지 등과는 레벨 차이가 제법 많이 나서, 도움을 받아 가며 레벨업을 하고 있는 단계였다.

능력전이를 이용해서 뭔가 전투계 능력을 구하고 싶지만, 나 자신은 지정할 수 없단 말이지.

"아, 이제 슬슬 물건 사러 원래 세계에 가 봐야겠네."

나는 사전에 포인트를 금전으로 변환하기 위해 『포인트 상전이』를 작동시켰다.

"가우가우. 벌꿀 사다 줘~."

쿠마코가 나에게 조르기 시작했다.

하는 수 없지. 오늘은 사 주자.

지난번에는 쓰러졌다가 일어나는 복싱 연습용 비닐 오뚝이를 사다 줬는데, 그거 아직 더 쓸 수 있겠지.

"그래, 알았어, 알았어. 오늘은 쿠마코가 좋아하는 벌꿀을 사다 줄게."

"고마워."

"냐~."

그러자 미케가 부러워하는 표정을 지었다. 생선이라도 사다 줘야 하나?

짤랑 하고 포인트를 일본 엔화로 변환시키자, 하기사와가 나를 보고 물었다.

"예전부터 궁금했던 건데 말야."

"응?"

"왜 그래?"

메구루 씨도 나와 같이 하기사와에게 되물었다.

"하네바시가 가진 그 능력은 포인트를 금전으로 바꾸는 능력이랬지?"

"그래."

나는 이제 당연하다는 듯이 포인트 상전이를 통해서 포인트를 금전으로 변환시킬 수 있다.

"마음만 먹으면."

마침 잘됐군.

나는 100만 포인트를 엔화로 바꾸어서 만 엔짜리 지폐 다발을 만들어 하기사와에게 내보였다.

"이런 것도 할 수 있어."

"오오…… 100만 엔이잖아! ……그걸로 내 뺨 좀 때려 줘."

하는 수 없지.

나는 하기사와의 부탁을 받고 지폐 다발로 뺨을 때려 주었다.

"감사합니다! 오오! 오…… 끝내 준다! 진짜 100만 엔이잖아!"

"나도! 은화 같은 걸로 돈주머니를 만들어 주거라!"

"그런 걸 따라 해서 어쩌자는 거야!"

정말이지, 하기사와와 살레아는 서로 비슷한 녀석들이라니까.

"지금 우리 입장에서 보면 그렇게 큰돈도 아니잖아. 하기사와, 네가 만든 인간화 약도 100만 포인트나 들잖아."

"그건 나도 알지만! 돈다발은 뭔가 느낌이 다르다고!"

하긴 나도 돈다발을 만들어 보고 돈의 무게를 실감하긴 했다.

포인트라는 표현만 갖고는 영 실감이 나지 않는다.

게임의 스테이터스 화면에 표시되는 소지금 정도의 감각밖에 들지 않는 것이다.

신전에서 딱 하루 일했을 뿐인데 이런 걸 15다발이나 얻을 수 있게 되다니…….

"아니, 그게 아니라, 내가 궁금했던 건, 하네바시가 가진 그 능력이 정말 포인트를 돈으로 바꾸는 게 전부냐 하는 거야."

"응? 그것 말고 뭐가 더 있는 거야?"

내가 되묻자, 메구루 씨도 새삼 생각에 잠겼다.

"유키나리 군, 그러고 보니 뭔가 이상한 꿈을 꾸면서 그 포인트 상전이에 대해 뭔가 들은 말이 있다고 하지 않았어?"

"아, 그러고 보니 그런 꿈도 꿨었지."

여러 가능성이 있는 꿈이었던 것 같다는 느낌이 들었다.

일부러 의식하지 않으려 하고 있지만…… 확실히 뭔가 더 할 수 있을 것 같다는 생각이 들긴 했다.

"정식명은 포인트 상전이란 말이지? 『전이매매』가 아니라?"

하기사와가 새삼스럽게 물었다.

"그건 그런데……."

왜 설명 안 한 거냐! 라는 표정으로 쳐다보는 하기사와.

아니, 뭐 어때서 그래. 애초에 전에도 설명했을 텐데.

"하네바시, 상전이라는 게 어떤 의미인지 알고 있는 거야?"

"말 그대로 상전이 아니야?"

상변태(相變態)라고도 불리는, 변화하는 상을 가리키는 말이라 할 수 있을 것이다.

통계역학이었던가?

상(相)이란, 안정된 상태이면서 동일한 특징을 가진 계열들의 집합으로 정의된다고 한다.

기체에서 액체, 고체로 변화하거나, 혹은 고체에서 액체로 변화하거나 하는 모든 공정을 뭉뚱그려서 상전이라 부르기도 한다고 들었다.

"그러니까 포인트라는 기체를 금전이라는 고체로 상전이시키는 거라고 생각하면 딱히 이상할 건 없잖아?"

"하긴. 하지만 하네바시가 가진 그 능력이 포인트를 돈으로, 돈을 포인트로 바꾸는 게 전부인 능력이라는 보장은 없잖아?"

"그 말을 들으니까 다른 걸로도 변화시킬 수 있을 것 같다는 느낌이 드는데."

"맞아. 가능한지 어떤지 시험해 봐야 알겠지만…… 경험치나 마력 같은 걸로 상전이시킬 수도 있지 않을까 하는 생각이 들어서 말야."

"발상이라는 건 중요한 거야. 다른 응용이 가능하다면 한 번 시험해 보는 것도 나쁘진 않겠지."

나는 팔짱을 끼고 생각에 잠겼다.

"가능할지도 몰라. 우리가 아직 숲에 있었을 때, 내가 원래 세계에서 물건을 살 수 있다는 사실을 어떻게 얼버무려야 할지 고민하면서 실험해 본 적이 있었어."

"포인트를 돈으로 바꿀 수 없을까 하는 식으로?"

하기사와의 말에, 나는 고개를 끄덕였다.

"결과적으로 원래 세계의 물건을 포인트로 살 수 있다는 게 밝혀지고, 그냥 그렇게만 생각하면서 지내왔다는 거지?"

"그래."

"뭐, 발상 자체는 정확했고, 결과적으로는 득을 봤으니까. 지금도 그 능력 덕분에 엔화를 얻으려고 고생할 일도 없어졌으니까, 딱히 불만은 없어."

그러게 말이야……. 만약 이 능력이 없었으면 어떻게 됐을까?

이세계에서 손에 넣은 포인트를 금전으로 바꿀 수 없는 상태에서, 무슨 수로 일본 엔화를 얻을 수 있었을까?

금화를 가지고 전당포라도 가 봐야 했으려나?

전당포 같은 곳은 이런저런 곳들과 얽혀 있어서 썩 돈이 되지는 않는다는 얘기를 어디선가 들었던 기억이 난다.

애초에 금에는 일련번호가 있어서 무턱대고 거래할 수 없다는 얘기도 들었었다.

마물의 시체에서 나온 소재를 파는 건?

터무니없는 생각이다. 그런 걸 누가 사겠는가.

이세계의 식물을 원래 세계로 가져가서 신종 식물을 발견했다는 식으로 발표하고 파는 건?

시간이 너무 많이 걸리고, 수속이나 이런저런 성가신 일에 휘말리기 십상일 것이다.

흐음…… 그럴싸한 방법이 떠오르지 않는다. 그렇게 생각하니 지금까지 내가 이 능력에 얼마나 큰 도움을 받았는지 실감이 나는군.

이게 없었다면 교역으로 돈을 벌지는 못했겠지.

원래 세계로 돌아가 봤자 물건을 살 수 없었을지도 모른다.

"내가 아는 사람 중에 『환전』 능력을 가진 사람이 있는데…… 어쩌면 메구루네 세계의 금전으로 환전할 수 있을지도 모르겠구나."

"그런 능력도 있어? 하긴…… 그게 더 타당한 방법이었는지도 모르겠네."

"뭐, 어차피 하네바시가 환전할 수 있으니까 이제 필요 없어."

"그야 뭐……. 그나저나…… 포인트를 돈 말고 다른 걸로 변환할 수 있을지도 모른단 말이지……."

나는 다시 포인트 상전이를 지정해 보았다.

엔

달러

유로

라이크스

항상 이 중에서 선택해서 변환시켜 왔으니까 말이지. 딱히 이 상하다고 생각한 적도 없었다.

잘 생각해 보면, 돈 중에서도 엔과 달러, 유로밖에 없다는 것도 좀 이상하긴 하단 말이지.

나도 썩 잘 아는 건 아니라서 정확하게 얘기할 수는 없지만, 세 상에는 다양한 화폐가 존재하니까 말이다.

경험치로 바꿀 수는 없을까?

그렇게 생각하자 라이크스의 화폐 밑부분이 일렁거리더니……
EXP라는 항목이 출현했다!

"EXP라는 항목이 생겼어."

"뭬야?!"

"포인트를 경험치로 바꿀 수 있다는 거야?!"

"반환 비율이 정해져 있겠지. 시험 삼아서 한번 지정해 봐."

"잠깐, 우리도 받을 수 있는 거야?"

하기사와의 말에, 나는 EXP를 메구루 씨나 반 아이들에게 줄 수 있는지 시험해 보았다.

그런 항목은 안 나오는군.

포인트를 EXP로 변환하는 항목밖에 표시되지 않았다.

시험 삼아 100EXP를 지정했더니 그대로 100포인트가 변환돼 서…… 내 경험치로 들어왔다.

"안 되는 것 같아. 경험치로 바꿔서 메구루 씨나 다른 사람한테 주는 건 불가능해 보여."

나 자신의 경우는 경험치를 포인트로 변환하는 것도 가능한 것 같았다.

그렇다면 내 레벨을 내릴 수도 있다는 얘기가 되잖아…….

"유키나리 군에게만 한정돼서 적용된다는 거지?"

"그나저나 포인트를 경험치로 바꿀 수 있다는 거, 진짜 대단한 능력 아니야? 지금까지 그걸 안 썼다는 건 게임 시스템을 절반도 안 쓰고 플레이한 거나 마찬가지였다고!"

우와! 엄청나게 민망하다. 스스로도 알고는 있었지만, 나란 놈은 완전 바보였구나!

만약 이걸 제대로 운용해 왔다면 좀 더 편하게 지낼 수 있었을 텐데.

"하여튼 하네바시, 포인트를 경험치로 바꿀 수 있다면 빨리 레벨을 쑥쑥 올려 버려! 이제 굳이 싸움을 하지 않더라도 교역과 전직 알선만 가지고도 경험치를 벌 수 있으니까!"

"그래야지."

메구루 씨나 요리후지 등의 힘을 빌려서 레벨업을 할 것 없이, 벌어들인 포인트를 쏟아 붓기만 하면 경험치를 벌어들일 수 있다니, 이 방법을 안 쓸 이유가 없지 않은가!

그나저나…… 이거 혹시, 경험치뿐만이 아니라 스테이터스 같은 것에도 분배할 수 있지 않을까?

일단 한 번 해 보고 나니 가능성이 끝없이 펼쳐진다!

하지만 나는 그런 것보다 우리 반 아이들을 원래 세계로 돌려보낼 수 있는 확장능력을 빨리 얻고 싶었다.

그러자면 레벨이 가장 중요하겠지. 레벨만 올리면, 마왕이 나타날지도 모른다고 걱정할 필요도 없이 모두를 원래 세계로 돌려보낼 수 있을 테니까.

응? 어째 살레아가 진지한 표정으로 나를 쳐다보는 것 같은데?

"왜 그래."

"아무것도 아니니라."

대체 왜 이러는 거지?

살레아는 방금 그 진지한 표정은 어디로 간 건지, 메구루 씨에게 장난을 치기 시작했다.

"그럼 이제부터 한동안은 포인트를 얻으면 경험치로 변환하도록 할게."

"그래, 변환율 면에서 손해를 좀 볼지도 모르지만, 계속 그렇게 하다 보면 메구루보다도 더 고레벨까지 올릴 수 있을 수도 있잖아."

"강해지거든 우리 레벨도 끌어올려 달라고."

"가우!"

"냐!"

"당연하지. 앞날에 대비해야 하니까."

이렇게 나는 포인트 상전이를 작동시켜서, 소지하고 있던 포인트 대부분을 경험치에 배분하기 시작했다.

내가 직접 사냥에 참여하는 것보다 능력전이를 이용해서 경험치를 벌어들이는 게 더 효율이 좋았기에, 임금님에게 부탁해서 매일 신전 근무를 하며 포인트를 벌기로 했다.

그렇게 해서 레벨이 급상승했고, 그를 통해서 다양한 확장능력들이 등장했지만…… 결국, 친구들을 원래 세계로 돌려보낼 수 있는 확장능력은 나오지 않았다.

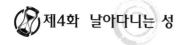
제4화 날아다니는 성

그런 나날이 일주일 하고도 며칠 더 경과했을 무렵.

"뭐야……."

지진 때문에 건물이 흔들렸다.

최근 며칠 자주 이런다니까……. 이것도 액년의 영향일까?

갑작스러운 재앙 같은 게 벌어지면 대처하기 힘들 것 같은데.

그래도 내진 설계는 어느 정도 되어 있는 모양이었다. 마법 문명의 결실이라 할 수 있겠지.

흉악한 마물 등의 침공에도 견딜 수 있도록 설계되어 있다고 했다.

"경과는 좀 어때, 유키나리 군?"

부탁받은 물건들을 사 온 내가 휴식을 취하고 있을 때, 메구루 씨와 친구들이 방에 놀러 왔다.

"아무리 레벨을 올려도 모두를 원래 세계로 돌려보낼 수 있는 능력은 영 안 나오네."

어떤 위기에도 대처할 수 있을 만큼 강해져야 한다.

나는 그런 감각에 지배당한 채 대답했다.

"너무 전전긍긍하지는 마."

"응, 그래야 한다는 건 알지만……."

"유키나리가 발주한 장비는 이제 거의 다 갖춰진 것 같은데, 사용감은 좀 어떻지?"

"이제 제법 적응이 됐어. 시간에 여유가 있을 때 적당한 마물을 상대로 싸워 보고 있으니까."

"유키나리 강해졌어, 가우!"

"그렇구나……."

살레아의 알선으로 풀메탈 터틀 갑옷을 만든 다음, 강화까지 실시했다.

그럴 수 있을 만큼의 돈은 벌었다.

우리 반 아이들의 장비도 제법 윤택해졌으니 참 잘된 일이다.

"쿠마코, 이제 슬슬 글러브도 강화하고 싶어."

"알았어. 강화 합숙 때 겸사겸사 글러브 강화도 실시하자는 얘기도 나온 참이니까."

"그거 괜찮겠는걸."

"그나저나 유키나리, 지난번에 내게 의뢰했던, 애더먼트 터틀 장비 제작 건 말이다만……."

살레아가 뭔가 쭈뼛거리며 내게 말을 걸었다.

왜 그러지? 내가 가져다준 소재에 뭔가 문제라도 있었나?

"어떻게 재료를 조달했는지 물어봐도 되겠느냐?"

"응? 전에 외출했을 때, 살레아가 얘기했던 마물 소재나 마물 자체를 발견했기에 가져온 건데?"

비록 양산형 검이지만, 나는 시계노부의 유품인 이 검을 제대로 활용하고 싶었다.

강화해서 문제가 될 일은 없을 터였다.

물론 쿠마코의 글러브를 사용해서 싸울 때가 많긴 하다. 쿠마코에게 이런 말을 하기는 미안하지만, 최근 들어서 공격력에 문제가 좀…….

쿠마코가 전투에서 손상된 글러브를 수리하고 있었다.

"메구루. 요즘 유키나리가 가져오는 소재가 좀 이상하구나. 엄청나게 좋은 재료를 아무렇게나 가져온단 말이다."

"그랬어?"

"당연히 메구루와 같이 도시들을 돌아다니면서 구한 건 줄 알았는데, 사냥한 거였다니……. 그것도 쿠마코와 둘이서 사냥해 왔다지 뭐냐."

"이제 레벨도 제법 올라서 어느 정도는 막 밀어붙여도 통하는 것 같더라고. 그보다 살레아, 전에 밤중에 내가 자고 있을 때 불도 안 켜고 나한테 다가왔었지? 은근히 섬뜩했었다고."

메구루 씨가 살레아를 노려보며 주의를 주었다.

"살레아, 너까지 그러기야? 안 그래도 쿠마코가 유키나리 군한테 이상한 짓을 못 하도록 다 같이 감시하고 있던 참이었잖아? 아무리 유키나리 군이 부자가 될 것 같아 보인다고 해도, 이상한 짓 하면 못써."

"다, 당연하지!"

살레아에게 충분히 주의를 준 다음, 메구루 씨는 다정한 표정으로 나를 타일렀다.

"너무 무리하면 안 돼. 유키나리 군이 무리해서 우리를 돌려보내 준다고 해도, 기뻐할 사람은 아무도 없으니까."

"그야 그렇겠지만…… 가만히 있을 수가 있어야지."

아무것도 안 하고 방관만 하다가, 나는 둘도 없는 친구를 잃고 말았다.

그러니까 할 수 있는 일은 다 해 두고 싶은 것이다.

무엇보다도, 이제야 좀 싸움다운 싸움을 할 수 있게 된 만큼 힘 닿는 데까지 최선을 다해 보고 싶다는 마음이 강했다.

"그래……."

"뭐, 어차피 조만간 다 함께 강화 합숙을 갈 예정이잖아? 내가 『포인트 상전이』로 레벨을 올린 만큼, 다 함께 강한 마물을 처치해서 레벨업을 촉진하도록 할게."

"그래, 유키나리 군의 강해진 실력, 기대할게."

"메구루 씨에게도 지지 않을 만큼 강해질 테니까."

우리는 그렇게 마주 보며 웃었다.

정신없이 레벨을 올려서, 모두의 실력 향상에 공헌하는 것.

그래…… 요리후지의 심정을 조금은 알 것 같다.

"……."

살레아는 뭔가 상념에 잠긴 얼굴로 그런 우리를 묵묵히 지켜보고 있었다.

평소의 장난스러운 태도는 조금도 찾아볼 수 없었다.

무슨 일 있었냐고 말을 걸어 볼까 했으나…….

"뭐…… 잘 듣거라, 메구루, 유키나리. 나는 장사 때문에 조금 먼 곳에 가게 됐다. 그래서 한동안 자리를 비워야 할 것 같구나. 돌아오거든 무기 강화를 알선해 줄 테니 잠자코 기다리거라."

"응? 그래, 알았어. 어차피 합숙 때까지는 아직 시간이 있으니까…… 그 전에 메구루 씨와 요리후지 일행의 레벨업에 동참하는 것도 괜찮겠는데."

"으음?"

"유키나리 군은 아무리 쉽게 레벨업을 할 수 있게 됐다고 해도, 무리하면 안 돼."

"알았어. 괜히 참견해서 미안."

메구루 씨와 요리후지 일행도 제법 열심히 레벨업에 힘쓰고 있으니, 내 레벨업 속도 정도는 금방 따라잡을 수 있을 것이다.

그런 나도 열심히 따라가야겠지.

"아직 메구루 씨나 요리후지의 실력은 따라잡기 힘들 것 같기도 해⋯⋯. 아무래도 나는 전투에 특화된 능력이 아니니까."

"유키나리~ 빨리 쿠마코 글러브를 강화시켜 줘."

"그래그래. 물론 내 주전력은 쿠마코의 글러브니까."

"가우~!"

"예약을 잡기가 워낙 힘들어서 말야⋯⋯. 나도 빨리 강화시키고 싶긴 한데."

"우리도 알선할 만한 곳을 한번 찾아볼게."

"부탁할게."

이렇게 잡담을 나누고, 하루가 흘러갔다.

이튿날⋯⋯ 능력전이 업무를 마치고 하기사와의 공방으로 돌아와 물품 구매를 위해 원래 세계로 가려고 했을 때.

콰당! 하고 국가의 기사가 하기사와의 공방 문을 걷어차다시피 열어젖히고 들어왔다.

"큰일 났습니다! 느닷없이 우리 나라 인근에 날아다니는 성⋯⋯ 전승에 나오는 마왕성이 출현했습니다!"

"뭐?"

전령이 뛰어 들어오는 동시에 람레스 씨 일행이 얼빠진 목소리로 되물었다.

그리고 그 결과, 이세계인인 우리는 비상시에 활용될 전력으로서 국가의 작전회의실로 보내져 대기하게 되었다.

온 나라에 소식이 전해지고, 각지에서 업무를 보고 있던 우리 반 아이들이 모여들었다.

메구루 씨는 용사인 만큼, 언제든지 출발할 수 있도록 이미 장비를 다 갖춰 둔 상태였지만…….

그래도 불안한 듯 내게 달려와서 말을 걸었다.

"유키나리 군, 있잖아…… 오늘 아침, 살레아가 간 지방에서 마왕성이 출현했다나 봐. 그 애한테 피해가 없어야 할 텐데……."

"의외로 생존력이 강한 녀석이니까 무사할 것 같지만……. 그래도 불안한 마음은 충분히 이해가 가. 나도 당장에라도 뛰쳐나가고 싶은 심정이니까."

지난번, 이 세계의 귀족이 우리를 함정에 빠뜨렸을 때, 살레아도 거래 때문에 그 저택 부근에 있었다고 그랬던가.

그리고 보면 그 귀족을 죽인 녀석은 아직 붙잡히지도 퇴치당하지도 않은 상태였다.

어디로 간 거지? 혹시 그 녀석이 마왕이었던 것 아닐까?

"그나저나 상황은 어떻게 돌아가고 있는 거야?"

메구루 씨는 회의실 창밖으로 보이는, 저 먼 하늘에 떠 있는 작은 성 쪽을 쳐다보았다.

이따금 뭔가 화염의 비 같은 걸 뿌려 대고 있는 것 같기도 하고, 마물 같은 것들의 형체도 눈에 띄었다.

보아하니 천천히 성 쪽으로 이동하고 있는 것 같았다.

"보고를 통해 들어온 정보에 따르면, 마물의 습격에 의해 인근 도시와 마을들이 피해를 입고 있다고 합니다."

"우리가 서둘러 달려가야 하는 거 아니야? 왜 대기 명령이 떨어진 거지?"

"그, 그 점 말입니다만⋯⋯."

람레스 씨와 국가의 병사들이 대답하기 껄끄러운 듯 말끝을 흐렸다.

대체 왜들 이러는 거야?

이때 임금님이 진중한 표정으로 다가와서 람레스 씨 일행에게 지시를 내렸다.

"이세계인 제군, 부디 차분하게 들어 주시오. 어쩌면 운명의 때가 벌써 온 건지도 모르겠소. 그렇다 해도 우리 나라는 이세계 여러분과 함께 재앙의 해를 이겨낼 수 있도록 노력할 거요."

"하아⋯⋯."

임금님은 게임에 열중하던 모습은 온데간데없이 진지한 표정으로 말했다.

이러니저러니 해도 임금님은 임금님이라는 거겠지.

"우선 상황 보고부터 들어 주십시오."

"알았어요."

메구루 씨가 우리를 대표해서 대답했다.

"현재까지 판명된 건, 저 성이 가로지른 마을과 도시에 있는 결계 발생 장치의 설정이 누군가에 의해 변경되어 있어서, 사람들이 미처 피난하지 못한 상황이라고 합니다."

"설정 변경이라고?! 또?!"

뭐야 그게?! 그건 위험한 능력자나 마물의 침입을 방지하는 장치 아니었어?!

지난번 귀족의 책략 때도 그랬고, 그놈의 장치는 우리에게 말썽만 일으키잖아!

아니면 혹시 마왕의 부하 같은 자들이 몰래 내통하고 있었던 걸까?

마왕이라는 녀석이 책략을 즐겨 쓰는 타입이라면 충분히 있을 법한 일이다.

"게다가 저 날아다니는 성에는 강력한 대포가 있어서, 상공에서 공격을 퍼부어 댑니다. 우리 나라의 병력으로 대처할 수 있을지······."

중무장한 성이라. 싸우려면 여간 고역이 아닐 것 같군.

"그리고 마력을 탐지해 본 결과, 결계장치에 저 성 쪽으로 막대한 마력의 흐름이 발생하고 있다는 보고도 들어왔고······ 생환자가 전해 온 얘기에 따르면, 성에서 출현한 마물이, 이세계인 중에서 가장 강한 자를 바치라는 메시지를 보냈다고도 합니다."

"가장 강한 자······."

요리후지와 메구루 씨에게로 시선이 집중되었다.

"국민들 사이에서는 이번 일이 이세계인 분들과 모종의 연관이 있는 것 아닌가 하는 동요까지 번지고 있는 중입니다."

"이제야 이해가 가네. 혼란을 피하기 위해서 우리를 성에서 대기시켰다는 거지?"

"이해해 주셔서 감사합니다."

혼란을 잠재우기 위해, 국민들의 의심을 사고 있는 우리에 대한 보호를 우선시한 건가…….

자칫 잘못하면 우리가 일망타진당할지도 모르겠다.

나와 요리후지 등이 경계심을 드러내자, 국가의 병사들과 람레스 씨는 고개를 조아린 채로 움직이지 않았다.

"오해하지는 말아 주시길. 저희는 여러분에 대한 보호를 우선시하고 있는 것뿐입니다. 그리고…… 하네바시 님이 안 계시면 곤란합니다."

람레스 씨, 참 많이 변하셨네요.

임금님도 비슷한 태도로 입을 열었다.

"그렇소! 하네바시 공은 이 나라의 보물……. 하네바시 공만 있으면 나라 재건쯤은 금방이라도 해낼 수 있소!"

"저기, 임금님?"

"실례했소."

뭐, 그냥 넘어가자. 경계만 하다가는 끝이 없을 테니까.

될 수 있으면 최악의 사태만은 벌어지지 않기를 기도하는 수밖에 없겠지.

"그래서? 어떤 식으로 설정이 변경됐다는 거지?"

"음~ 일부 마물의 침입이 가능해진 점과, 각 결계 간의 네트워크가 침식당한 점, 그것 말고는 현재 조사 중입니다. 단, 인간의 침입을 저지하는 건 아니라고 합니다."

선정 설정이 변경된 것뿐이라는 얘기인가.

마물의 침입이 가능해진 점만 해도 충분히 위협적이기는 하지만…….

보고에 따르면, 야생 마물의 침입은 여전히 불가능하다고 한다. 마왕의 휘하에 있는 마물들만 침입해 들어온다는 것이었다.

불행 중 다행으로 아직 사상자는 발생하지 않은 모양이었다.

그때, 쿠로모토 씨가 한 손에 책을 든 채 회의실에 나타났다.

"마왕의 침공에 대해서 판명된 점들이 있어. 결계의 변경 말인데, 과거에 출현했던 마왕에 의한 피해 보고 중에 비슷한 내용이 있었어. 국내에 있는 결계 중 50% 이상이 뚫리면, 국가가 적의 수중에 떨어지게 된다고 나와 있어."

"현재의 피해율은 22%입니다. 아직 저항할 여력은 있습니다. 국가의 기술자들이 필사적으로 저항하고 있습니다."

"그렇구나. 그럼 적의 목적 같은 것도 알 수 있어? 우리와 싸울 작정이라는 건 알겠지만."

"애초에 마왕이란 건 어떤 존재야? 그 녀석을 처치하면 우리는 원래 세계로 돌아갈 수 있는 거야?"

그 말에, 쿠로모토 씨가 책을 펼치고 글자들을 짚어 나갔다.

뭔가 알아낸 건가?

"마왕은 이세계인이 나타난 해마다 항상 관측되고 있다나 봐. 이번처럼 성을 이용해서 공격하는 패턴은…… 400년쯤 전에 일어났던 사건과 일치해."

으음, 이세계인이 나타났을 때는 매번 마왕의 존재가 관측되고 있지만, 날아다니는 성을 이용해서 쳐들어오는 패턴이 나타난 건 400년 전까지 거슬러 올라가야 한다는 건가.

즉, 이유는 모르겠지만, 항상 저 성을 이용해서 공격하는 건 아니라는 얘기군.

"전에도 얘기했었지만, 마왕은 옛날이야기 속에나 나오는 존재 같아서 도통 종잡을 수가 없어. 마왕 때문에 나라가 몇 번 멸망했다거나, 대재앙을 일으켰다거나, 토벌됐다거나 하는 등, 갈피를 잡을 수가 없어."

"어찌 됐건 못된 짓을 일으킨다는 점은 틀림없는 것 같네. 자세한 퇴치법은?"

"마왕을 물리친 용사는 이세계인이었어? 아니면 현지인? 재앙의 해에서 살아남은 이세계인은 얼마 안 된다고 그러지 않았어?"

잇따라 쿠로모토 씨에게 질문을 던지는 우리.

쿠로모토 씨도 질문 공세를 예측하고 있었던 듯, 이번에는 다른 책을 꺼내서 읽기 시작했다.

뭔가 유익한 정보가 있는 모양이었다.

"이번 패턴과 동일한 400년 전의 자료를 보면, 누군가가 물리치기는 한 것 같지만 상세한 내용은 소실된 상태야. 하네바시 군의 증언으로 미루어 보면 원래 세계로 돌아간 것…… 그렇게 생각하는 게 현실적이겠지."

"그럼 전투 요령 같은 것도 모르는 거야?"

"과거의 자료에서는 찾기 힘들어. 그 밖에는——."

그때 보고를 맡은 기사가 앞으로 나서서 쿠로모토 씨의 말을 가로막았다.

"쿠로모토 님의 보고를 뒷받침하는 사실이 현재 확인되었습니다. 그러니 저희가 먼저 설명해도 되겠습니까?"

"뭔가 좀 알아내셨나요?"

"네. 소식이 국가에 전해지기 전에 먼저 현장에 접근한, 호기심

왕성한 모험가들이 있었습니다. 그런데 저 성 근처에서 귀환의 수정구슬을 쓸 수 없는 상태가 되어 전달이 늦어졌다고 합니다."

계속 선수를 빼앗기는 바람에, 소식이 우리 귀에 들어오는 게 늦어졌다는 얘기군.

그나저나, 미지의 유적에 앞을 다투어 침입하다니 용기 있는 모험가들의 호기심은 끝이 없는 모양이다.

말 그대로 모험에 목숨을 걸었다는 건가.

"가까스로 철수에 성공한 모험가의 증언에 따르면, 마물들은 무리를 지어 습격해 오긴 하지만 중급 이상의 모험가라면 충분히 대처할 수 있는 수준의 전투력이라 합니다."

각 마물들의 전투력 자체는 별로 대단할 게 없다는 건가.

문제는 머릿수라고 봐야겠군.

요리후지를 비롯한 전투 성향 동료들이 마물 관련 자료를 훑어보고 작전회의를 시작했다.

마물 처치 방법에 대한 의논이었다.

"문제는 성 안쪽에 들어앉아 있는, 마왕으로 보이는 존재입니다. 모험가가 맞서 싸워 본 결과, 특수한 힘을 발생시켜서…… 전승 속에 존재하는 기능을 사용하는 바람에 속수무책으로 당했다고 합니다."

듣자 하니 그 모험가는 가까스로 도망쳤다는 모양이다.

아니, 그보다 도망치는데도 마왕이 쫓아오지 않았다는 표현이 맞는 듯했다.

만약에 쫓아왔다면 순식간에 죽었을 거라고 했다.

"전승?"

내가 고개를 갸웃거리자 쿠로모토 씨가 곤혹스러운 듯 뺨을 긁적이며 대답했다.

"그래……. 솔직히 말하면 최악의 적이라고 할 수 있어."

"어떤 기능을 쓰는데 그래?"

요리후지가 묻자 쿠로모토 씨는 어쩔 줄 몰라 하며 대답했다.

"영향을 미치는 범위가 어느 정도인지는 모르지만, 마왕은 자신에게 맞서는 모든 자들의…… 레벨을 합친 것과 같은 전투력을 얻게 된다나 봐."

뭐야, 그게. 뭐 그런 성가신 기능이 다 있어?

다시 말해 아군의 머릿수가 많으면 많을수록 상대방은 더 강해진다는 거잖아.

그런 사기적인 능력을 가진 상대…… 게임에서는 싸워 본 적이 있었지만, 그런 녀석이 실제로 있다면 성가시기 짝이 없을 텐데.

"그러고 보니 플레이어의 레벨에 따라 적이 강해지는 게임이 있었지."

"맞아, 로맨스가 있는 사가였지. 그런데 그거랑은 좀 다르지 않아?"

그건 적의 전투력에 상한선이 있어서, 적어도 이쪽이 손쓸 수 없을 만큼 강해지는 경우는 없었다.

마왕의 힘에 상한선이 있는지 어떤지는 알 수 없지만, 쉽게 쓰러지지는 않을 게 틀림없다.

과거의 전승에 마왕에게 당한 이세계인 얘기가 나오는 건 그때문인지도 모른다.

지금의 우리가 함께 싸우면 레벨 1000쯤은 거뜬히 넘긴다.

상대는 한 명의 레벨이 1000이지만, 이쪽 각 개인의 힘은 '인원/총 레벨'이니까.

결국 적은 인원으로 싸울 수밖에 없게 된다.

"그런 게임도 있나?"

"임금님, 지금 그런 걸 궁금하게 여길 때가 아니라는 건 아시겠죠?"

"으, 으음!"

살짝 망설이는 기색이 보인 건 모른 척 넘어가는 편이 나을지도 모르겠다.

싹싹한 임금님이긴 하지만 말이지.

"게다가 그 레벨에 마왕이 본래 갖고 있던 힘이 더해지는 식이라나 봐."

얘기를 최대한 재미있게 만들기 위한 창작이었으면 좋겠다는 생각이 절로 드는 능력이군.

"물리치는 방법이 여럿 있긴 하지만, 전승만 봐서는 알 수 없다는 식인가 보네."

"맞아, 이세계인과 용사가 접전 끝에 물리쳤다는 식으로, 자세한 묘사가 생략돼 있어."

으음. 그런 중요한 정보를 후세에 남겨 줬으면 좋았을 텐데.

"모험가가 들어간 걸 보면, 성에는 쉽게 들어갈 수 있는 거야?"

모험가가 먼저 성에 들어갔다고 하는데, 어떻게 들어간 거지?

"네. 날아다니는 성 바로 밑에 위로 올라가는 빛기둥이 있어서, 그걸 타면 성으로 끌려 올라간다고 합니다. 내려올 때도 같은 식으로, 밑으로 내려가는 빛에 타면 된다는군요."

"으음……?"

침입이 쉬워도 너무 쉬운데. RPG 속 보스가 나오는 던전 같다.

공중을 날아서 이동하는 건, 그저 마을과 도시의 결계를 조작하는 것에만 의미가 있는 건가?

"이대로 가면 마왕성의 진군에 의해 막대한 피해가 발생할 거야. 하지만 그렇다고 승산도 없는 상황에서 막무가내로 덤비는 건……."

그때 반 아이들 중 몇 명이 초조한 기색으로 나타났다.

그러고 보니 아직 안 모인 녀석들이 있었지.

"통보를 듣고 돌아왔는데, 깜짝 놀랐지 뭐야."

"그러게 말야."

"무슨 일이 있었던 거야? 저 성에서 나온 마물이랑 싸우기라도 했어?"

"그게 아니라, 아마…… 성이 지나간 자리에 있는 마을이었던 것 같은데, 폐허가 되다시피 한 마을에서 마물이 활보하고 있는 걸 보고 기사들이랑 같이 싸우려고 했더니, 결계에 튕겨서 들어갈 수가 없었어. 성 밑 도시의 결계는 아직 괜찮은 것 같지만."

결계에 튕겨져 나왔다고?

함께 온 기사들도 람레스 씨 등에게 같은 내용의 보고를 하고 서둘러 방에서 나갔다.

"결계가 작동했다고? 그런 일이 있으면 온 나라에 펼쳐진 포위망에 걸렸어야 하는 거 아니야?"

"결계의 변경에 따른 영향인 것 같군요……. 설마 이세계인 여러분을 결계 밖으로 쫓아내려는 걸까요?"

듣자 하니 마왕은 이세계인만 골라서 결계 밖으로 내쫓고 있다는 모양이었다.

능력을 봉인하는 기능 같은 게 없다는 점이 불행 중 다행이라고 해야 할까?

음울한 공기가 주위를 지배했다.

"일단 하던 얘기 계속할게. 400년 전 마왕이 출현했을 때와 이번 사건의 경우, 이세계인이 다수 출현했다는 공통점이 있어."

이세계인의 수가 많을 경우에 나타나는 타입의 마왕.

그렇다면 혹시 이세계인을 노리고 진군하는 건가?

나라에 있는 모든 결계를 해킹해서 국가의 결계를 장악하고, 이세계인을 쫓아내도록 설정을 변경하는 것.

그러면 당연히 이세계인들만이 안전권 밖으로 쫓겨나게 된다.

뭐야, 딱 봐도 이세계인을 노린 진군이잖아.

도망쳐도 계속 쫓아올 것 같군.

그 얘기를 들은 요리후지가 한 발짝 앞으로 나서서 말했다.

"싸울 수 있는 사람은 마왕 토벌에 나서야겠지. 이대로 가면 마왕의 진군에 일방적으로 밀리기만 할 거야. 국가의 기사들이나 모험가들이 저항한다고 해도, 적의 화력이 더 강한 상태잖아."

"결계를 변경하는 짓까지 할 정도니까. 최악의 경우, 아예 성 밑 도시에 사람이 못 들어가게 할지도 몰라."

적어도 결계 유지 장치에 있는 포인트가 바닥날 때까지는……

게다가 결계의 내용을 변경할 수 있는 적이, 포인트가 고갈되는 걸 가만히 구경만 하고 있을 리도 없었다.

최악의 경우, 우리 이세계인만이 아니라 대량의 사람들이 난민이 되어 성 밑 도시에서 쫓겨나게 될 가능성도 있었다.

그런 상태에서 하늘에 있는 성에서 공격당하면 대량 학살이 벌어질 수도 있다.

"비상사태에 대비해서, 전투에 나설 수 없는 사람들은 피난하도록 해."

거점조라느니 하는 식의 구분은 이제 안 하는 모양이었다.

하긴 전투 방식이나 무기에 따라서는 거점조도 이제 충분히 싸울 수 있게 됐으니까.

『재봉』처럼 가위만 있으면 싸울 수 있는 능력도 있고, 유니크 웨폰을 들고 싸우는 아이도 있다.

이제부터는 의지의 문제인 셈이다.

"뭔가 작전이 있는 거지?"

메구루 씨가 묻자 요리후지는 꾸벅 고개를 끄덕였다.

"그래, 적의 능력 범위가 어느 정도인지는 모르지만, 주위에 있는 적 전체의 레벨을 더하는 식이라면, 일대일로 싸우면 돼. 그러면 마왕의 힘은 도전자 한 명의 레벨밖에 안 되니까."

예를 들어 마왕의 레벨이 90이고, 요리후지도 비슷한 레벨이라면, 요리후지는 레벨 180의 괴물과 싸워야 하는 셈이 되는데…… 괜찮을까?

"아무리 상대가 마왕이라고 해도, 능력을 어떻게 사용하느냐에 따라 이길 수 있는 가능성은 충분히 있을 거야."

"그 능력이 임의로 작동하는 건지, 아니면 상시 작동하는 건지에 따라서도 달라지겠지."

"맞아……, 한 번 발동한 후에 쿨타임이 있나면, 한 번 헛쏘게 만들고 나서 일망타진하는 방법도 있을 테니까."

역시 전투조. 꽤 오랜 시간 동안 이 세계에서 싸운 덕분에 작전도 금방 튀어나온다.

"문제는 마왕이 부하 마물을 내보내서 숫자로 밀어붙일 경우겠지. 후퇴할 타이밍도 따져야 하고, 순순히 돌려보내 줄 리는 없으니까."

일대일로 싸워도 승리를 장담할 수 없는 상황이건만, 마물 부하들이 합세해서 덮쳐들 가능성까지 있는 것이다.

적의 능력이 임의로 발동하는 능력이라 해도, 머릿수로 이겨낼 수 있으리라는 자신은 없었다.

게임이라면 죽어도 괜찮겠지만, 현실에서는 한 번 죽으면 되살아날 수 없는 것이다.

그런 위험한 짓을 하게 할 수는 없었다.

"그보다 먼저 확인해야 할 게 있어. 요리후지의 계책은 정공법인데, 그건 안전한 꼼수를 먼저 시험해 본 뒤에 시도해도 늦지 않잖아?"

"하네바시……."

요리후지가 미간을 찌푸리고 나를 쳐다보았다.

보나마나 내가 위험한 짓을 하도록 하지는 않겠다고 생각하고 있는 게 뻔했다.

"유키나리 군, 무슨 작전이라도 있어?"

메구루 씨가 나를 향해 물었다.

"있기는 해."

"위험한 방법이야?"

"뭐, 목적지까지 가는 동안에는 요리후지의 힘을 빌려야겠지만, 그 다음부터는…… 늘 그랬던 것처럼 비겁한 수단이라고나 할까? 지난번에 고대 골렘을 처치했을 때처럼."

아, 메구루 씨도 요리후지도, 그리고 다른 아이들도, 내가 뭘 하려는 건지 눈치챈 기색이다.

어쩔 수 없잖아. 한 번쯤 시험해 보는 게 최선이니까.

"성공을 장담할 수 없는 거 아니야?"

"실패하면 『음성전이』를 통해서 얘기할게."

"마왕이 가진 능력의 효과 범위가 어느 정도인지는 모르지만, 유키나리라면 그 효과 범위를 무시할 수 있긴 하지. 일단 한 번 등록만 해 두면 저격도 가능해."

"상대가 파워업할 틈을 주지 않고 기습할 수만 있다면, 확실히 좋은 방법인지도 모르겠네."

"성 자체가 날아오는 공격을 막는 힘을 갖고 있을지도 모르지만, 그래도 한번 실험해 보자."

물체를 우격다짐으로 쑤셔 넣는 게 가능한지 시험해 본다는 의미도 있다.

한번 시도해 볼 만한 가치는 충분했다.

그리고 나는 적어도 나 자신의 레벨이 어느 정도인지는 알고 있다.

동료들에게 피해를 끼치지 않고 움직여야만 한다.

"날려 보낼 도구는 바위 같은 것도 좋겠지만…… 하기사와가 만든 폭탄 같은 것도 괜찮을 것 같은데."

"OK, 실험해 보지 않을 이유가 없지. 재료를 준비해야 하니까 하네바시는 성 밑 도시에서 대기하고 있어. 상황에 따라서는 물자 보급을 부탁하게 될 거야."

"알았어."

다양한 확장능력을 익힌 덕분에, 이제 나는 영창 시간도 단축할 수 있다.

우리 반 아이들을 원래 세계로 돌려보낼 수 있는 확장능력은 안 나왔지만.

"못 당해낼 것 같다고 판단되면 즉시 철수하도록 해. 나는 친구들이 죽는 게…… 제일 싫으니까."

"아, 도망치는 건 내게 맡겨. 『전송』을 이용해서 바로 돌아올 수 있도록 할게."

메구루 씨가 엄지를 척 세우고 선언했다.

그 말마따나, 메구루 씨의 전송을 사용하면 퇴로는 손쉽게 확보할 수 있다.

"그래……. 그건 다들 마찬가지야. 최대한 철저하게 준비해서 마왕이라는 놈을 해치우자. 어쩌면 원래 세계로 돌아갈 수 있을지도 모르니까."

그렇다. 전승에 나오는 마왕 퇴치. 그 마왕 퇴치가 마무리되면 모두 돌아갈 수 있게 될지도 모른다.

애매모호하기 그지없는 해답일 뿐이지만, 이대로 가면 라이크스의 결계가 모두 변경돼서 우리는 마을에 들어갈 수도 없는 신세가 되겠지.

도망친다 해도 마왕은 쫓아올 것이다.

그러니 결국은 싸우는 수밖에 없고, 위협을 물리쳐야만 한다.

그렇게 결의를 다졌을 때, 지진이 발생했다.

출렁출렁 흔들리는 그 지진…… 이것도 마왕 때문인가?

"으…….."

그때 반 아이들 모두가 현기증이라도 일어난 듯이 신음하기 시작했다.

"왜들 그래?"

"아, 아니…… 아무것도 아냐. 잠깐 좀 어지러워서 그래."

요리후지에게 달려가자, 요리후지는 몇 번 고개를 젓고 그렇게 대답했다.

"뭔가 갑자기 어질어질했는데."

"응."

하기사와와 미노리 씨도 마찬가지 상태였던 모양이다.

어쩐지 불길한 예감이 들었다. 마왕이 원인인지 어떤지는 모르지만, 빨리 적을 처치하는 게 좋을 것 같았다.

"좋아! 그럼 작전을 시작하자. 마왕 퇴치도 중요하지만, 날아다니는 성이 결계를 변경시키고 있는 것에 대해서도 조사해 볼 필요가 있어. 미키와 하기사와가 동행해 주면 좋을 것 같군."

"응. 뭔가 적을 물리칠 힌트가 숨겨져 있을지도 모르니까."

쿠로모토 씨는 『서기』 능력을 통한 번역이 가능하니 말할 것도 없다.

하기사와도 『도구제작』 능력 덕분에, 장비를 발견하면 구조를 이해할 수 있다.

장비 본체를 찾아내기만 하면, 마왕 처치는 뒷전으로 미뤄 둬도 충분히 채치을 수 있을지도 모른나는 얘기군.

"좋아! 좀이 쑤시는군."

"실력에 자신이 있는 사람은 같이 가자. 확실하게 밀어붙이는 거다!"

"기사 제군, 국민들이여, 이세계인들과 힘을 합쳐서 궁지를 이겨내자!"

"넵! 우리 국가 소속 기사들도 여러분을 수호하기 위해 최선을 다하겠습니다."

"""오오~!"""

이렇게 나와 미노리 씨는 성 밑 도시에서 물자 조달을 맡게 되었다.

그 밖에 전투에 자신이 없는 사람들은 성 밑 도시에 남기로 했다. 후방지원에 적합한 사람들도 많으니까.

전원이 협력해서, 전원이 살아남아야 한다.

그리고…… 마왕을 물리치고 원래 세계로 돌아가야 한다.

🕳 제5화 공중 엘리베이터

메구루 씨와 동료들은 우여곡절 끝에 날아다니는 성의 맹공을 뚫고 마왕성 밑에 도착했다.

중간에 맞닥뜨린 마물들은, 현재의 메구루 씨 일행 입장에서는 상대도 안 되는 수준이었던 모양이다.

그 정도라면 나도 상대할 수 있을 것 같았다.

현재 나는 『시각전이』와 『청각전이』를 통해 모두를 지켜보고 있다.

다행히 미노리 씨가 회복시켜 주고 있는 덕분에 마력은 얼마든지 사용할 수 있었다.

날아다니는 성의 대포도 항상 일제 사격만 하는 게 아니었기에, 꼼꼼하게 타이밍을 재면 회피할 수 있었다.

다들 참 빨라졌구나…… 하는 생각도 들었다.

「으엑! 미케! 좀 천천히 가!」

「냐아아아앙!」

미케가 하기사와를 태우고 대포의 사선을 피할 수 있는 성 밑으로 재빨리 달려갔다.

하기사와는 그 움직임에 휘둘려서 멀미에 시달리고 있는 모양이었다.

다른 동료들도 각각 최대한 위험을 회피해 가며, 이렇다 할 부상자도 없이 도착했다.

생각해 보면 다들 대단하다니까.

날아다니는 성에 달린 대포는 이세계인을 중점적으로 겨냥하는 식으로 움직이고 있었다.

요리후지의 시야를 통해, 저 멀리서 UFO처럼 둥실둥실 뜬 채 지상에 있는 것을 빨아들이는 빛을 내쏘는 성의 모습이 보였다.

아, 하늘로 올라가는 판 같은 걸 정기적으로 내보내고 있다. 저걸 타고 올라가는 건가?

"하앗!"

메구루 씨와 요리후지가 모여드는 마물들을 날려 버리며 판이 나오는 장소에 도달했다.

판이 조금씩 위로 올라가는 걸 본 동료들도 거기에 올라타서, 마물의 습격으로부터 몸을 보호해 가며 성을 향해 올라갔다.

"지금, 우리 친구들이 날아다니는 성에 침입하려 하고 있어. 저기야."

나는 그렇게 말하며, 저 멀리 보이는 날아다니는 성 아래를 가리켰다.

"제발 다들 무사하기를……."

미노리 씨는 기도하듯 두 손을 모으고 있었다.

사망자 발생은 기필코 막아내고 말겠다.

장비는 이제 거의 다 갖추어졌다. 언제든지 요리후지 쪽을 지원할 수 있는 상태다.

문제는 『전이』로 물건들을 날려 보낼 수 있느냐 하는 점이지만.

「우오…… 끝내 준다! 완전히 게임 속 세상에 들어온 것 같아서 무서운데.」

하기사와가 고속으로 상공을 향해 올라가는 투명한 판을 통해 땅을 내려다보며 신음했다.

「이 판이 갑자기 사라져 버리기라도 하면 난리 나겠는데.」

「그렇게 되더라도 바람 마법을 써서 낙하의 충격을 최대한 완화할 테니까 걱정 마.」

쿠로모토 씨가 만약에 대비해서 바람의 마법책을 펼친 채 대비하고 있었다.

마법책이 있으면 대부분의 마법을 사용할 수 있다니, 역시 참 편리한 능력이라니까.

「냐~.」

「하기사와는 미케가 요령껏 낙법을 취해 줄지도 모르지.」

「왜 나만 미케의 도움을 받을 거라고 먼저 생각하는 건데?!」

고양이는 착지에 능숙하다고는 하지만…… 이렇게 높은 곳에서 떨어지면 아무리 미케라도 무사하기는 힘들 것 같은데.

하여간, 그런 사태가 벌어지더라도 대처할 수 있도록 대비해 둬야 한다는 거겠지.

그렇게 상황을 지켜보고 있으려니, 이윽고 동료들 모두가 성에 착지했다.

입구는…… 작은 돔 형태의 방처럼 생겼다.

그 뒤에는 계단참 같은 통로를 지나 성 안쪽으로 향하게 되어 있는 것 같았다.

마물도 있긴 한 것 같은데…….

「우선은 준비해 둔 물자를 보급할 수 있는지부터 확인하자. 최대한 적을 탐색해 가면서 견실하게 공략하는 거야.」

「「「오오!」」」

"아아, 마이크 테스트, 그럼 물품 전송 가능 여부에 대한 테스트를 시작한다~."

내가 『음성전이』를 통해 메구루 씨 쪽에 말을 걸었다.

「우와, 그러고 보니 하네바시는 이런 것도 할 수 있었지.」

하기사와가 새삼스럽게 놀랐다.

그러고 보니 너는 전선에 나가는 일이 별로 없었지.

"그래, 그래. 그럼 물건을 보낼 테니까, 요리후지, 범위를 지정해줘. 전이시키는 도중에 그 범위 안으로 들어가면 위험하니까 조심하고."

「나도『전송』을 쓸 수 있는지 시험해 볼게.」

「알았어.」

이윽고 물체 전이 가능 여부를 확인하기 위해, 요리후지가 범위를 정하고 신호를 보냈다.

나는 신호에 맞추어 전이시킬 물건…… 예비 회복약과 그 재료를 지정했다.

좋아. 침입을 막는 방해는 없는 모양이었다. 순조롭게 전이에 성공했다.

"……?"

미노리 씨가 내 쪽을 보며 고개를 갸웃거렸다.

왜 그러지?

「오오…… 이거 편리하네.」

하기사와가 약을 확인하고 중얼거렸다.

"전이는 무사히 성공한 것 같아. 하지만 언제 전이가 막힐지 모르니까 조심해야 해."

「내 쪽도 이상 없는 것 같아.」

「OK! 그럼 휴식은 이만 끝내고 슬슬 출발하자고.」

이렇게 해서 성에 들어간 동료들은, 요리후지와 메구루 씨의 선도하에 성 안 탐색을 시작했다.

중간에 쓰러진 모험가들이 있을지도 모르기에 회복약은 넉넉하게 가져갔다.

경우에 따라서는 내가 추가로 회복약을 전이시켜 줄 계획이다.

요리후지는 통로를 따라 성의 건물로 통하는 문 앞에 섰다.

딱히 빗장이 걸린 것 같지는 않은네…….

「완전히 천공의 성이잖아⋯⋯. 떨어지면 난리 나겠는데.」

「대포를 파괴해 두는 편이 좋을까?」

전선의 동료들이 탁 트인 통로에서 성의 벽에 달린 대포를 보며 중얼거렸다.

이윽고 문에 손을 댔을 때⋯⋯ 하기사와가 문 옆에 있는 비석 같은 것을 쳐다보았다.

「응?」

「비석⋯⋯? 글자가 있는 것 같은데.」

쿠로모토 씨가 비석에 있는 글자를 손으로 훑으며 해독을 시도했다.

그러나 쿠로모토 씨는 이내 고개를 가로저었다.

「안 되겠어. 뭐라고 적혀 있는지 통 모르겠어.」

그런데 그때, 하기사와가 그 글자를 보면서⋯⋯ 어째선지 고개를 갸우뚱거렸다.

왜 저러지?

「이 문자, 전에 어디선가 본 적이 있었던 것 같은데.」

「오노가 갖고 있던 양피지와는 다른가 본데?」

요리후지가 확인하듯 말했다.

아, 그러고 보니 쿠로모토 씨에게 정체불명의 양피지 해석을 맡긴 적이 있었지.

결국 적혀 있는 내용도 해석하지 못했었는데, 이 비석에 있는 글자와는 분위기부터가 전혀 다르다고 했다.

「그 얘기가 아니야. 이거⋯⋯ 아니, 그럴 리가 없어.」

「왜 그래? 뭔가 짐작 가는 게 있으면 얘기해줘. 뒤늦게 밝혀지면 곤란하니까.」

　메구루 씨가 하기사와에게 물었다.

「그건 나도 알아. 하지만 아무리 생각해도 말이 안 되는 얘기라서 이러는 거야.」

「하기사와, 너 혹시 이거 읽을 수 있는 거야?」

　어? 하기사와 녀석, 혹시 이 정체불명의 문자를 읽을 수 있는 건가? 그거 굉장한데.

　그런데…… 왜 쿠로모토 씨가 아니라 하기사와? 『도구제작』과 연관이 있는 문자인가?

「그게 아냐. 이건 말이 안 되잖아.」

「뭐야? 뭔데 그래?」

「말도 안 돼! 이건 말도 안 돼! 그냥 우연일 거야. 쪽팔리고 짜증나는 기억일 뿐이야! 말도 안 된다고!」

"……설마 중학교 때 만든 창작 언어 같은 건 아니겠지?"

　내가 음성전이를 통해 보낸 목소리에, 하기사와가 슥 하고 동료들에게서 시선을 돌리고는 민망함 때문인지 얼굴을 붉혔다.

　정답이었냐.

"용케 그런 걸 아직도 기억하고 있네. 나라면 까먹었을 텐데."

「시끄러! 요즘에 좀 폼을 잡다 보니 저도 모르게 기억난 거야.」

　아, 그러고 보니 하기사와 녀석, 자기가 만든 도구에 브랜드명을 새겨 넣으면 폼 나지 않을까? 라면서 디자인을 했었지. 그것도 설마 그 민망한 추억을 끄집어내서 디자인했던 건가?

　하긴 쿠로모토 씨의 능력으로 그런 창작 언어까지 해석하기는 힘들겠지.

문자로서의 체계도 제대로 갖추어지지 않았을 테니까.

「하여튼 뭐라고 적혀 있는지 이야기하자. 판단은 모두가 할 테니까.」

모두의 눈총을 받는 하기사와를 미케가 싸고돌았지만…… 그런다고 해결될 문제가 아니잖아.

애초에 딱히 하기사와를 나무라는 것도 아니었다.

「보나마나 틀렸을 테니까 믿을 생각 말라고! 여기 적힌 글자를 내 식으로 해석하면, ‘내가 세운 르시아의 성・입구’야.」

「…….」

아니…… 르시아는 또 누구야?

아, 요리후지를 비롯한 모두가 황당하다는 듯 하기사와를 쳐다보고 있었다.

강제로 사정을 캐낸 당사자가 할 소리는 아니지만, 무지하게 어중간하다. 어떻게 반응해야 좋을지 모르겠다.

애초에 왜 네가 마왕성을 세웠다는 거냐.

본인의 말마따나, 이건 아마 오역이겠지.

「큭…… 쪽팔린 기억이 들통 난 결과가 고작 이거냐!」

「뭐, 우연의 일치로 치부할 수도 있겠지만, 생각해 볼 가치는 있겠지.」

그런가? 완전히 빗나간 것 같은데.

하지만, 어쩐지 하기사와라면 정말 저런 걸 쓸 것 같아서 좀 불안하긴 하다.

「역사 속에 우리와 이름이 똑같은 인물도 있었으니까. 하기사와와 똑같은 녀석이 있었다고 해도 이상할 건 없어.」

「하네바시가 전이를 시키다가 실패해서 타임 슬립했을 가능성도 있지 않을까?」

「무서운 소리 하지 마. 과거로 간 내가 이런 성을 만들었다는 거냐?」

「어쩌면 내가 익힌 것일 수도 있어. 시공전송 같은 거.」

그런 얘기를 나누며 문을 열고, 일동은 안쪽으로 나아갔다.

긴장감은…… 어쩐지 사라진 것 같은 느낌이 드는데.

뭐, 이 정도 여유가 있는 편이 나은 건지도 모르겠다.

그런 생각을 하는 와중에 메구루 씨 일행은 착실하게 성 안을 공략해 나갔다.

뭐, 앞서서 침입했다가 궁지에 내몰린 채 농성하고 있는 모험가들에 대한 구출 작업도 병행했지만.

메구루 씨의 전송을 통해 착실하게 모험가들을 구조해 나갔다.

이런 상황에서는 메구루 씨의 능력이 얼마나 편리한지 뼈저리게 느껴진다니까.

홀에서 계단을 올라, 객실…… 병사들의 숙소며 기사단용 입구, 교회 등…… 정말이지, 거대한 던전 같은 느낌이 나는 공간이었다.

출현하는 마물들도 유령계나 스켈레톤, 리빙 아머 등이 많이 눈에 띄었다.

「으랏차! 능력을 난사해 댈 수 있으니 속이 다 시원하네.」

「하네바시가 계속 물자를 보급해 주는 덕분에 참 편하다니까.」

「시간은 좀 걸리지만, 히야마 씨의 경우는 이동할 때 수고가 드니까 말이지.」

「그러게 말야. 숲에서 지낼 때와는 반대 상황이 됐네.」

메구루 씨가 약간 감회에 젖은 목소리로 중얼거렸다.

그 시절에는 메구루 씨 쪽이 더 수요가 많았었고…… 물자 보급이라는 측면에서도 뒤처졌더라면 내 능력은 쓰이지도 않았을 것이다.

그나저나…… 요리후지네 공략 방식도 제법 과격해 보이는데.

그리고 그때쯤, 위험한 마물에 대한 분석이 끝났다.

「스틸 다크니스 리빙 나이트라는 녀석이 장난 아니게 강한 것 같아. 일격이 강력한 데다, 때때로 요리후지의 필살기 같은 기술을 쏘기까지 해. 레벨에 자신이 없는 사람은 앞으로 나서지 마. 죽을 수도 있어.」

「그 필살 공격도 요리후지가 쳐내 버리고 있으니까 딱히 문제 될 건 없지 않아?」

「적들이 머릿수로 밀어붙이면 위험해질 거야…….」

그렇게 플래그를 세운 탓인지, 스틸 다크니스 리빙 나이트가 무리를 지어 덮쳐들었다.

게다가 대열까지 갖추고 있잖아.

「위험해! 다들 조심해!」

요리후지의 지시에 따라 모두 회피나 방어 태세를 취했다.

대열을 짜서, 요리후지의 주특기인 천마일도(天魔一刀) 같은 공격을 연속적으로 쏘아대기 시작했다.

「큭…… 위험해. 후방으로 물러나면서——.」

검으로 쳐내기도 하고, 마법으로 방어 진형도 짰지만, 요리후지 일행은 서서히 밀리기 시작했다.

후방으로 물러나려 한 순간, 함정이었다는 듯 뒤쪽에서도 스틸 다크니스 리빙 나이트가 나타났다.

「포위된 건가?!」

「위험해!」

공격에 맞을 뻔한 아이를 요리후지가 대신 막아주었다.

어깻죽지를 비스듬하게 베인 요리후지의 갑옷이 파손되고, 선혈이 튀었다.

「큭…….」

마찬가지로 레벨이 높은 동료가 낮은 동료를 보호하다 보니, 전열에 균열이 발생하기 시작했다.

「철수하는 편이 좋겠어! 전송할게!」

메구루 씨가 전송의 빛을 출현시키려 하고 있었다.

"괜찮아?!"

나는 람레스 씨에게 배운 회복 마법을 원격으로 걸어서 응급 처치를 해 주었다.

내가 영창할 수 있는 마법은 그렇게까지 강력하지는 않지만, 어느 정도 도움은 될 것이었다.

「어……?」

요리후지와 부상자들이 내 회복 마법을 받고 우뚝 일어섰다.

"조금만 기다려! 지원 사격을 보냈으니까."

영창은 사전에 해 두었다.

성의 창고에 있던 싸구려 검 30자루가량이, 진형을 짜서 요리후지와 동료들을 공격하던 스틸 다크니스 리빙 라이트들에게 적중했다.

퍽 하는 충격과 함께 스틸 다크니스 리빙 나이트 무리에 싸구려 검이 박히고, 무리가 와해되었다.

아, 전이 위치를 잘못 지정한 한 자루가 벽에 부딪쳐서…… 박히지 못하고 튕겨 나왔다.

「끝내준다!」

하기사와가 휘파람을 불었다.

「이, 이때다! 모두 단숨에 몰아붙여!」

대열이 와해된 스틸 다크니스 리빙 나이트 무리를 해치운 요리후지 일행이 그 자리에서 치료를 시작했다.

"갑옷이 부서진 녀석들은 수리해 줄 테니까 벗어. 바로 수리해서 보내 줄 테니까."

「하네바시, 고맙다.」

요리후지가 감사의 뜻을 표했다.

새삼스럽게 무슨 소리람. 우리는 동료잖아.

「아까 그 지원 사격, 진짜 절묘한 타이밍이었어. 덕분에 살았다니까.」

"안 움직이는 표적만큼 맞히기 쉬운 건 없으니까."

「아까는 정말 죽는 줄 알았어.」

「완전 위기일발이었다니까……. 누구 전송으로 돌아갈 사람 있어?」

메구루 씨가 아까 출현시킨 전송의 빛을 가리켰다.

모두 괜찮다면서 거부했기에, 메구루 씨는 전송을 종료시켰다.

아무도 죽지 않게 할 것이다. 이번에는 약간 위험했지만.

아예 내가 현장에 가서 선두에서 싸우고 싶다는 충동에 사로잡

혔지만, 모두가 나를 전선에 내세우기 싫다고 하니 참는 수밖에 없다.

그 후로도 요리후지 일행은 성 안 탐색을 계속했는데…… 중간에 홀, 아니, 옥좌의 방이 보였다.

요리후지 일행은 그 방 안을 슬쩍 들여다보았다.

그랬더니…… 거창하기 그지없는 갑옷을 입은 인물이 옥좌에 걸터앉아 있었다.

"저건……."

「왜 그래, 유키나리 군?」

"지난번에 귀족이 우리를 함정에 빠뜨린 사건이 있었잖아?"

「응…… 아니, 그럼 설마.」

"그래, 녀석이야."

옥좌에 앉아 있는 걸 보면, 아마 이 녀석이 마왕이겠지.

설마 바르도 고도르를 죽인 게 마왕이라 불리는 녀석이었을 줄이야.

어떤 이유가 있었는지는 모르지만, 저게 적인 건 틀림없었다.

「지난번에는 심판자라는 인물이 죽었다고 하지 않았어?」

「이세계인을 징벌하는 자라고 불리기도 했던 것 같으니까…… 심판자가 맞을지도 모르지.」

휘하 마물들을 시켜서, 죽은 듯 꼼짝도 하지 않는 모험가들을 끌어다 놓고…… 움쭉달싹 못 하게 마법의 끈으로 옥좌 뒤에 결박해 두고 있었다.

뒤쪽의 유리벽 너머 저 먼 곳에는 다양한 장비들이 있고, 거대한 톱니바퀴가 돌아가는 모습도 보였다.

「지금까지 밝혀진 지형 정보에 따르면, 저 마왕 같은 녀석 뒤에 중요 시설이 있는 것 같아.」

「싸우지 않으면 장치를 멈출 수 없다는 거야? 그나저나 저 거…… 모험가들의 레벨을 빼앗고 있는 것 맞지?」

젠장, 적도 똑똑하군.

하긴 적들이 들이닥친 상태니까. 자신의 부스트 효과를 지속시키기 위해서 모험가들을 반죽음 상태로 만든 채 근처에 두고 있는 거겠지.

요리후지의 작전은 이미 실패했다고 보는 편이 좋겠군.

"내가 전이로 공격을 날려서 부술 수도 있긴 한데……."

「섣불리 공격했다가 폭주하면 감당하기 힘들어. 그리고 아까 전이 공격을 했을 때, 건물에 대한 공격은 막히는 것 같았어.」

「그냥 건물이 튼튼한 건지, 아니면 막히는 조건이 있는 건지는 모르겠지만, 결국 저 녀석과 싸워야 한다는 거야?」

조사한다고 해도 마왕을 먼저 해치우는 게 빠르다는 건가……. 애초에 상대도 쉽게 조사하도록 용납해 주지는 않겠지.

"하는 수 없지. 바로 반칙 공격을 시도해 보자. 시각전이 등록 위치를 조정했으니까 마왕의 모습은 훤히 다 보여. 너희는 일단 물러나 있어. 공격에 반응해서 덤벼들 가능성도 있으니까."

「알았어.」

이렇게 해서 메구루 씨와 동료들이 어느 정도 떨어진 것을 확인하고 나서, 나는 원거리 저격을 위해 전이를 사용했다.

만약에 마왕이 지금까지 성에서 있었던 전투에 대해 알고 있다면 안 통할지도 모른다.

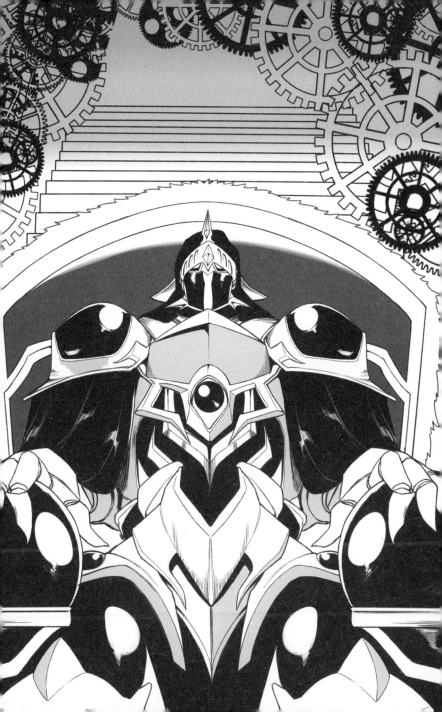

최대한 조심하기는 했지만…… 동료들을 보호하기 위해서였기는 해도, 이미 한 번 써먹었던 전법이니까.

하여튼…… 싸구려 검을 지정해서 마왕을 향해 날려 보냈다.

「——?!」

마왕은 그 거구로부터는 상상도 할 수 없는 속도로 옥좌에서 탓 하고 옆으로 몸을 날려, 내가 내쏜 검들을 모조리 회피했다.

뭐야?! 완전 괴물이잖아! 저걸 다 피할 줄은 몰랐는데.

혹시 마력 반응 같은 걸 감지한 건가?

이때 마왕이 손을 들었다.

파직 하고 내 시야에 불꽃이 튀더니, 마왕이 있던 자리의 반경 2미터 범위에 결계 같은 것이 발생, 그 안으로는 아무것도 전이시킬 수 없게 되었다.

"저항력이 있는 건가?!"

역시 마왕 클래스는 만만치 않은 건가.

젠장…… 하여간에, 일단 들킨 이상 연속으로 공격을 퍼부어야겠지만, 애석하게도 영창에 시간이 걸리는 게 발목을 잡았다.

"어라? 유키나리 군, 저기……."

별안간 미노리 씨가 내게 말을 걸었다.

미안하지만 지금은 얘기하고 있을 여유가 없었다.

"그럼 이건 어떠냐!"

그렇게 내가 공격을 퍼부으려 한 순간, 전신 갑옷 차림의 적이 위쪽을 가리켰다.

그리고 그곳에는——?!

살레아가 사슬에 묶인 채 매달려 있었다.

의식이 없는 건지, 꽁꽁 묶인 채 힘없이 축 늘어져 있었다.

제6화 인식불가 공격

"살레아?!"

큭……. 메구루 씨가 염려했던 일이 현실이 될 줄이야…….

설마 살레아가 붙잡혀서 인질이 될 줄은 생각도 못 했었다.

마왕은 저격자는 나오라고 명령이라도 하듯, 검을 뽑아 살레아를 겨누었다.

함부로 저격하면 살레아를 죽이겠다는 협박이었다.

"그럼, 다른 비장의 카드를 꺼내 볼게."

"비장의 카드?"

"아무도 인식하지 못하는 곳에서 날리면…… 마왕은 어떻게 반응할까?"

나는 말을 마치기가 무섭게 원래 세계의 내 방으로 전이했다.

물론 싸구려 검도 가져갔다.

그러자 마왕의 발걸음이 약간 무뎌진 것처럼 보였다.

좋아, 인식 변조가 걸린 모양이군.

이제 나는 이세계에서 없는 존재로 판정된다.

다시 말해, 완전히 인식 밖에서 저격하는 것이다.

전이시킬 때의 마력 흐름 같은 것을 감지하고 피하는 건지도 모르지만, 인식 범위 밖에서 날아든 공격까지 피할 수 있을까?

최근에 이 공격으로 사냥한 저도 있을 만큼, 내 비장의 카드다.

상대에게 들키지 않고 치명적인 일격을 날리는 공격이니만큼, 산속에 있는 마물들에게는 잘 먹혀들었다.

"받아라!"

이 작전이 실패하면, 메구루 씨 일행이 정공법으로 맞붙는 수밖에 없다.

저 녀석만 처치하면 모두를 원래 세계로 돌려보낼 수 있을지도 모른다.

그렇게 생각하니 저절로 가슴이 뜨거워졌다.

가슴에 손을 넣고, 가져온 일회용 검을 마왕에게로 내쏘았다!

「......!」

그러나──.

마왕은 내 전송 공격을 다 간파하기라도 한 것처럼, 슬쩍 몸을 젖혀서 내가 전송시킨 검을 튕겨 내 버렸다.

마왕은 내가 보고 있다는 걸 다 알고 있다는 듯, 살레아에게 검을 들이대고 손짓했다.

인식 방해 공격도 아무 소용없다는 거냐!

그리고…… 마왕은 내가 지켜볼 거라는 걸 예측이라도 한 듯이, 종이 한 장을 펼쳐 들었다.

우리가 아는 말로 적혀 있었다.

너 혼자서 와라. 저격자여. 동료들과 통신하면 나도 수단과 방법을 가리지 않겠다.

이건…… 마왕이 나를 지명한 게 분명해 보였다.

마왕이 동료들과의 통신을 금지했다.

이걸 어겼다가는 살레아가 어떻게 될지 장담할 수 없다.

아니, 분명히 마왕의 손에 죽게 될 것이다.

내가 아는 사람이 눈앞에서 죽는 모습은 이제 두 번 다시 보고 싶지 않았다.

그렇기에, 지금은 얘기할 수 없었다.

곧바로 『전이』를 이용해서 마왕의 눈앞으로 이동했다.

"왔군……."

내가 출현하는 동시에 마왕이 묵직하고 나직한 목소리로 말하며 이쪽으로 고개를 돌렸다.

대화가 통하는 모양이군.

쿠마코를 부르는 건…… 아마 안 되겠지.

시게노부의 검으로 상대하자. 전송을 통해 불러들여서 움켜쥐었다.

부탁한다, 시게노부. 내게 힘을 빌려줘.

살레아가 단련시켜 준 이 검으로 살레아를 구해내고 말겠어!

"살레아를 풀어줘."

"그건 네 반응에 달렸다."

마왕이 검을 힘차게 움켜쥐고 대꾸했다.

덜컹 하는 소리와 함께, 마왕이 있는 옥좌의 방 입구의 문이 닫혔다.

동료들이 달려올 수 없도록 하기 위한 것이리라.

메구루 씨가 사태를 알아채고 여기로 올지도 모르지만, 가능하면 짧게 끝내고 싶었다.

안 그러면 살레아의 생명이 위험해진다.

"네 목적은 뭐지?"

"뻔한 질문이군……. 네놈들도 이미 이해하고 있을 텐데?"

나는 혀를 찼다.

이세계인을 죽이는 게 목적이라는 건가.

"왜 굳이 우리를 불러내서 죽이려 드는 거지?"

"……."

내 질문에, 마왕은 검을 내리치는 것으로 대답했다.

대답할 생각 따위는 추호도 없다는 거냐.

마왕이 내게 손을 내뻗고 무언가를 내쏘았다.

그러자 바닥에서…… 하얀 끈이?!

꿈속에서 본 광경이 떠올랐다.

그 끈이 나를 향해 날아들었다.

나는 검으로 그 끈을 베었지만, 끈은 검에 휘감기고는……펄럭
풀어져서 땅바닥으로 사라져 갔다.

"역시 그랬군."

마왕이 혀를 차고 나를 쏘아보았다.

그리고 안쪽에 나뒹굴고 있던 모험가에게 하얀 끈을 내뻗어
서…… 옭아맸다.

"최대한 신중을 가하는 게 좋겠군."

마왕이 손을 들자 방 안에 마법진이 나타났다.

뭔가…… 마왕에게 마법적인 부여 효과라도 걸리는 것 같은 분
위기였다.

"적어도…… 내 짐작으로는 이 정도면 충분할 터. 꼭 근처에

있는 녀석을 써야 하는 건 아니지. 얼마나 대단한 실력을 갖고 있는지…… 어디 한번 구경해 보실까!"

마왕이 재빠르게…… 지금까지 싸워 왔던 그 어떤 마물과 사람보다도 빠르게 나를 향해 돌진해 왔다.

검을 쥔 자세가 눈에 익었다.

요리후지와 훈련할 때 보았던 자세와 비슷했다.

이 움직임이라면 어떤 식으로 공격해 올지 충분히 예측할 수 있다.

집중하면 할수록 마왕의 움직임이 느리게 느껴져서…… 눈으로 따라잡을 수 있게 되었다.

몸이란 머리로 생각할 수 있는 만큼만 사용할 수 있다는 말도 있고, 나는 경험도 얼마 없는 데다가 본래는 전투 성향 능력도 아니다.

하지만 지금까지 쿠마코의 글러브를 끼고 싸우면서 몸의 움직임을 익혔던 것들이 헛되지는 않았을 터.

복싱의 스텝을 떠올리면서, 마왕이 휘두르는 검의 움직임에 맞추어 몸을 숙였다가 그대로 힘차게 뒤쪽으로 도약.

애초부터 정공법은 내 특기와는 거리가 멀었다.

『시각전이』를 이용해서 성 안의 창고에 저격용으로 무수히 준비해 두었던 검들을 지정한다. 그리고 그대로 가져와서 마왕을 향해 사출했다.

"흥! 흐음…… 이 정도 영역에 달했을 정도면 일종의 검술이나 마법으로 승화됐다고 해도 과언이 아닌 공격이구나……. 하지만, 비슷한 공격이 없는 건 아니지."

마왕은 내가 사출한 무수한 검들을 때로는 쳐내고, 때로는 피하면서, 최소한의 움직임으로 나를 향해 돌진해 왔다.

뭐야 이 녀석, 완전 괴물 같은 운동 신경이잖아?!

아니, 요리후지나 메구루 씨도 능력에 의한 지원을 받을 때면 이렇게 초인적인 움직임을 보이곤 했다.

나도 쿠마코의 글러브를 장착했을 때면 이 정도는 간파할 수 있었다.

그렇지만…… 전이를 이용한 내 공격도 속속들이 피하고 있는 건 대체 어째서지?!

미래 예측 같은 편리한 능력이라도 갖고 있나?

"왜 공격이 안 맞는 건지 의아한 표정이군……. 이까짓 것쯤은 그저 한 곳에 머물러 있기만 하면 된다. 충분히 의식하고만 있으면 묘한 공기 속에서 무언가가 날아오는 걸 간파할 수 있지."

그런 달인의 영역에 달한 녀석 같은 소리는 필요 없어!

"빌어먹을!"

글러브를 착용하고 있으면서 단련한 시력으로 마왕의 공격을 막아 내고, 있는 힘껏 검을 휘둘렀다.

챙 하는 소리와 함께, 힘겨루기가 벌어지기 전에 마왕이 내 검을 걷어내고 이쪽으로 달려들었다.

의식을 집중해서…… 속임수 동작을 7번 섞으면서 배후로 우회해서 마왕을 찔렀다.

"이럴 수가, 말도 안 돼…… 으……."

마왕은 자신에게 박힌 검의 검신을 붙잡아서 내가 뽑을 수 없도록 고정한 채, 몸을 돌려서 내게 검을 휘두르려 하고 있었다.

"당할쏘냐아아아아아아아아아!"

내 힘과 능력을 구사해서 마력을 쑤셔 넣었다.

푹 하는, 능력을 이용해서 날려 보냈음에도 분명하게 느껴지는 손맛.

전신 갑옷을 입은 마왕이라는 괴물을 다수의 검이 관통했다.

마왕은 털썩 무릎을 꿇었고…… 그 자세 그대로, 지금까지 뿜어내던 아우라가 흩어져 버렸다.

"으윽……."

몇 발 더 쑤셔 넣어 두자.

전이를 사용해서 일회용 검들을 연신 찔러 넣었다.

꼼짝도 하지 않는군.

좋아, 해치웠어! 내 승리다!

"후우……. 의외로 순조롭게 풀리네."

대량의 검이 박혀서 무릎을 꿇은 채 절명한 마왕을 후려치자, 마왕은 그대로 뒤로 자빠졌다.

아직 경계를 늦춘 건 아니다. 전이를 이용해서 일회용 검 몇 자루를 더 날려서 고슴도치 신세로 만들어 놓았다.

"맞아…… 살레아!"

매달려 있는 살레아 쪽으로 시선을 돌리고 말을 걸었다.

"이봐, 살레아! 정신 차려!"

그러나 살레아는 꿈쩍도 하지 않았다.

빨리 결박을 풀어서 구해줘야 해!

그런 생각에, 전이를 통해 마왕에게 박힌 검 한 자루를 불러들인 순간!

마왕에게서 안개가 뿜어져 나오는가 싶더니, 순식간에 무언가 가 나를 향해 돌격해 왔다.

재빨리 회피하고 거리를 벌리려 했으나 상대는 즉시 접근해 왔고, 챙 하고 검과 검이 부딪쳐서 불꽃이 튀었다.

"아직 안 끝났다! 승부는 아직 판가름 나지 않았다!"

강력한 발길질을 얻어맞고 다시 뒤로 나가떨어졌지만, 가까스로 낙법을 취했다.

나와 비슷한 전이계 공격?

그야말로 찰나의 순간에 본 것이지만, 마왕의 시체를 뚫고 나온 것처럼 보였었다.

거기에는…… 마왕과 비슷한 갑옷과 투구를 착용한, 소녀로 보이는 녀석이 아까까지 마왕이 차고 있던 검을 들고 서 있었다.

얼굴을 덮은 투구 틈으로 엿보이는 빨간 눈이 섬뜩했다.

요염한 냄새라고나 할까, 사악한 분위기가 풍겨져 나오고 있었다.

적어도 마왕과 연관이 있는 자라는 건 의심의 여지가 없었다.

무시무시하게 빠른 일격이었다.

"너는 뭐야! 왜 이세계인만 결계 밖으로 내치려고 드는 건데?!"

"알고 싶으면, 자신의 힘을 증명하시지!"

왜 이런 녀석과 싸워야 하는 건지……. 하지만 살레아가 인질로 잡혀 있다면 상황이 다르다!

기필코 살레아를 구해내고 말 것이다.

평소에는 장난기가 많고 메구루 씨와 어울려 놀기만 하지만,

나쁜 녀석은 아니다.

"하아아아아아앗!"

몇 번인가 칼부림을 거듭한 후, 마왕 관계자는 말했다.

"내가 만만한가 보군. 아까 그 주저 없는 공격은 어디 간 거지? 설마 이 모습에 움츠러들기라도 한 거냐?"

큭…… 간파 당했군.

상대의 모습이 아무리 봐도 아담한 소녀 정도로밖에 안 보여서 공격에 힘이 들어가지 않았다.

이 소녀 같은 녀석이 전신 갑옷 마왕보다도 자세에 빈틈이 없어 보인다는 것도 이유이긴 했다.

하지만 가장 큰 이유는…… 눈앞에 있는 적과, 위에 매달려 있는 살레아의 몸집이 거의 같다는 것이리라.

만약에 살레아를 구한 후에, 그녀와 비슷한 몸집을 가진 시체가 나뒹굴고 있다면…… 차마 살레아에게 보여 줄 수가 없었다.

메구루 씨의 경우도 마찬가지다. 내가 조그마한 적을 참살해 버렸다는 걸 메구루 씨가 알게 된다면 어떤 표정을 지을지…… 상상만 해도 끔찍했다.

내 망설임을 알아챈 마왕 같은 녀석이 황당하다는 듯 한숨을 지었다.

"하는 수 없지……. 그럼 이유를 좀 가르쳐 주마. 이번 이세계인들은 머릿수가 좀 지나치게 많아서 말이지. 좀 솎아낼 필요가 있다."

솎아낸다고?! 이 녀석은 대체 무슨 소리를 지껄이는 거지?!

"왜 그런 짓을 하는 거냐!"

"그건 알 필요 없다. 그게…… 우리의 목적이다."

"그딴 짓을 하도록 내버려 둘 줄 알아?!"

망설이고 있을 상황이 아니다.

우리 반 아이들이 더 죽는 일은 절대로 없게끔 하겠다고 다짐하지 않았던가.

그러기 위해서…… 살레아와 메구루 씨, 반 아이들 모두가 나를 어린아이를 죽인 녀석으로 본다 해도…… 후회는 없다.

나는 마왕 같은 적을 향해 검을 겨누었다.

나는 요리후지 같은 『검술』 능력자도 아니고, 현재 유니크 무기를 갖고 있는 것도 아니다.

하지만 이 검은, 시게노부가 이루려 한 뜻이 담긴 결의의 검이다.

"그렇게 안 하면 이 세상에 사는 모든 이들이 곤란하다. 미안하지만 죽어 줘야겠어."

무슨 소리를 하는 건지 전혀 이해가 안 가는군.

사람들을 괴롭히는 건 오히려 네놈일 텐데!

네가 마왕이라면, 너를 쓰러뜨리면 끝나겠지.

아무리 여자라고 해도, 물러나 줄 생각은 조금도 없다!

마왕은 내게 검을 겨누고…… 요리후지와 비슷하게 자세를 낮추어 돌격해 왔다.

"하아아아아앗!"

나도 검을 움켜쥐고, 마왕의 검을 옆으로 흘려보내는 각도로 검을 휘둘렀다.

어?!

칼날의 궤적이 몇 겹으로 갈라져서 날아든다. 부여능력이나 특수공격 같은 것이리라.

한 번의 참격이 세 갈래로 나뉘어 있었다.

"이걸 피할 수 있을 것 같으냐?! 이 검술을 피하기는 쉽지 않을걸!"

게다가 칼끝이 유도성을 가지고 나를 쫓아서 날아들었다.

그러고 보니…… 람레스 씨나 요리후지, 메구루 씨가 사냥 때 사용하던 공격 중에도 이런 걸 본 적이 있었다.

유도성이 뛰어난, 능력에서 유래한 공격이었다.

이런 공격을 보면, 노력만 가지고는 해결할 수 없는 게 있다는 걸 실감하게 된다.

첫 번째 일격부터 이렇게 성가신 공격을 날릴 줄이야.

피할 수 있을 거라는 생각은 애초부터 접어 두는 게 낫다.

통상적인 방법으로 대처하자면, 일단 막아내는 수밖에 없겠지.

그런 다음에 상대방의 빈틈을 노려서 반격에 나서는 것이 정석.

아니, 첫 공격에 대처한다고 해도, 소녀는 이미 두 번째 공격을 준비하고 있는 것 같았다.

빈틈없는 검술. 요리후지가 마물을 상대로 싸울 때의 움직임과 비슷했다.

하지만——어찌 됐건, 내가 보기에는 너무나도 느렸다.

유도성과 상태이상 효과를 지닌 채 여러 겹으로 날아드는 검술에 맞추어, 나는 자세를 낮추고 난폭하게 검을 휘둘러서 쓸어 버렸다.

"뭐야 ──?!"

순간적인 판단 능력은 제법 뛰어난 모양인지, 마왕은 내 검의 범위에서 살짝 벗어난 곳까지 재빨리 후퇴해서 회피했다.

"칫…… 다 잡을 뻔 했는데."

그리고 마왕의 가슴 살짝 아래쪽에 한 가닥 선이 생겨났다.

"위험했던 건가……? 조금만 더 앞에 있었더라면 오히려 내가 당할 뻔했나."

대화가 성립하는 상대와는 될 수 있으면 싸우기 싫었지만, 상대방이 적의를 드러내고 있다.

상대가 전의를 상실하기 전에는 나도 물러설 수 없었다.

동료들이 죽도록 할 수는 없으니까.

"큭…… 물러설 순 없지!"

마왕은 더 빠르게, 동시에 먼 거리에서도 명중시킬 수 있는 공격을 쏘려고 했다.

검을 위로 치켜들고, 마력을 방출하면서 자세를 가다듬었다. 천장을 꿰뚫을 만큼 위력이 높고 밀도가 짙은 마력 덩어리였다.

저건…… 눈에 익은 기술이다. 요리후지가 사용하던 천마일도였다.

게다가 지금까지 본 어떤 일격보다도 강력한 힘이 깃든 천마일도를…… 마왕은 나를 향해 내쏘려 하고 있는 것이다.

큰일인데. 피하면 살레아에게 맞는다. 쳐내는 수밖에 없다.

마왕도 그 점을 노리고 공격을 날리는 것이리라.

"미안하지만 그대로 공격하게 놔둘 순 없어!"

상대의 가장 강한 기술인 건 안다.

어찌 됐건…… 살레아를 지키기 위해서는, 내 손에 피를 묻히는 수밖에 없다!

"하앗!"

마왕이 내쏜 번쩍이는 검술, 천마일도를 밑동부터 베어 버렸다.

"이럴 수가……. 갑옷의 부스트 효과가 없다고 해도, 이쪽은 레벨 500 정도나 되건만, 아무런 능력도 없고 무술 실력도 형편없어 보이는 녀석이 일격에 압도하다니……."

"미안하게 됐어."

오노 같은 야심은 느껴지지 않았다. 마왕인 듯한 소녀의 눈동자에는 뭔가 사명감 같은 것이 깃들어 있었다.

어쩌면 뭔가 사정이 있는 건지도 모른다.

하지만 그 목적에 동료들의 목숨이 걸려 있다면, 나로서는 절대로 양보할 수 없는 것이다.

뭔가 목적이 있다는 건 짐작하지만, 그래도 나는…… 동료들을 위해 싸워야만 한다.

말문이 막힌 마왕 앞으로 재빨리 달려들어서…… 검을 내리 휘둘렀다.

상대의 방식에 따르는 것이 내 최소한의 배려였다.

전이를 통해서 짓누르거나 하는 건…… 상대에 대한 예의가 아니었다.

푸슉 하고 확실한 손맛을 확인한 후, 나는 쓰러지는 마왕을 돌아보았다.

"설마…… 이렇게까지 압도적인 힘을 갖고 있을 줄이야……."

일도양단되었을 줄 알았는데, 마왕은 땅바닥에 엎어진 채 고꾸라져 있다.

죄책감이 고개를 들었다. 설마 그렇게 우락부락해 보이는 마왕의 진짜 모습은 이런 소녀였을 줄이야……

게다가 대화까지 성립하니, 더더욱 죄책감을 부채질했다.

그리고 그 목적이 우리를 죽이는 것이라니.

하여간에, 빨리 살레아를 구해줘야 한다.

나는 펄쩍 뛰어서 살레아를 결박한 사슬을 끊고, 떨어지는 살레아를 받아냈다.

그런데…… 그 살레아의 몸은 싸늘하고, 내 품 안에서 힘없이 늘어져 있을 뿐이었다.

"살레아! 어이! 정신 차려 봐!"

설마 죽은 건가?!

바닥에 내려놓고 구명 조치를 취하려 했을 때, 살레아의 몸에서 뭔가 위화감을 느꼈다.

뭐지……? 딱딱하잖아. 이거는 시체에서 느껴지는 뻣뻣함과는 좀 다른 것 같은데?

소매를 살짝 걷어 올려 본다. 지금껏 마물이나 인간의 시체를 본 적이 있었기에 느껴지는 위화감.

마치 실리콘 같은 것으로 만들어진, 살레아와 쏙 닮은 인형 같다고나 할까……

"큭……. 설마, 이렇게까지 실력 차가 클 줄이야……."

그 목소리에, 나는 고개를 돌렸다.

"이럴 수가—— 말도 안 돼!"

마왕이 비틀거리며 일어섰다.

"완전 괴물이잖아?!"

공격은 분명 제대로 들어갔을 텐데? 설마 언데드 같은 건 아니겠지?

뭔가 토벌을 위한 조건이 있는 건가? 성 안에 있는 장비를 파괴해야 하는 건가?

젠장……. 그렇다면 요리후지와 동료들을 먼저 보내서 심장부를 파괴하는 수밖에 없는데.

나는 이번에야말로 숨통을 끊어 줄 기세로 마왕에게 검을 겨누었다.

그러자 마왕은 투구를 벗고 내 쪽을 쳐다보았는데──.

"어──."

나는 또 다시 말문이 막히고 말았다.

투구를 벗은 마왕의 얼굴이…… 살레아와 똑같았던 것이다.

살레아와 쏙 빼닮은 소녀는 그곳에서, 치와와 같은 표정으로 나를 올려다보고 있었다.

뭐야! 지금 뭐 하자는 거야?!

아, 아니…… 이 녀석, 설마 유니크 웨폰 몬스터?!

어? 어? 마왕이 유니크 웨폰 몬스터였다고?!

그, 그러고 보니 메구루 씨와 동료들이 상대했던 마물들은 전부 검을 쓰고 있었어!

다시 말해, 이 녀석은 검의 유니크 웨폰 몬스터 보스라는 건가?

그렇다면 지금 '내 동료가 돼!' 라고 하면 마왕이 내 동료가 되는 건가?

어떻게 된 거야?

아니, 그게 문제가 아니잖아! 왜 살레아와 똑같이 생긴 건데?!

게다가 살레아는 숨을 안 쉬고, 살레아와 똑같이 생긴 녀석이 있고!

"대체 뭐가 어떻게 돌아가는 거야, 이거?!"

"큭…… 그대의 부하가 될 생각 따위는 없다! 내 진정한 주인은 한 명뿐이니라!"

우와! 정신을 차리자마자 다짜고짜 고함부터 치기야?!

본능과 싸우고 있는 건지 거세게 고개를 휘젓고 있었다.

"대체 정체가 뭐야?! 분명 치명상을 입었을 텐데."

"후…… 네 말대로 치명상을 입을 만한 일격이었지. 다른 무기였다면 죽었을 게다. 아니면 재생에 시간이 걸렸겠지. 뭐, 검으로 나를 처치하려 들었던 게 원인이었다는 거다. 한 대 정도는 우격다짐으로 버텨낼 수 있어."

"그럼 한 방 더 먹이면 죽는다는 거네. 그 전에 자세히 좀 물어봐야겠어! 너는 왜 살레아랑 똑같이 생긴 거지? 살레아는 어디 있는 거야?!"

대답 안 하면 죽여 버리겠다는 위협을 담아 고함쳤다.

그러자 살레아와 똑같이 생긴 소녀는 검을 떨어뜨리고, 양손을 들어 항복 포즈를 취했다.

"항복하겠다. 가령 최상의 컨디션으로 유키나리와 싸운다 해도…… 승산이 전혀 없어. 그대 같은 괴물과 적대해 봤자 아무것도 해결되지 않을 것 같구나."

이제 와서 항복하겠다고? 무슨 꿍꿍이지?

뭐, 항복해 주겠다면 내 입장에서도 다행스러운 일이긴 하지만, 거짓말일 가능성도 있다.

하지만, 진짜로 항복하는 거라면 요리후지를 비롯한 동료들과 한번 의논해 봐야 할 것이다.

"동료들을 너무 아끼는 건 유키나리의 안 좋은 버릇이다."

아까부터 보이는 이 태도, 말투 때문에 자연스럽게 수수께끼 하나가 풀린 느낌이었다.

"너……."

"살레아라는 건 내가 잠복할 때 쓰는 이름이니라. 그 옆에 나뒹 굴고 있는 건 물론 정교하게 만든 가짜지."

"역시 네가 살레아였구나."

"그렇다……. 나 참, 가까이 있으면서 여러모로 관찰해 왔다 만, 상황이 참 복잡하게 꼬였구나."

"상황을 꼬이게 만든 건 너잖아. 뭐야, 이 건물은?"

"옛날에 받은 것이다. 사명을 완수하기 위해서."

"그럼…… 대답해줘. 살레아, 설마 우리를 소환한 흑막이 바로 너야?"

"내 말을 믿을지 말지는 자유다만, 나는 유키나리와 메구루를 비롯한 이세계인들을 이 세계에 불러온 자도, 묶어 두고 있는 자 도 아니다. 오히려 그 반대지. 재앙의 원인을 막기 위해 너희를 죽이려고 했으니까."

"그런 짓을 하면 메구루 씨가 용서할 것 같아?"

"안 하겠지. 하지만, 이 세계 사람들을 지키자면 나도 수단과 방법을 가릴 수가 없다. 재앙의 원인을 억누르기 위해서라면."

재앙의 원인? 그것을 막는 것과 우리를 죽이는 게 대체 무슨 관 련이 있다는 거지?

"뭐라고 그랬더라? 제3세력이라고 했던가?"

제3세력……. 내가 아는 지식으로 생각하면, 이런 건가?

시뮬레이션 게임에서 적과는 별개로 등장하는, 적도 아니고 아군도 아닌 세력.

게임에서는 조건을 갖추면 동료가 되는 경우가 많은데 말이지.

"뭐, 유키나리가 선택받은 자인 건 알지만…… 그래도 확인은 해 봐야 했고, 나로서도 이렇게 한 번쯤 전력으로 부딪쳐 봐야만 했으니까. 앞으로 찾아올 고난을 이겨낼 힘을 얻기 위해서."

그렇게 말하고, 살레아는 나를 향해 손을 내밀었다.

살레아의 손에서 어렴풋한 빛이 뿜어져 나오는 동시에, 내 시야에 문자가 나타났다.

확장능력——『시공전이』를 습득했습니다!

시, 시공전이?! 이건……!

"뭔가 확장능력을 습득했지? 그게 모든 일의 흑막을 처치하는 열쇠가 될 것이야. 지금까지 찾아왔던 이세계인들이 그렇게 말하며 내게 그 힘을 맡겼느니라."

한 번쯤 존재 가능성을 생각해 보았던 능력이었다.

아무리 레벨을 올려도 출현하지 않았기에, 존재하지 않을 것이라고만 생각했었다.

그랬는데 지금, 시공전이 능력을 분명히 손에 넣은 것이다.

심장이…… 마음이 요동쳤다.

고통이 아니라, 희망 때문에 느껴지는 거센 고동.

이 힘을 사용하면 이미 죽은 사람을…… 시게노부를…….

아니, 이건 지나친 기대일 거야. 너무 기대했다간, 만약에 실패했을 때의 절망이 너무 클 것이다.

일단은 확인부터 하는 게 먼저였다.

나는 자신이 가진 마력을 사용해서…… 시공전이를 발동했다.

만약에…… 이 확장능력이 정말로 내가 원하는 그 힘을 갖고 있다면…… 과거로——.

그렇게 생각했을 때, 사용에 필요한 마력 소비량 예측이 나타나서 과거로 시공전이를 하려면 막대한 마력이 필요하다는 사실을 알렸다.

부족하다……. 내가 돌아가기를 원하는 과거로 돌아가기에는 마력이 턱없이 부족하다. 원하는 과거로 돌아가는 수준은커녕, 연속 사용조차 불가능할 정도다.

반대로, 미래로 가는 건 과거로 가는 것보다 소비량이 적었다.

시간은 항상 미래 쪽으로 흘러가기 때문에 그런 건가……?

젠장……! 어떻게든 마력을 필요한 만큼 확보할 방법은 없는 건가?!

"왜 그러느냐? 또 뭔가 고민에 잠긴 것 같은데."

마력 확보 문제에 대해서는 나중에 생각하기로 하자.

"이, 이 능력은 뭐지?"

"비장의 카드다."

"비장의 카드? 뭘 위한 비장의 카드인데? 애초에 내 능력은 대개 상대방의 동의가 필요하다고."

"아마 그런 건 비장의 카드에 필요 없을 게다."

적대하는 사이인 나에게 능력을 주다니. 살레아의 목적은 대체 뭐지?

내가 의심 어린 눈길로 쳐다보자, 살레아는 한숨을 지으며 양손을 들었다.

"물론 이 세계, 그리고 그대들의 적을 제압하기 위해서지."

우리의 적?

"음? 소동을 듣고 달려온 모양이구나."

살레아가 뭔가 신호를 보내자, 닫혀 있던 문이 열렸다.

"하네바시! 괜찮아?!"

그리고 메구루 씨와 요리후지를 비롯한 동료들이 달려왔다.

마침 잘됐다. 이것저것 의논하고 싶던 참이었는데.

"뭐가 어떻게 된 거야⋯⋯?"

"살레아? 네가 왜 여기 있어? 마왕은⋯⋯."

요리후지와 메구루 씨는, 나뒹굴고 있는 전신 갑옷을 보며 경계를 강화했다.

그리고 모두들 상황이 뭔가 이상하다는 걸 깨닫고 당혹감을 감추지 못했다.

나와 맞서듯 서 있는, 항복은 했지만 갑옷을 입고 있는 살레아.

바닥에 나자빠진, 마왕으로 보이는 전신 갑옷 차림의 적?

처음 보면 상황을 이해하지 못하는 것도 어쩌면 당연하겠지.

"와우! 살레아 섹시해~!"

"후샤~!"

하기사와, 넌 좀 닥치고 있어. 와우! 는 또 뭐야⋯⋯. 한순간 진짜로 패 버릴 뻔했다고.

"살레아, 도대체 일이 어떻게 된 건지 설명해 줄 수 있어?"

"흐음……. 상황이 이렇게 됐으니, 상황의 본질을 알려 주는 정도의 성의는 보여야겠지."

살레아가 손가락을 튕기자, 모험가들이 결박에서 풀려나 그 자리에 고꾸라졌다.

그리고 마물들이 일제히 모습을 감추었다.

"성도 일시 정지…… 아니, 착륙시키는 게 좋겠구나."

직후, 쿠쿠쿵…… 하고 톱니바퀴가 역회전하기 시작하고, 성 전체가 뒤흔들렸다.

살레아의 말마따나 착륙하려 하고 있는 모양이었다.

"네가 마왕이었어?!"

"그래. 옛날이야기에 나오는 마왕 중에 하나인 건 사실이다."

"도대체 뭘 하자고 이런 소동을 일으킨 거야? 얼마나 많은 사람들이 피해를 봤는지 알기나 해?"

메구루 씨가 살레아를 다그치자, 살레아는 여전히 어쩐지 기뻐하는 표정으로 메구루 씨에게 다가갔다.

지금까지보다 훨씬 더 빠른, 메구루 씨가 미처 반응하지도 못할 만큼의 속도였다.

"으아아아아앗! 메구루우우우우!"

"뭐야! 이러지 마! 뭐 하자는 건데? 계속 이러면…….'

아, 메구루 씨가 화났다.

주먹을 쥐고 살레아의 머리를 꾹꾹 짓이기기 시작했다.

"으아아아아앗. 머리가 깨질 것 같구나아아아아아아."

"장난친 네가 잘못이야! 빨리 자백하라구!"

어째 긴장감이 오래 못 가네.

머리 짓누르기 공격이 끝난 후, 메구루 씨에게서 살짝 떨어진 살레아가 허리에 손을 짚고 대답했다.

"으음……. 메구루는 성격이 참 급하구나. 하는 수 없지."

"뭐가 하는 수 없다는 기야?"

"메구루는 여전히 사소한 걸 지적하는구나. 그럼 일단 자기소개부터 해 볼까. 떠돌이 대장장이 장인이자 상인 살레아는 가짜 모습, 그 정체이자 진짜 이름은 르시아라고 하느니라! 똑똑히들 기억해 두거라!"

아니, 거기부터 시작하는 거냐!

"살레아가 르시아란 말이지……."

"그렇다. 역시 본명으로 불리는 게 더 기분이 좋구나. 메구루에게 가명으로 불릴 때마다 낯간지러운 기분이었지 뭐냐."

어쩐지 만족스러워하는 모양인데, 너 혼자 멋대로 만족해 버리면 우리 보고 어쩌라는 거야.

"그래서…… 르시아, 넌 대체 정체가 뭐야?"

"르시아는 마왕의 갑옷에서 나왔어. 아마 검의 유니크 웨폰 몬스터일 거야. 치명상을 입혔을 때 보스 특유의 포즈를 보였어."

"치명상이라니……."

"치명상을 입은 건 사실이니라. 그게 이번 일을 벌인 목적이었으니까 어쩔 수 없는 일이었지만."

"그래서 결론이 뭔데? 뜸 들이지 말고 말 좀 해 봐."

"으음, 그 점에 대해 설명하자면, 결말이 어떻게 날지는 모르지만…… 잘 풀리면 오랜 평화, 실패하면 대륙 하나를 없애 버릴 수도 있는, 그런 문제가 얽혀 있느니라."

조금 전까지의 장난스럽던 모습은 감쪽같이 사라지고, 르시아는 진지한 표정으로 그렇게 대답했다.

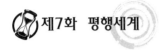제7화 평행세계

"르시아라는 이름, 아까 하기사와가 읽은 정체불명의 문자에 적혀 있던 거 맞지?"

하기사와의 암호에 나온 르시아…… 그게 바로 살레아였나.

그렇다면 하기사와의 암호가 점점 더 신빙성 있게 느껴지는데.

게다가 나는 『시공전이』라는 확장능력을 손에 넣었다.

어쩌면 정말로 하기사와를 과거로 보낼 수 있을지도 모른다.

웬만하면 그런 짓은 하기 싫지만……. 하여튼 일단 사정부터 알아보자. 뭘 어떻게 하건, 확인이 우선이다.

"왜 이세계인…… 우리를 죽이려고 한 거지? 솎아낸다는 말까지 했잖아."

"뭐가 어째?!"

이 말에는 하기사와도 경계심이 드는지 르시아에게 검을 겨누었다.

하지만 르시아는 도리어 전투 의사가 없다는 뜻을 표하듯 양손을 들었다.

"유키나리에게는 유키나리가 진짜로 온 힘을 다해서 싸워 주길 바랐다고 말했지만, 기대 이하였다면 정말 그 계획을 실행하는 것도 염두에 뒀었다는 건 사실이다."

르시아는 부정하지 않았다.

메구루 씨가 날카로운 눈매로 르시아를 째려보고 있었다.

대답에 따라서는 정말로 용서하지 않을 작정이리라.

"보아하니 하얀 쪽이 우세로 보이는 것 같기도 했지만, 메구루 일행이 너무 위험한 짓을 하려고 하는 것 같아서 좀 일찍 행동을 시작한 거다."

하얀 쪽? 혹시 내가 전에 꿈에서 본 그걸 가리키는 건가?

"일단 얘기 내용부터 들어 봐야겠어."

"그래야겠지…… 유키나리, 나를 물리치면서 앞으로의 고난을 이겨낼 힘을 얻었다. 그 힘을 소중히 여기거라."

"유키나리 군, 살레아…… 르시아한테 뭔가 받은 거야?"

"그래."

"그 힘에 대한 설명은 일단 나중으로 미뤄라. 지금은 내 얘기부터 하는 게 우선일 테니까."

"하긴."

"우선, 내가 그대들을 솎아내겠다고 한 이유부터 설명하는 게 빠르겠구나. 이세계인들은 그쪽에 대한 이해 속도가 빠르니까."

"뜸 들이지 말고 빨리 얘기하기나 해."

왜 이렇게 빙빙 둘러서 얘기하는 건지 모르겠다.

곧이곧대로 얘기할 수 없는 걸까?

"순서대로 차근차근 해야 하는 얘기라서 이러는 것이야. 그대들, 나를 상대할 때의 주의 사항이나 대응 방법을 연구하면서 사전에 국가의 전승 같은 정보를 먼저 조사해 봤겠지?"

"그래."

마왕이 정기적으로 나타난다는 얘기 말이군.

그리고, 마왕……이 아니라 르시아가 능력을 사용해서 적과 동등한 수준으로 레벨을 올릴 수 있다는 점을 사전에 알고 있었던 것도 큰 도움이 됐다.

이 정보를 사전에 알고 있었던 덕분에 대책을 세울 수 있었던 것이다.

"그 점은 전승 속에 남겨 뒀으니까……."

그렇게 말하고, 르시아는 우리 곁에 있는 라이크스 기사들과 모험가들 쪽을 쳐다보았다.

보아하니 이 세계 사람들의 귀에 들어가면 껄끄러운 내용인 모양이었다.

"미안하지만 그 이유에 대해서는 이세계인들에게만 알려 주고 싶다. 손댈 생각은 없으니, 물러나 주었으면 좋겠구나."

국가의 기사와 모험가들은 일제히 서로를 마주 보았다.

르시아를 신뢰할 수 없는 것이리라.

"작은 목소리로 얘기해도 안 될 건 없지만 말이지. 엿들으려고 애쓰지 말거라."

이렇게 해서 나와 메구루 씨, 요리후지와 쿠로모토 씨, 하기사와가 대표를 맡아 르시아 곁에 모였다.

"그럼 마법으로 방벽을 쳐서 소리를 차단할게."

"오오, 고맙구나, 미키."

쿠로모토 씨의 마법에 의해 주위에 공기 벽이 발생, 목소리가 밖으로 새어나가는 것을 차단했다.

이러면 밀담이 가능할 것이다.

"그래서? 대체 뭔데? 우리한테만 알려 줘야 한다는 얘기라는 게 뭐야?"

"그대들은, 나와 싸울 때, 내가 주위 사람들의 레벨만큼 더 강해진다는 섬을 알고 있겠지?"

"그래."

"참고로 내 한계는 기껏해야 500 정도이니라. 강화 갑옷을 착용해서 1000까지 끌어올리면 오버스펙 때문에 망가질 수도 있으니까."

"완전 괴물이잖아!"

하기사와가 전율하며 말했다. 요리후지도 마찬가지였다.

어쩐지 그 말이 가슴에 푹 박히는 느낌이었다.

괴물이라 미안하네요.

"마사루, 진정하거라. 뭐, 그렇게 레벨을 끌어올려서 싸워도 발끝에도 못 미칠 만큼 강한 적이 있으니까. 내가 너희와 의논하기로 결단한 것도 그 때문이었고."

요리후지가 내 쪽을 슬쩍 쳐다보았지만, 지금은 르시아의 얘기에 귀를 기울이는 게 먼저다.

중요한 얘기가 있는 것 같으니까.

"그래서 말인데…… 나처럼 그 능력에 시간 제한이 있는 게 아니라 상시 발동하고, 상한선도 없고, 적용 범위까지 엄청나게 넓은 괴물이 나오면 어쩔 거지? 애초에 나는 그 괴물을 상정해서 만들어진 존재이고 말이야."

"저기…… 무슨 소리야?"

"이 르시아라는 애가 원래 싸워야 할 상대가 바로 그 괴물이고, 그 괴물이랑 우리 사이에 뭔가 관련이 있다는 거야."

요리후지도 눈치가 빠르군. 아마 그 말이 맞을 것이다.

설마 그 상대가 나라는 건 아니겠지?

"나를 물리친 자에게는, 그 괴물을 상대로 싸울 때 비장의 카드가 될 수 있는 확장능력이 부여된다. 마침 유키나리가 얻게 되어서 다행이지 뭐냐."

르시아의 말로 보아, 학급전이의 흑막은 내가 아닌 것 같다.

남몰래 모두를 이세계에 가둔 범인이 실은 나였다는 식의 전개는 아닌 모양이었다.

"호오, 어떤 능력인데?"

"흑막을 미래 저 너머로 날려보낼 수 있는 확장능력이지."

내 짐작이 맞았던 모양이군.

"미래전이란 말이네. 시공전이 같은 거였으면 좋았을 텐데."

"그건——."

르시아가 수정하려 한 순간, 나는 입 앞에 손가락을 세워서 르시아의 말을 저지했다.

지금 내 힘으로 거슬러 올라갈 수 있는 시간은 아주 미약한 수준이다. 그 정도 수준은 별 의미가 없다.

그냥 함구해 두는 편이 나을 거다. 단, 어느 정도 가능성이 생기면 꼭 얘기해야겠지.

방법을 찾는 건, 그 괴물을 처치한 뒤라도 늦지 않을 것이다.

"얘기가 샛길로 샜구나. 내가 왜 그대들을 솎아내겠다고 했는가 하면——."

그때 요리후지의 표정이 파랗게 질렸다.

나 역시 전에 한 번 떠올렸다가 기억에서 지워 두었던 의혹 하나가 다시 뇌리에 떠오르는 느낌이었다.

"설마…….."

"그 괴물이, 우리 이세계인들의 레벨을 전부 합친 것만큼의 힘을 갖고 있다는 건 아니겠지……?"

요리후지가 르시아의 양 어깨를 붙잡고 흔들면서 다그쳤다.

르시아는 울분에 찬 표정으로 고개를 숙였다가, 고요한 눈길로 요리후지를 마주 보고 고개를 끄덕였다.

"그렇다. 괴물이자, 그대들을 이 세계에 소환한 흑막이기도 한 그자는, 그대들의 레벨만큼 강해지느니라. 그대들은 녀석의 단말이나 다름없는 셈이지."

단말……. 참 절묘한 표현이군. 흑막이 우리의 레벨만큼 강해지는 게 사실이라면, 우리는 말 그대로 단말 같은 존재다.

"아니, 잠깐. 그럼 살레아, 아니, 르시아가 이렇게 일을 서두른 것도 혹시……."

"오? 메구루는 눈치가 빠르구나. 그 생각이 맞다. 이세계인들이 강해진 유키나리를 활용해서 강화 합숙 같은 걸 하면 어떻게 되겠느냐? 적이 그만큼 강해지지 않겠느냐?"

"그렇구나……. 그럼 왜 솔직하게 말해 주지 않은 거야?"

메구루 씨의 지적에, 르시아는 약간 황당해하는 것 같은 표정으로 고개를 갸웃거렸다.

"메구루 네 말마따나 서로 의논하는 건 중요한 일이긴 하지만, 그 시점에서 내가 곧이곧대로 얘기했더라면 너희가 내 말을 믿었을까?"

"그, 그건……."

르시아의 말마따나, 이런 사태라도 벌어지지 않는 이상은 믿지 않았을 가능성이 높다.

물론 정보를 전부 공개하는 것도 나쁜 방법은 아니지만, 우리가 그 정보를 믿지 않는다면 오히려 차후에 악영향을 끼치게 된다.

나에게 능력을 준 건…… 만약에 교섭이 결렬되더라도 얻는 게 있으리라고 판단한 것이리라.

내 힘을 제대로 확인한 뒤에 얘기해도 늦지 않을 거라고 생각한 거겠지.

"내가 사용한 레벨 상승 능력은 적이 사용하는 능력을 본떠서 재현한 것에 불과하다."

전원의 레벨을 대충 헤아려 보았다.

이거 큰일인데……. 한 명당 레벨 60으로 계산해도 1000을 넘어가잖아.

게다가 내 레벨까지 더하면 그야말로 장난 아닌 힘이 된다.

내 레벨은 『포인트 상전이』로 깎을 수 있긴 하지만.

그렇다고 해도, 그 흑막이 성가신 적이라는 점은 달라지지 않는다.

"그러고 보니 파워 인플레이션이 꽤 심해졌네. 게임이란 건 원래 그런 건가?"

"그런 게임도 있긴 하지."

"이런 사실은 알고 싶지 않았는데……."

메구루 씨와 쿠로모토 씨가 나란히 고개를 끄덕였다.

"아니아니아니, 나는…… 그런 말 절대로 못 믿어."

"맞아!"

요리후지와 하기사와가 부정하고 들었다.

나도 개인적으로는 부정하고 싶은 심정이지만, 그런 적이 있다고 해도 이상할 건 없다.

실제로, 주위의 레벨을 합친 것만큼 강해지는 적이 이렇게 눈앞에 존재하지 않는가.

다시 말해, 그 괴물을 처치하자면 소환된 이세계인을 최소화해서 약화시키는 수밖에 없다.

그런 식으로 생각하면, '솎아낸다'라는 르시아의 말도 충분히 이해가 간다.

적의 강함이 우리의 강함에 비례한다면, 우리를 죽이면 그만큼 적이 약해진다는 뜻도 되니까.

지금까지의 대화를 통해 르시아의 한계 레벨이 최대 1000이라는 게 밝혀졌으니, 적어도 그 정도 레벨로 해치울 수 있을 만큼 약화시킬 필요가 있었던 거겠지.

하지만 그렇다고 해도 동료들을 죽이도록 내버려 둘 수는 없다.

이제야 희망이 보이기 시작하지 않았는가. 단 한 명의 희생도 없이, 그 흑막을 해치워야 한다.

반드시!

"그나저나 뭐 그런 괴물이 다 있어? 그래도 한 번 처치하면 되는 거 아니야?"

"애석하게도 녀석은 불사 능력을 갖고 있어서 말이지……. 정기적으로 부활한다. 봉인하거나, 야망을 분쇄하거나, 아예 미래의 저편으로 날려 버리는 편이 그나마 오랜 기간의 평화를 기대할 수 있지."

"지금까지 그런 녀석과 몇 번씩이나 싸운 거야? 왜 전승에 남아 있지 않은 거지?"

"어느 정도는 형태가 남아 있지 않느냐. 악한 이세계인, 마왕, 재해, 재앙……. 갖가지 형태로 말이야. 자세한 정보를 남기면 이세계인 측에 불리해지니까, 그런 정보는 대충 얼버무려서 후세에 전한 게지. 나나 과거의 이세계인들, 협력자가 굳게 입을 다물고 침묵을 지키는 식으로 말이야."

아까 라이크스 사람들에게 얘기하지 않으려 했던 건 그 때문이었던 건가.

이런 정보가 알려졌다면, 이세계인들은 숲에서 나오는 즉시 몰살당할 게 뻔하다.

이게 사실이라면 람레스 씨에게도 말 못하겠는데.

그나저나…… 불사의 괴물이라니.

"우리가 당하기는 싫지만 말야, 결국 다 죽여 버리면 평화롭게 살 수 있는 거잖아? 왜 솎아내기만 한다는 건데? 솎아낸다는 건, 몇 명은 살려둔다는 거잖아?"

하기사와, 그렇게 노골적으로 물어봐도 되는 거냐.

하지만 르시아 입장에서 생각해 보면 확실히 전부 다 죽여 버리는 게 효율적이긴 하다.

그런 점에서는 인정을 베푸는 건가?

"국가가 이세계인을 전멸시키려고 들면 그건 그것대로 일이 귀찮아져서 말이지. 살아남은 자가 복수하겠다고 니시거나, 최악의 경우에는 흑막이 재소환해 버릴 수도 있고."

재소환할 수도 있다니……. 그렇다면 몇 명쯤 살려 두는 편이 낫겠군.

여러모로 복잡한 사정이 있는 모양이었다.

"그리고 녀석의 자객이 여간 성가신 게 아니라서 말이지. 그것만은 확실하게 처치하도록 얘기해 두었지."

그건 혹시 『강탈』 능력에 반응하는 결계를 말하는 건가?

생각해 보면 강탈 이외에도 몇 가지 위험한 능력에 반응한다고 했었지.

"그 녀석 혹시, 과거에 소환되었던 이세계인들 중에 자기가 최강이라면서 능력을 악용해서 그렇게 된 거야? 아니면 강탈 같은 능력으로 불사의 능력을 얻었거나."

"하긴 그러고 보면 오노 군이 그런 유치한 소리를 했었지."

"아~ 그럴지도 모르겠네. 그런 녀석이 세계를 난장판으로 만들고 있다는 게 국가에 알려지면, 우리 목숨까지 위험해질지도 모르겠어."

"그러게 말야. 혹시 오노가 갖고 있던 그 양피지를 쓴 사람도 그런 녀석일까?"

일의 흑막이라는 모양이니, 아마 그렇겠지.

그때 쿠로모토 씨가 르시아에게 양피지를 보여 주었다.

"이거, 읽을 수 있겠어? 내 능력으로는 해독이 안 되는데."

"애석하지만 나도 못 읽겠구나. 그냥 그럴싸하게 쓴 것일 테니, 의미는 없을 게야."

"그런 거야?"

마법진 같은 문양도 있고, 엄청 의미심장해 보이는데?

뭐랄까, 흑마술 같은 위험한 냄새가 풍긴다고나 할까.

"으음, 그나저나 오노라……. 여전히 녀석은 쉽게 이용당하는 구나. 이번에는 그대들이 무사히 처치한 모양이지만."

오노에 대해 알고 있는 건가?

"그 밖에 카네시마나 야마네나 타니이즈미 같은 경우도 있지만 말이지. 대개 그런 녀석들이 자주 처분당하곤 하지."

"타니이즈미는 알고 있긴 한데……."

나머지 둘은 모르겠군. 타니이즈미의 패거리도 아니었다.

르시아의 말에 메구루 씨, 요리후지, 하기사와, 쿠로모토 씨가 내 쪽을 쳐다보았다.

"그러고 보니 메구루한테 얘기를 들었었지. 유키나리가 해치웠 다지?"

"나도 죽이고 싶어서 죽인 건 아니야."

오노도 타니이즈미도 못된 놈들이었지만, 그래도 죽기를 원하 지는 않았다.

이런 일이 벌어지지 않았다면, 그냥 조금 사이가 나쁜 같은 동 급생 정도 사이로 끝났을 것이다.

"이건 어디까지나 추측일 뿐이지만, 아마 그대들이 이 세계에 전이되어 온 경위에 오노가 얽혀 있을 게야. 녀석과 계약해서 학 급전이를 일으켰다는 건 틀림없는 사실일 게다. 자신이 추가로 얻게 될 능력을 사전에 알고 있으면, 더 많은 사람을 끌어들일 수 있을 때 쓰려고 드는 것도 당연하겠지."

추가…… 강탈을 말하는 건가?

그 능력이, 어쩌면 내가 방금 습득한 시공전이처럼 특수한 능력으로 얻은 능력이라는 말인지도 모른다.

그럼 강탈은 오노가 원래 갖고 있던 능력이 아니라는 건가?

잘 모르겠다.

"역시 오노가 범인이었냐!"

"기가 막혀서 말도 안 나오네. 같은 반 애들을 죽이겠다고 전이에 끌어들이다니……. 역시 쓰레기 같은 녀석이었어."

"아니, 오노는 어디까지나 적에게 이용당한 거잖아?"

역시 오노의 양피지는 흑막과 모종의 연관이 있었던 건가.

그러고 보니 오노는 숲에서 서바이벌 생활을 하면서 타니이즈미에게 갖가지 명령을 받으면서도 히죽히죽 웃곤 했었지.

나중에 자신만이 특수한 능력을 얻을 수 있다는 걸 알고 있다면, 그런 기분이 드는 것도 이상할 게 없다.

실제로도 그 능력을 얻고 나서 멋대로 설쳐댔었고.

"참고로 통상적인 능력은 이 세계에 오는 과정에서 자연적으로 주어지는 거고, 녀석이 부여한 게 아니라는 것 같더구나."

하긴 흑막이 각자에게 이런 능력을 줘서 골육상쟁을 벌이게 할 이유는 없겠지.

어쩌면 이 세계의 독자적인 법칙인지도 모르겠다.

"르시아, 지난번에 왜 이 세계의 귀족을 죽인 건지 물어봐도 돼? 그것도 뭔가 연관이 있는 거야?"

"오? 역시 메구루구나. 눈치가 참 빠르다니까."

"그렇다면……."

"그래……. 녀석은 예전에 조사라는 명목으로 멜라시아 대삼림에 들어갔다가 흑막과 조우해서, 자아를 침식당해 꼭두각시가 돼 버렸어. 너희를 함정에 빠뜨려서 죽이려는 꿍꿍이를 꾸미기도 했고, 녀석의 부하라면 내 적이기도 하니까 처분해 버렸지."

"대화로 해결하거나 구해줄 수 있는 방법은 없었던 거야?"

"메구루가 얘기하는 그런 수단을…… 내가 검토해 보지 않았을 것 같으냐?"

이미 조사해서 실천해 봤지만, 결국 실패했다는 건가…….

화근을 떨쳐내지 않았다가는 죽을지도 모르는 법.

우리를 위하려는 생각에 그런 짓을 했다는 건가.

"설마 내가 녀석을 처분하기 전에 너희가 빨리 행동할 줄은 몰랐다. 다음에 또 그런 일이 생기면 더 빨리 처분해야겠어."

다음이라…….

"있잖아, 자세한 사정을 알고 있으면 뜸 들이지 말고 빨리 좀 얘기해 줄 수 없어? 솔직히 르시아의 매력적인 의상 때문에 흥분을 감추기 힘들긴 하지만."

"작작 좀 해, 하기사와."

요리후지가 그답지 않게 분노를 드러내고 있다.

그 기분도 이해가 간다. 하기사와 녀석, 아까부터 너무 노골적으로 지껄여대고 있으니까.

"참 마사루다운 얘기구나. 예나 지금이나 변함이 없다니까."

"바로 그거야. 왜 그렇게 예전부터 나를 알고 있었던 것처럼 얘기하는 거지? 설마 하네바시가 시공전이 같은 능력을 얻어서 우리를 전이시켰다가, 그게 실패해서 과거에 르시아와 만나기라도 한 거야?"

그러자 르시아는 고개를 가로저었다.

아니었어? 그럴 가능성이 제일 높을 줄 알았는데.

"안됐지만 틀렸어. 그랬다면 아마 운명의 때 같은 것도 다 얘기했겠지."

"그럼 대체 뭔데? 왜 그렇게 나에 대해 전부터 알고 있었던 것처럼 대하는 건데?"

"정확히 말하자면 이번 마사루에 대해서는 별로 잘 알지 못한다고 해야겠지만, 그렇게 큰 차이는 없는 것 같은데?"

이번……

그때 쿠로모토 씨가 나와 르시아를 번갈아 쳐다본 다음, 뒤이어 하기사와를 쳐다보고 납득한 듯 말했다.

"과거의 이름에 부합되는 인물, 악한 이세계인의 이름…… 미래전이와 무관하게 세계 간을 이동할 수 있는 하네바시 군…… 이런 정보들을 통해서 생각할 수 있는 결론은……."

중얼거리는 쿠로모토 씨의 목소리에, 나와 메구루 씨는 불길한 분위기를 느꼈다.

"설마……."

"어이어이."

"또 다른 지구가 있다고 해도 이상할 게 없다는 거지?"

메구루 씨의 중얼거림에, 르시아는 고개를 끄덕였다.

"그래, 아마 미키의 추측이 맞을 게다. 맞아, 소환된 이세계인들은 그대들이 학교라고 부르는 곳의 급우들……. 평행세계의 급우들이지만 말이지."

──평행세계.

산산이 흩어져 있던 조각들이 맞춰져 갔다.

그렇다면…… 하기사와가 창작언어를 읽을 수 있었던 것, 과거의 이세계인들에 대한 전승, 그 전승에 부합하는 인물들, 이런 것들을 맞추어 보면 모든 의문이 풀리는 것이다.

"그럼 이 성을 만든 건?"

"마사루였다. 능력은 『연금술』이라고 했지."

우와……. 비슷한 능력이지만 살짝 다르군.

평행세계라는 뉘앙스가 어중간하게 실감이 들었다.

암호를 읽을 수 있었던 건, 그게 평행세계의 하기사와가 쓴 것이었기 때문이다.

"평행세계의 하기사와 군도 똑같은 창작언어를 만들었다는 거네……. 어느 세계의 하기사와 군도 다 비슷하게 촐랑거리는 성격이었던 걸까?"

"메구루, 그거 칭찬하는 거야?"

"글쎄?"

메구루 씨가 대답을 대충 얼버무렸다.

뭐, 지금까지의 황당한 행동들에 대해 이런저런 감정이 쌓여 왔던 거겠지.

"참고로 그때의 마사루는 국가의 결계나 흑막을 난감하게 만드는 각종 장치들을 남기고 갔다. 인간화 약도 만들었지, 아마?"

그것도 하기사와가 만든 거였냐! 평행세계의 하기사와라는 모양이지만.

"그건 그렇고, 평행세계의 나는 여자들한테 인기 있었어?!"

하기사와가 미케 쪽을 흘깃 쳐다보았다.

미케도 뭔가 불온한 기척을 느끼고 미간을 찌푸렸다.

알 만 하군. 미케가 여자인 평행세계 같은 걸 상상하는 건가?

"하기사와 군한테 중요한 건, 과거에 온 우리의 운명보다 자기 한테 여자 친구가 있었느냐 하는 점이라는 거네."

하루 이틀 겪는 일도 아니지만, 그게 하기사와의 정체성이라는 점이 도리어 안타깝다.

너한테는 미케가 있잖아.

"하네바시, 미키! 그런 눈으로 보지 마! 등골이 오싹해지잖아!"

"글쎄다. 내가 알기로는…… 자주 들이댔다가 깨진 기억이 난 다만."

깨졌나……. 어느 세계에서나 하기사와는 똑같은가 보군.

하긴 이런 중요한 상황에서도 자기가 여자한테 인기 있었는지 부터 물어보는 녀석이니까.

평행세계의 너한테 여자 친구가 있었다고 해서 뭐가 달라진다 는 거냐.

"젠장……! 평행세계의 나도 여친이 없었다는 거냐……!"

아, 메구루 씨와 요리후지가 분위기 파악 좀 하라는 눈매를 하 고 있다.

물론 하기사와를 향한 눈매다. 계속 분위기 파악 못 하고 그렇 게 굴었다가는 진짜 평생 여자 친구가 안 생길지도 모른다고.

"꼭 그렇지만도 않아."

"뭐……라고……?! 평행세계의 나 중에는 하렘을 실현시킨 나 도 있었다는 거야?!"

"그건 아니야. 애초에 마사루는 툭 하면 여자, 하렘, 인간화 약

타령을 해 대는 것치고는, 막상 여자와 맺어지면 오직 한 여자에게만 순정을 바치더구나."

아, 그거, 어쩐지 이해가 갈 것 같다.

하기사와는 여자에 굶주린 것뿐이니, 일단 여자 친구가 생기기만 하면 그 여자에 정착할 것 같은 분위기가 느껴진단 말이지.

평소 보이는 성격은 가짜 경박함이라고나 할까.

이렇게 하면 인기가 좋겠지? 라는 식으로 생각하고 있는 거 같기도 하다.

"하렘은 아니란 말이지⋯⋯. 그래도 어딘가의 나는 여자애와 노닥거리고 있단 얘기네!"

"으, 으음."

"앗싸아아아아아아아~!"

"하기사와는 참 한결같구나⋯⋯."

"그래 봤자 그건 지금의 본인 얘기도 아닌데, 그런 얘기에 그렇게 정신이 나가 버리다니⋯⋯. 하기사와 군한테는 나중에 따끔하게 잔소리하는 게 좋겠어."

메구루 씨의 인내심이 서서히 한계를 넘어서고 있잖아!

이제 진짜로 좀 진정하는 게 좋을 텐데, 하기사와.

"뭐, 지금의 하기사와한테는 미케가 있으니까 아마 그런 문제는 걱정할 것 없을 거야."

쿠로모토 씨가 뭔가 안심한 표정으로 그런 소리를 했는데, 그거 좀 위험한 생각 아니야?

다행인지 불행인지, 하기사와는 한창 흥분해서 소리쳐 대느라 쿠로모토 씨가 중얼거린 말을 못 들은 모양이었다.

"하기사와 얘기는 이제 됐으니까, 중요한 얘기를 계속해줘."

"그래. 평행세계인 만큼, 전이해 오는 자들 간에는 이런저런 차이가 있어. 모르는 사람도 많지. 애초에 내가 만나기도 전에 죽는 사람이 더 많기도 하고. 이번에도 처음 보는 얼굴들이 제법 있었느니라. 유키나리도 이번이 처음 만나는 거야."

평행세계의 나는 지금까지 르시아와 만난 적이 없었던 모양이다.

전이하는 자들 간에 차이가 있다는 건, 과거에 왔던 이세계인 중에 마루이의 이름이 있었다는 것만 봐도 짐작할 수 있다.

정말로 평행세계가 존재하는 거라 가정하면, 내 세계에서는 다른 반이었던 마루이가 우리와 같은 학교 같은 반에 있다고 해도 이상할 게 없다.

그 밖에도 같은 학년의 누군가가 우리 반에 있을 가능성도 충분히 존재한다.

과거의 이세계인들 중에 낯익은 이름이 있었던 건 그 때문이었던 모양이다.

"아니, 잠깐. 그런 것들을 다 아는 너는 대체 정체가 뭐지?"

요리후지가 물었다.

그러고 보니 우리는 아직 르시아가 어떤 존재인지를 파악하지 못하고 있었다.

과거의 이세계인과 협력해서 여러 번 흑막과 싸운 경험이 있다는 건 알고 있지만.

"인간화한 유니크 웨폰 몬스터라는 것까지는 알겠는데……."

"그럼 무기는 어디에 갖고 있는 건데?"

"으음? 그 점을 얘기 안 했구나. 나는 흑막이 그대를 소환할 때마다 녀석을 처치하기 위해 개조된, 전직 유니크 몬스터다."

"그래서 무기는 어디 있는데?"

"응? 모르겠느냐, 메구루? 쿠마코가 유키나리를 잘 따르는 것처럼, 유니크 웨폰 몬스터가 소유자를 따르는 건 당연한 일인데 말이야."

르시아는 감회에 젖은 미소를 지으며 대답했다.

그렇다면 그 말인즉슨…… 아니 잠깐!

"슬슬 때가 됐겠구나 싶어서 탐색 좀 해 보려고 숲에 갔을 때 만났었지……. 메구루가 있을 줄은 생각도 못했는데 말이야. 그래서 바로 다가갈 수 있었던 게야."

"어쩐지 이상하게 나한테 달라붙는다 싶더라……. 아니, 참."

메구루 씨가 가진 용사의 증표이자, 메구루 씨에게 힘을 준 검.

그 검의 이름은 성검 노아 토르시아.

"노아 토르시아?"

"그런 이름으로 불리던 시절도 있었지. 내 매개인 검의 이름이다."

성검 노아 토르시아의 유니크 웨폰 몬스터였냐!

머리가 지끈거리기 시작했다.

이제 와서 하는 소리지만, 그러고 보니 르시아라는 이름과 노아 토르시아라는 이름 사이에도 유사성이 느껴진다.

그나저나 전설의 성검이 쿠마코와 같은 유니크 웨폰 몬스터였을 줄이야…….

"한마디로 나는 이세계인의 로망인 성검이란 말이지."

"그 성검이 이세계인을 죽이려고 드는 게 말이 돼?!"

"참고로 본래는 신전에서 도전해 오는 이세계인들의 숫자를 조사하기도 했지만, 나 자신이 이세계의 본래 힘을 각성시키기 위한 열쇠가 되기도 하지."

용사를 선정하는 검인 척 하면서 이세계인들의 머릿수를 헤아리고 있었다니, 무슨 그런 함정을 파는 거냐.

하는 짓이 좀 너무 교활한 거 아니야?

하긴 르시아의 목적을 생각하면 그게 무난한 수단 같지만.

"이 세계를 구하기 위해서 이세계인을 솎아내야 하니까 말이지. 그것도 성검의 역할이니까."

"완전 마검이잖아!"

"후……. 어떤 이름으로 부르건, 나도 물러설 수는 없는 몸이라서 말이야. 어찌 됐건, 나를 손에 넣고 싶으면 내 허가를 얻어야만 하지. 그래서 메구루의 손에 들어간 거고!"

"한마디로 백합 성검이잖아! 완전 끝내 준다, 환상이야!"

하기사와가 옆에서 끼어들어서 분위기를 흐리고 들었다.

당연히 그 말에 반응한 건 메구루 씨였다.

"환상은 뭐가 환상이라는 거야!"

"그림이 근사하잖아?"

하기사와, 진짜 그만해. 메구루 씨 인내심이 한계 직전이니까!

"후후후후, 메구루가 나를 휘두르며 싸우는 모습은 역시 매력 만점이더구나."

"아, 진짜…… 이 검 그냥 확 갖다 버릴까……."

"왜냐!"

"그걸 이해 못 하는 게 오히려 더 이상하지 않아?"

나 참……. 점점 상황이 난장판이 돼 가잖아.

"아무튼 현재 내 소유권은 메구루에게만 있다. 하지만, 유키나리도 쓸 수 있도록 해 두겠다."

한창 장난스럽게 떠들던 르시아가 다시 진지한 표정으로 내게 말했다.

그 표정을 알아챈 메구루 씨도 동시에 나를 쳐다보았다.

"르시아, 그건 나보다 더 좋은 소유자를 찾아낸 거라고 생각해도 돼?"

"후후후, 내 마음에는 오직 메구루밖에 없지만, 유키나리도 나쁘지 않게 생각하고 있다. 역시 메구루가 반한 남자는 뭔가 달라도 다르구나."

"뭐야! 장난치지 마!"

얼굴이 빨개지는 메구루 씨.

그건 그렇다 치고, 나도 성검을 들 수 있게 된 데에는 뭔가 이유가 있는 걸까?

"왜 나까지? 용사는 메구루 씨 아니야?"

"나를 들 수 있는 자가 한 명뿐이어야 한다는 법칙이 어디 있지? 정하는 건 나야."

"아, 그러셔……."

"어쩌면 오히려 유키나리 쪽이 나를 더 잘 다룰 수 있을지도 모르겠구나."

"갑자기 왜 그런 뜬금없는 소리를……."

"이건 자랑이다만, 나는 내가 최강의 검이라 자부하고 있다."

최강의 검이라.

하지만 나에게도 내 나름의 신념이라는 게 있다.

나는 시게노부의 유품인 검을 들어 보였다.

"쿠마코가 있으니까 말이지⋯⋯."

"그렇게 한결같은 점은 마음에 드는구나. 틈만 나면 여러 개의 무기를 가지려고 드는 주인보다는 훨씬 나아. 쿠마코도 참 행운아로구나."

르시아도 내 심정에 대해서 이해해 준 모양이다.

"뭐, 내 매개체에는 『이도류』 확장능력도 있어. 검이 꼭 한 자루여야만 할 필요는 없다는 거지."

우와~ 순순히 물러나지는 않겠다는 건가?

"그런 것도 있었나?"

"메구루는 아직 내 힘을 완전하게는 끌어내지 못한 상태니까. 유키나리라면 쓸 수 있을 게다."

"하지만 그렇게 되면 메구루 씨가 못 싸우게 되잖아? 전력이 확 깎여나갈 텐데?"

"그렇지. 될 수 있으면 그런 사태가 벌어지지 않기를 기도하고 싶구나."

그런 사태가 오기 전에 르시아가 잘 싸우면 되는 거 아닌가?

그 정도로 강하다면 어지간한 적들은 처리할 수 있을 텐데.

하긴 흑막의 능력이 있는 한 상대하기 버겁긴 하겠지만.

"메구루, 그리고 유키나리. 그대들은 녀석을 이겨야 한다. 만약 녀석과 싸우지 않으면 그대들이 지키고자 하는 자들의 태반이 죽고⋯⋯ 미증유의 대재해가 벌어질 것을 각오하거라."

"대재해……."

"그래. 올해는 대활성과 이세계인 전이가 겹쳤으니까. 게다가 이세계인은 대량으로 출현했고……. 그야말로, 국가 수준이 아니라 대륙 전체가 멸망할 가능성이 아주 높아."

"대활성이라는 게 뭔데?"

내 지식에 없던 내용들이 끝도 없이 튀어나오는군.

어감으로 미루어 대충 짐작이 가기에, 위기감이 점점 더 고조되었다.

"액년이라고도 부르는, 마물의 활성화와 포인트 인플레이션 현상을 가리키는 말이다. 화산이 분화하는 것처럼 지표면으로 뿜어져 나오는 현상이지. 내가 생명을 얻었을 무렵에는 분화 과정에서 쟁탈전이 있었다고 들었다."

"쟁탈전?"

"무진장에 가까운 포인트가 대지에서 뿜어져 나오는 곳이 있었거든. 그냥 다가가기만 해도 감당하기 힘들 만큼의 포인트와 마력의 혼합물을 얻을 수 있는 곳이었지. 능력과 병용하면 못 할 일이 없었고, 잘만 사용하면 그야말로 어떤 염원도 이룰 수 있을 정도였어."

"그건 자료에서 본 적이 없는걸."

쿠로모토 씨가 책을 펼쳐 들고 신음했다. 그렇게나 오래 전에 벌어진 일이었다는 건가?

아니면 정보를 은닉해서 감추고 있었던 건지도 모른다.

그런 곳이 있었다면 분쟁의 원인이 될 만도 하겠지.

"그 현상의 전조로, 때때로 전도율이 높은 곳에서 반딧불 같은 것이 흘러나오는 현상이 있지. 그런 모습 본 적 없느냐?"

"……있었어."

메구루 씨와 함께 본 샘이 떠올랐다.

혹시, 그게 전조라는 건가?

그 반딧불 같은 빛……. 어쩌면 그게 마력이나 포인트였는지도
모른다.

제8화 처음부터 가능했던 것

"이 나라에서는 대대로 이세계인이 이 문제에 맞섰고, 때로는 패
배해서 재해가 발생하기도 했지. 적어도 라이크스의 대활성을 통
해서 소망을 이룰 수 있었던 건 아주 오래전 일이야."

"피비린내 나는 얘기네."

"더 효율적으로 그 싸움에서 이기기 위한 연구를 하고 있다고
듣기는 했지만……. 녀석의 목적은 그 활성화를 이용해서 이 세
계에 있는 모든 자들을 말살하는 것이라고 들었고…… 실제로
그러기 위해 활동하는 모습을 내 두 눈으로 똑똑히 목격하기도
했어."

으음, 뭔가 규모가 너무 커서 실감이 안 날 지경이다.

어찌 됐건, 그 흑막이라는 녀석을 물리쳐야 한다는 점은 분명
한 거지?

아니…… 뭔가 좀 찜찜한데.

"요점을 좀 정리해 볼게. 그 적의 목직은 이 세계를 멸망시키는

거고, 그러기 위해서 우리 이세계인을 소환해서 레벨을 올리려고 한다는 거지?"

"어라? 그럼 왜 오노한테 『강탈』 같은 능력을 준 거야? 그런 짓을 하면 인질이 줄어들잖아. 살육전을 유발할 수도 있는 위험한 능력을 줄 필요는 없는 거 아니야?"

"맞아. 만약에 내가 그 흑막이었다면 오노 군에게 그런 능력을 주기보다는 차라리 빨리 이세계인들을 마을로 보내려고 했을 거야."

"소환된 이세계인들이 숲을 벗어날 수 없는 것도 아닌데, 왜 그런 능력을 주는 거야?"

하긴…… 그 대활성을 통해 세계를 멸망시키기 위해 우리를 소환한 거라면, 굳이 오노를 우대해 줄 필요가 없다.

오노는 남자는 죽이고, 자기 마음에 든 여자들만 데리고 숲을 떠날 꿍꿍이를 꾸몄었다.

흑막 입장에서 보면, 그런 녀석은 다루기 까다로운 걸 넘어 장해물에 불과하지 않은가.

하지만 지금까지의 이야기대로라면, 오노는 지금껏 계속 흑막에게 이용당하고 있었을 텐데.

"내 설명이 부족했구나……. 녀석의 근본적인 목적은 세계를 멸망시키는 게 아냐. 그건 두 번째 목적이지."

"두 번째? 그럼 첫 번째 목적은?"

"녀석의 본래 목적은 그대들 이세계인 전원을 말살하는 거다. 그래서 급우들 사이에 균열이 생기도록 상황을 만들고, 무의식 속에 숨어들어서 싸움을 조장하지. 그리고 살육전을 유발시키는 거고. 모든 이세계인을 다 죽이려 시도하고, 그게 실패해서 그대들의 경우처럼 놓쳐 버린다면 그 뒤에는 세계를 멸망시키기 위해서 활동하는 것……. 녀석은 오랜 옛날부터 그런 짓을 되풀이하고 있어."

그 흑막이라는 녀석은 진짜 구제 불능이군.

그나저나 대체 우리한테 무슨 원한이 있기에 그러는 거지?

"대체 뭐야, 그 녀석? 무슨 목적인지 통 이해가 안 가잖아."

"여러 평행세계에서 우리 반을 전이시키고 있다고 그랬지?"

오직 우리 반만을.

뭔가 특별한 이유가 있는 게 아니라면, 그렇게 집착할 필요가 없을 것이다.

"내 첫 번째 주인이 말하기로는, 원한을 풀기 위해서라고 그러더구나."

"원한? 우리가 무슨 원한을 살 만한 짓을 했던가?"

기억이 없었다. 아니…… 이 경우는, 다른 평행세계의 우리가 그 흑막에게 원한을 산 건가?

다른 세계의 우리가 무슨 짓을 한 건지는 모르지만, 도대체 얼마나 깊은 원한을 샀기에 이렇게까지 하는 거냐.

"세계를 저주하고 있다고도 하더구나. 그리고, 급우들 간의 살육전 과정에서 죽은 자가 갖고 있던 능력은 녀석의 손에 들어가게 되어 있다. 강탈된 것도 마찬가지고."

즉, 반 아이들 사이에서 살육전이 벌어지게 유도하면 적이 그 능력을 그대로 획득할 수 있다는 거지?

그렇다면 오노를 활용하는 수단은 확실히 효율저이기는 하다.

오노가 모두를 죽인 후에 숲 밖으로 나와서 국가 사람들 손에 죽더라도, 흑막은 아무런 피해가 없다.

"끈질기게 우리 반 애들을 죽이려고 드는 그 흑막은 대체 정체가 뭔데?"

"솔직히 말해서…… 현재 우리 반 애들 전체의 레벨을 합한 수준으로 강한 괴물을 상대하는 건, 완전 외통수나 마찬가지야."

"그보다…… 애초에 그 녀석을 상대하지 않고 넘어갈 수 있는 방법은 없는 거야? 예를 들어 반 애들을 원래 세계로 돌려보내서 녀석의 지배로부터 벗어난다거나 하는 거. 마왕을 물리친 이세계인이 돌아갔다는 내용의 전승도 있었잖아?"

"활성화를 이용하거나 능력을 통해서 귀환한 건 본 적이 있다만……. 근본적으로는, 녀석을 물리치지 않고 돌아간 예는 없었다. 메구루도 실패하지 않았더냐? 녀석이 방해해서 그런 건지, 아니면 활성화의 영향인지는 모르겠지만."

그 말마따나 메구루 씨가 익힌 『일본전송』은 사용하는 데 실패했었다.

"헛, 능력을 통해서 귀환하는 건 하네바시가 잘 쓰는 거잖아. 하네바시는 원래 세계로 돌아갈 수 있으니까."

"흐음……. 그러고 보니 유키나리는 『전이』 능력을 갖고 있었지. 아주 즐겨 쓰는 것 같더구나."

내 능력은 그런 쪽에 특화되어 있기는 하다.

하지만 수법이 들통 나면 별 도움이 안 된다.

실제로 르시아는 그런 내 수법을 알고 있었기에 전이를 활용한 공격을 회피해 냈다.

하여간, 모두 같은 적을 상대해야 한다면 서로에게 훼방을 놓기보다는 힘을 모아 흑막을 처치하는 게 나은 건 분명했다.

"나는 이 힘으로 너희를 돌려보내고 싶지만, 아무리 레벨을 올려도 원래 세계로 전이시킬 수 있을 법한 확장능력은 안 나왔어. 예를 들면, 학급전이나 일본전이 같은 거. 그런 걸 습득해서 모두를 돌려보내면 승률이 올라가지 않을까?"

지금까지의 예로 미루어 보아, 원래 세계에 있으면 합계 레벨에 포함되지 않을 가능성이 있다.

『시공전이』도 잘만 활용하면 우리 반 아이들을 돌려보낼 수도 있을 것 같지만, 마력 소비량이 많아도 너무 많았다.

몇 분 정도 과거로 돌려보내는 건 지금도 할 수 있지만, 그건 의미가 없었다.

"안 된다고 했지만, 일단 한번 실험해 보자꾸나. 시험 삼아 나를 한번 전이시켜 보거라."

"응?"

쿠마코의 사례로 비추어 보아, 유니크 웨폰 몬스터는 전이시킬 수 있을 가능성이 있긴 하다.

적어도 무기화한 상태의 쿠마코는 전이시킬 수 있다.

"유키나리 군의 전이는 자기 이외의 생물은 전이할 수 없다고 했지? 그치만, 쿠마코의 예가 있으니까, 르시아는 전이시킬 수 있을지도 모르겠네."

"물론 이건 어디까지나 실험일 뿐이다."

"알았어."

나는 전이를 작동시키고시 르시아에게 거서를 대고 지정했다.

"미키, 이건 실험이니까 장벽을 없애도 좋아."

르시아의 말에 따라 쿠로모토 씨가 장벽을 없앴다.

나는 곧바로 전이 위치를 지정했다.

"승인 아이콘이 나왔구나. 한 번 눌러 볼까."

그러자 모래시계가 나타나고 르시아가 지정된 위치로 전이했다.

"흐음……."

르시아는 과장되게 고개를 끄덕였다.

뭔가 알아내기라도 한 건가? 우리 반 아이들을 돌려보낼 수단을 발견한 거라면 엄청 고마울 텐데.

"그럼…… 그래, 네가 좋겠구나."

르시아는 멀찌감치 쓰러진 채 상황을 방관하고 있던 모험가를 가리키고 손짓해 불렀다.

왜 이런 상황에서 이 세계 사람이 필요하다는 거지?

"유키나리, 녀석을 전이할 수 있는지 시험해 보거라."

"그건 아마 안 될 텐데?"

"잔말 말고 해 보거라. 거부하면 죽이겠다고 협박하는 거다."

뭐 그렇게 살벌한 소리를 하는 거냐.

"부탁드릴게요. 협조해 주세요."

"아, 알았어."

그리고 나는 르시아가 지정한 모험가에게 전이를 지시했다.

"으음, 여기서 '네'를 선택하면 되는 거지?"

머뭇머뭇 그렇게 말했다. 아니…….

"이 시점에서 벌써 좀 이상하지 않아? 지금까지 그런 얘기는 들은 적 없는걸."

메구루 씨의 말에 나도 고개를 끄덕였다.

아이콘이 나올 리가 없는데……. 적어도 지금까지는 나오지 않았었다.

모래시계가 나타나고, 모험가 역시 르시아와 마찬가지로 전이되었다.

"뭐야?!"

"우와! 전이됐어! 이걸로 마을로 돌려보낼 수도 있는 거야?"

"하, 할 수 있을 것 같긴 하지만……."

눈앞에서 벌어진 광경을 도무지 믿을 수 없었다.

왜 모험가 전이가 성공한 거지……?

"마을로 돌려보내는 거라면 내가 해 줄게."

메구루 씨가 『전송』의 빛을 출현시키고 모험가들을 유도했다.

"다들 이리로 와! 여기로 들어가면 귀환할 수 있어!"

모험가들은 허둥지둥 메구루 씨의 전송을 타고 성 밑 도시로 돌아갔다.

"어, 어떻게 된 거야?! 하네바시의 전이는 다른 생물을 전이하지 못하는 거 아니었어?!"

"잠깐, 전에 학급위원이 식물 구입을 부탁한 적이 있었지? 식물도 어쨌거나 생물 아니야?"

아, 요전에 학급위원이 원래 세계의 식물이 잘 팔린다면서 구입을 부탁했던 적이 있었다.

생각해 보면 식물도 생물의 일종인 것이다.

"잠깐! 그럼 지금의 하네바시라면 우리를 돌려보낼 수 있는 거 아니야? 레벨이 오르면서 능력도 강화됐을지도 모르잖아."

"아?! 한번 해볼게!"

나는 당당하게 실험 대상을 자처하고 나선 요리후지를 지정해 보았다.

하지만, 요리후지는 아무런 반응도 보이지 않았다.

"젠장! 왜, 대체 왜 전송이 안 되는 거야!"

한껏 마력을 불어넣어서 전이를 지정했다.

그러자 요리후지가 살짝 들려 올라가는 듯한 감각이 들었다.

"어?"

그 순간, 퍽 하고 무언가가 내 힘을 튕겨 내고, 요리후지의 발 밑에…… 뭔가 끈 같은 것이 슬쩍 눈에 들어왔다.

뭐야, 저건?!

알겠다. 모험가는 전이시킬 수 있는데 요리후지는 전이시킬 수 없는 이유를.

"그래, 이제 잘 알겠구나. 유키나리, 가혹하기 그지없는 얘기다만, 알고 싶으냐?"

"그래, 가르쳐 줘."

르시아가 무슨 말을 하려는 건지, 실은 이미 알고 있다.

하지만 자신이 아닌 타인의 입을 통해 들어야만 그 사실을 납득할 수 있을 것 같았다.

"이미 갖고 있는 능력을 새로이 익힐 수는 없는 법. 그대의 능력은 처음부터 이세계와 이 세계 사이를 오가게 할 수 있는 힘이 있었던 것 같아. 출력으로 따지면 메구루의 『일본전송』보다 더 뛰어난 것 같구나."

"우리 반 애들한테 안 통한다는 이유로 무시당했었는데……

뚜껑을 열고 보니 실제로는 전혀 달랐다는 거네. 유키나리 군의 능력이 뛰어나다는 게 밝혀져서 난 오히려 기뻐."

메구루 씨는 나를 보며 미소 지었다.

한마디로, 그런 것이었다.

그러고 보니, 숲에서 지내던 시절에 반 아이를 전이시키려고 시도했을 때 누군가가 잡아당기는 느낌이 들었다고 했었다.

그 끈이 전송을 방해하고 있었던 건가.

누군가가…… 우리의 적이, 이세계인이 원래 세계로 돌아갈 수 없도록 속박하고 있다.

"한마디로 우리의 적이…… 윽……."

그때, 별안간 요리후지와 동료들이 일제히 두통을 호소하듯 머리를 부여잡았다.

"왜들 그래?!"

"큭…… 뭐지? 왜 갑자기 이렇게 이상하게 짜증이 솟구치지?"

"미안. 왠지 나도 그래."

"미안해……. 이건 대체 뭐야……?"

"녀석의 간섭이다. 조금씩 신경을 침식해 들어와서 서로 살육전을 벌이도록 유도하려는 게지. 최근에 이상한 일이 있었다고 그러지 않았더냐? 밤마다 이 녀석들이 악몽이라도 꾸는 것처럼 끙끙거렸다고."

하기사와와 친구들이 밤에 끙끙거리던 것이 떠올랐다.

"나는 아무 일 없었는데……."

"그건 메구루도 축복을 받았거나, 녀석에게 속박당하지 않았기 때문이겠지."

적에게 속박당하지 않았다……? 그러고 보니 우리 반 아이들 중에서 증상이 발생하지 않은 건, 나 말고는 메구루 씨밖에 없었다.

"유키나리, 기억나지 않느냐? 뭔가 성스러운 힘…… 하얀색을 연상케 하는 무언가에 대한 기억. 적어도 선택받은 자들 중에는 그런 존재가 있다. 그대와 다른 반 아이들 사이에 가장 큰 차이점이 뭐지?"

나와 다른 아이들의 차이점……. 그것은 나만 원래 세계로 돌아갈 수 있다는 것.

"왜 유키나리랑 나만?"

"거기까지는 나도 몰라. 다만, 메구루, 이건 내 추측이다만, 아마 메구루는 유키나리의 힘을 통해서 원래 세계로 돌아갈 수 있을 게다."

"뭐?!"

나는 가만히 전이를 작동시키고 메구루 씨를 지정했다.

"……."

메구루 씨는 주저하듯 어쩔 줄 몰라 하며 나를 쳐다보았다.

"선택지가 나타났어. 아마, 유키나리 군이 가진 전이의 힘을 이용해서 나를 지정한 곳으로 이동시킬 수 있는 것 같아."

메구루 씨는 돌려보낼 수 있다…….

"이동계 능력 소유자라서 그런 거 아니야?"

"그럴지도 모르지만……."

그때 메구루 씨가 고개를 가로저었다.

"미안, 유키나리 군. 실험 삼아서라도 원래 세계로 돌려보내지는 말아 줘."

"왜? 뭐가 어때서 그래?"

하기사와의 말에, 메구루 씨는 미간을 찌푸리고 곤혹스러운 듯
웃었다.

"유키나리 군의 기분을 잘 아니까. 나는 아직…… 여기서 해야
할 일이 있어. 괜히 돌아갔다가 못 돌아오게 되면 어쩌나 싶어서
불안한걸."

"그렇구나……."

가능하다면 돌려보내 주고 싶었지만…… 전이를 사용하려면
메구루 씨의 승인이 필요하니, 단념하는 수밖에 없다.

"본론으로 돌아가자. 한마디로 유키나리 군이랑 나한테는 뭔가
축복 같은 요소가 걸렸을 가능성이 있다는 거지?"

"그래. 메구루, 유키나리, 뭐 짚이는 것 없느냐?"

짚이는 것…… 하얀 자.

그러고 보니 하얀 영혼 같은 자를 본 기억이 있었다.

꿈속에서 봤을 때도 있었고, 골렘의 공격을 받았을 때도 나타
나서…… 결계 장치를 가리킨 적도 있었다.

별안간—— 뻐근할 만큼 격렬한 두통 같은 충격이 몰아쳤다.

뭐, 뭐야……?

멍한 머릿속에, 숲속의 광경이 비추어졌다.

"모쪼록…… 부탁드릴게요."

그것은 꿈속에서 본 하얀 영혼.

꿈에서 본 숲속의 풍경……. 그래, 익숙한 꿈이다.

적어도 가위에 눌린 날에는 거의 항상 이 꿈을 꾸었던 것 같다.

북동쪽 방향에 먹구름이 펼쳐져 있고, 네모난…… 벽면에도 그려져 있는 건물…… 저건 역시 학교가 분명하다.

"여기는 당신의 꿈입니다."

"아…… 역시 목소리가……."

지금까지는 소리가 뚝뚝 끊어져서 들리지 않았던 목소리가 선명하게 들려왔다.

멍한 정신 속에서, 하얀 영혼이 내게 말을 걸었다.

동시에, 바닥에서 끈이 뻗어 나와서 나를 옭아맸다.

마왕으로 행세하던 르시아도 전투 중에 비슷한 것을 내보냈었다.

평소에 꾸던 꿈 속에서는, 유령이 이 끈을 잘라내 주었다.

그리고 이번에도 역시, 하얀 영혼이 끈을 잘라 주었다.

"고, 고마워……."

"이건 과거에 일어났던 일이기도 해요. 다른 모두에게도 얽혀 있어요……."

저 끈…… 저게 적의 정체인가?

"어――도――인 저를 죽이고――모든――."

또 다시 소리가 뚝뚝 끊기기 시작했지만, 곧 원래대로 돌아왔다.

"조금 더――게……."

그리고, 하얀 영혼은 꿈에서 깰 때와 같은 표정으로 말했다.

"비장의 카드는, 여기에."

하얀 영혼은 항상 꿈에서 하던 것처럼 『포인트 상전이』를 가리켰다.

포인트를 경험치나 레벨로 바꾸는 포인트 상전이의 능력이, 아마 본래 확장능력의 범주를 초월하는 능력일 것이라는 것쯤은 짐작할 수 있었다.

편리해도 너무 편리한 능력인 것이다.

"힘은 이미 충분하고도 남을 만큼 갖추어져 있네요."

이제 슬슬 꿈에서 깨어나는구나 싶었을 때, 하얀 영혼이 퍼뜩 놀란 표정을 짓고는 웃었다.

"부디…… 그 힘으로 길을 열어 주세요."

뒤이어 시야가 하얀 영혼으로부터 스윽 멀어졌고, 나는 그걸 막기 위해 손을 뻗어서 유령의 손을 잡았다.

그러자, 다른 무언가가 머릿속으로 흘러 들어왔다.

숲속…… 낯선 사람도 있고 낯익은 사람들도 있었다.

서바이벌 생활…… 그중에 벌어진 언쟁.

리더를 두고 벌어진 살인. 그 원인 수색. 의심에 휩싸인 아이들.

그렇다. 우리와 비슷하면서도 다른 상황이 전개되어 있었다.

으…… 뭐지?

머릿속에 잡음 같은 것이 끼고, 시커먼 무언가가 시야를 뒤덮어 버렸다.

악의와 증오, 공포, 고통, 슬픔, 이루 형언할 수 없는 그러한 감정들이 뒤섞여 있었다.

휘청거리다가, 비석에 몸을 기댔다.

알고 있다.

나는 이 감정을 알고 있었다.

이런 감정을 품었던 적이 있는 것이다.

그건, 그래……. 오노 사건 때였다.

아니, 그때보다 더 심한 것 같기도 했다.

하지만, 이 감정은 내 마음에서 유래된 것이 아니었다.

이건…….

용서 못해…… 절대 용서 못 해. 처참하게 죽여 버리고 말겠어!

시커먼 감정, 그리고 지옥 밑바닥에서 솟구치는 것 같은 증오에 찬 목소리가 귓전에 달라붙어서 떨어지지 않았다.

이윽고 나는 퍼뜩 정신을 차렸다.

"유키나리 군?! 정신 차려!"

"유키나리, 괜찮으냐?"

메구루 씨가 몸을 흔들어 준 덕분에 의식이 선명하게 깨어났다.

주위에서는 요리후지와 다른 아이들도 고개를 흔들고 있었다.

시간으로 따지자면 채 10초도 되지 않았을 것이다.

주위를 둘러보았다.

그랬더니 아무 말도 없이 내 주위를 떠돌고 있는 하얀 영혼의 모습이 눈에 들어왔다.

하얀 영혼이…… 괴로워하는 요리후지와 동료들에게 하얀 빛 같은 것을 비추어 주고 있었다.

그러자 그 즉시 요리후지와 동료들의 몸 상태가 회복되어 갔다.

"저거야……?"

내가 그쪽을 가리키자 르시아가 그곳을 보고 상황을 알아챘다.

"내 눈에는 안 보인다만, 유키나리에게는 보이는 모양이지?"

"그래……. 저건 뭐지?"

"글쎄. 오노가 녀석의 자객이라면, 그 반대에 해당하는 존재가 유키나리와 저자겠지. 뭔가를 받는 꿈 같은 걸 꾸지 않았더냐?"

"포인트 상전이……."

어쩌면 이 확장능력을 얻은 것도, 저 하얀 영혼이 뭔가를 해 준 덕분인지도 모른다.

그렇다면…… 포인트를 돈이나 경험치로 바꿀 수 있게 된 건 하얀 영혼 덕분이라는 뜻이 된다.

오노가 다른 자에게서 강탈 능력을 받은 것처럼, 나도 다른 자에게서 포인트 상전이 능력을 받았다는 건가.

"나는…… 하얀 꿈을 꾼 적은 있지만, 또렷하게 인식하지는 못했어."

"메구루 씨도?"

"그래……. 그러니까 유키나리 군 쪽이 더 명확하게 힘을 받은 건지도 몰라."

"그랬구나……. 하여튼, 이 힘으로 그 흑막을 해치우는 게 우리의 목표라는 거지?"

하얀 영혼이 실은 우리 가까이에 있으면서 적의 목적을 방해하고 있었다는 사실이 새로 드러났다.

오래 전부터 계속 싸워 오고 있었던 것이리라.

목소리는…… 들리지 않는다. 하지만 분명히 내 가까이에서 떠돌고 있었다.

"그런 것 같네."

두통에서 회복된 요리우시가 머리를 흔들면서 말을 이었다.

"하네바시나 히야마 씨의 능력은 원래부터 모두를 돌려보낼 수 있는 힘이 있었는데, 그걸 방해하는 녀석이 있다는 거지."

이제야 적의 전모가 보이기 시작했다.

그런데, 아까 그 환상은 대체 뭐였지?

그렇게까지 우리를 증오하고 있는 건가?

설령 그렇다고 해도, 물러설 수는 없다.

"한번 해 보자고."

"그런데, 무슨 수로 녀석을 해치워야 하지? 우리 모두의 레벨을 더한 것과 같은 힘을 가진 괴물이라면서?"

"실은 전투 성향 멤버들의 배치나 레벨은 출격 전에 이미 체크해 뒀었고, 거점에 있는 모두의 레벨 평균도 이미 산출해 뒀어."

쿠로모토 씨가 예측치를 반영한 모두의 레벨 정리 자료를 보여 주었다.

역시 제법 높았다.

살아남기 위해서 레벨업에 힘썼던 것이 역효과를 가져왔다.

게다가 내 레벨이 지나치게 높았다.

역시 포인트 상전이로 어느 정도 낮추는 게 좋을 것 같군.

그렇게 생각했지만…….

"메구루와 유키나리의 레벨은 제외해도 돼. 내가 쏜 공격이 그냥 빠져나간 걸 보면 녀석도 유키나리에게는 아무 짓도 못 했을 게다. 메구루에게도 사전에 실험해 뒀어."

"허락도 없이 무슨 실험을 하는 거야?"

"으윽! 어쩔 수 없었단 말이다!"

그랬구나!

그렇다면 포인트를 마구 벌어서 레벨과 능력을 올려야겠다.

이윽고 쿠로모토 씨가 적의 추정 레벨을 산출해 냈다.

"상대의 추정 레벨은 최소 1650 전후일 거야."

"거기에 지금까지 축적해 온 능력도 더해서 생각해야 해. 아마 레벨에 비해서 훨씬 더 강할 게다."

그 수치를 듣고, 나는 살짝 안심했다.

더 높을 거라고 생각했던 것이다.

르시아의 말마따나, 많은 능력을 갖고 있을 것이라는 점이 불안 요소이긴 하지만.

"1650이라니…… 자릿수부터가 다르잖아."

"뭐야, 그런 괴물을 이길 수는 있는 거야?"

"게다가 우리는 레벨을 올릴 수도 없잖아. 이 세계 녀석들에게 맡기거나, 하네바시와 히야마 씨한테 기대하는 수밖에 없잖아……. 하지만 아무리 그래도 그런 짓을 하는 건 좀……."

"아니, 잘하면 이길 수 있을지도 몰라."

전원이 일제히 내 쪽을 쳐다보았다.

왜들 그러지?

"하네바시, 너 지금 레벨이 몇이지……?"

어라? 그러고 보니 다른 애들에게는 얘기를 안 했었네.

일부러 숨긴 건 아니지만, 딱히 물어보는 애들이 없었기에 굳이 얘기하지도 않은 것이다.

그리고 레벨과 포인트를 벌기 위해 매일같이 바쁘게 뛰어다녔으니까.

"1720이야."

"처언——?! 뭐? 그게 무슨 소리야?!"

하기사와가 아연실색한 표정으로 나를 향해 소리쳤다.

"뭔가 좀 이상하다 싶긴 했는데……. 진짜 경이적인 숫자네."

"혼자서 모두의 레벨을 다 합친 걸 뛰어넘다니, 말이 돼?!"

모험가들은 이미 성 밑 도시로 돌아가고 없었지만, 아직까지 동행하고 있던 기사들은 넋 나간 표정으로 나를 쳐다보고 있었다.

기사들은 입이 무거우니 괜찮을 것이다.

"국가에서 말하지 말라고 부탁해서 지금까지 비밀로 했지만, 매주 최소 3일은 직업신전에서 일하면서 하루에 1500만 포인트……. 아, 효율이 올라서 지금은 더 많을지도 모르겠네."

"직업신전이라니……. 아, 그러고 보니 전직 담당 신관이 나타났다는 얘기를 들은 적이 있었어. 그게 하네바시였다는 거지?"

반 아이들은 납득이 간다는 듯 고개를 끄덕였다.

"나도 이용한 적이 있었어. 다음에는 공짜로 해 달라고!"

비밀이었는데 들통 났군……. 뭐, 상관없지만.

동료 사이이니, 공짜로 해 주는 것도 안 될 건 없지.

"나중에."

"얏호~! 역시 하네바시야! 보이지 않는 조력자이면서도 최강의 존재!"

"분위기 파악 좀 해!"

"그리고…… 그 밖에 운송이나 교역도 했고, 가끔 여유 있는 사람이 준 포인트도 있고, 내가 직접 사냥하기도 하고, 사냥해서 얻은 소재를 팔기도 하고, 포인트를 레벨로 직접 변환할 수 있다는 걸 알아낸 뒤로는, 경험치로 변환하는 것과 레벨로 변환하는 것 중에 효율이 좋은 쪽으로 배분하고 있어."

자연스럽게 내게 포인트가 모여들었기에 레벨을 중점적으로 올려 왔다.

어쩌면 모두를 원래 세계로 돌려보낼 수 있는 확장능력이 나올지도 모른다는 기대가 있었으니까.

실제로는 흑막의 방해 때문에 불가능했던 거였지만…….

"레벨에 배분하다니……."

"그랬었군……. 그렇게 강했으니 내가 손도 못 쓰고 당할 수밖에. 게다가 원거리에서 물건을 날려서 공격하는 능력도 있으니, 굳이 이세계인을 솎아내지 않더라도 승산이 있겠구나."

최근에는 레벨 상승 효율이 떨어져서 스테이터스에도 많은 포인트를 배분하고 있다는 것도 설명해야 할까?

지금까지 본의 아니게 숨겨 왔으니, 이 기회에 전부 털어놓는 게 좋겠지.

아무리 능력이 올랐어도 머리까지 좋아지는 건 아니니까.

싸우는 건 나 자신이라 해도 동료들의 조언은 필요하다.

"그리고 포인트 상전이를 이용해서, 온라인 게임의 스테이터스 포인트처럼——."

"잠깐, 하네바시, 온라인 게임의 스테이터스 포인트처럼 스테이터스에 배분할 수도 있는 거냐?!"

요리후지가 전율하는 표정으로 나를 가리키며 말했다.

하긴…… 다른 사람 입장에서는 경이적인 능력이겠지.

하얀 영혼이 준, 강탈에 필적하는 능력이기에 그만한 성능을 빌휘하는 깃이리라.

지금 돌이켜 보면, 취득 레벨과 성능이 이상하기는 했다.

"너, 대체 얼마나 배분한 거지?"

나는 있는 힘껏 속도를 내서 요리후지에게 다가갔다.

"우억!"

"이 정도의 속도나 힘, 마력 같은 것에 최대한 배분해 뒀어. 안 그러면 오지에 있는 보스 같은 마물에게 방어력이나 속도 면에서 밀릴 수도 있으니까. 무리를 지어서 덤벼드는 녀석들도 있고."

그러자 메구루가 머리에 손을 짚고 신음하듯 중얼거렸다.

"살레아……가 아니라 르시아가 이상한 소리를 하는 것도 이해가 가네."

"물론 나도 그럴 가능성이 크다고 생각했었지만 말이지."

"그렇게 레벨이 높으면 전이 시간 단축 같은 것도 이미 얻은 거 아니야?"

"어? 응."

"얻은 거냐!"

"그러고 보니 아까 엄청난 속도로 영창을 완료했었어. 완전 최강이잖아."

"하지만 아직 애들을 돌려보내지도 못하는데……."

이렇게 애를 썼는데도 우리 반 아이들을 원래 세계로 돌려보낼 수 없었다.

상대보다 레벨이 높다고 해도, 상대는 만능의 능력을 갖고 있으니 나와 비슷한 능력도 갖고 있을 가능성은 얼마든지 있다.

능력이나 스테이터스만 갖고 이길 수 있을지 없을지는 아직 미지수다.

그나저나, 아까 그 끈을 힘으로 베어 버릴 수는 없을까?

그럴 수만 있으면 애들을 돌려보내는 것도 가능할 텐데…….

"우리를 못 돌려보내는 건 적 때문이었잖아."

"그렇긴 하지만……."

"맞아, 『상태이상 전이』로 끈을 풀어낼 수는 없는 거야? 그런 확장능력도 갖고 있었잖아?"

"그래. 상태이상…… 독이나 마비, 그리고 좀 더 응용하면 부상 같은 것까지 전이시킬 수 있는 확장능력 말야."

나는 요리후지를 향해 상태이상 전이를 작동시켰다.

분명히 끈이 보였다. 가능할지도 모른다.

하지만…… 끈은 전이 대상으로 지정할 수 없었다.

그렇다면 녀석을 처치할 방법을 생각하는 게 낫다.

나에게만 보이는 하얀 영혼은 나에게 포인트 상전이 능력을 준 모양이다.

그 포인트 상전이를 통해서 나는 경이적인 힘을 얻은 것이다.

"그 적은 어디에 출현하지?"

"그대들이 나타난 숲이다."

"거기란 말이지……."

"녀석 자신은 아직 봉인된 상태라 모습을 보이지 않는다. 나도 매번 될 수 있으면 선수를 칠 수 있도록 행동하고 있으니까. 메구루와 만나지 않았더라면 아마 숲속을 조사하러 다녔을 게다."

확실히 그 숲은 넓다. 숲속 어디에 출현하는지 미리 알고 있는 게 아니라면 찾아내기 힘들 것이다.

"그냥 뭉뚱그려서 숲이라고 부르긴 하지만 그 범위가 워낙 넓다 보니, 찾아내기가 여간 힘든 게 아니야."

"아직 때가 안 됐다는 거야?"

"그렇다 해도 선수를 쳐야 하지 않겠어?"

"그건 그렇지만……. 활성화가 정점에 달해서 모습을 드러내기 전까지는 힘들 게다."

르시아가 그렇게 말했다.

이미 여러 번 싸워 본 경험에서 나온 자신감인지, 목소리에 힘이 담겨 있었다.

"유인하기 위해서 이런저런 수단을 써 보기도 했지만, 녀석도 다중 능력 보유자…… 대항 수단은 얼마든지 갖고 있단 말이지."

강탈 능력의 결정체 같은 녀석인 것이다.

게다가 오노와는 달리, 수백 년 동안이나 능력을 쌓아 온 흉악한 존재.

아무리 레벨 차이가 있다고 해도, 처치하기는 쉽지 않을지도 모른다.

"뭐…… 유인하는 건 힘들더라도, 기한을 단축시키는 건 가능하지만."

"그래?"

"그렇다. 마사루, 미키. 역대 이세계인들이 활성화 시기를 늦추기 위해…… 평화로운 시간을 조금이라도 더 늘리기 위해 해둔 조치를 풀면, 녀석도 금방 모습을 드러낼 게야."

역대 이세계인들이라.

그 사람들 덕분에, 지금까지 우리는 그 흑막의 공격을 받지 않고 지낼 수 있었던 것이다.

감사해야 할 일이겠지.

"어쩔 거지? 운명의 때에 대비해 시간을 벌겠느냐, 아니면 당장 싸우겠느냐?"

르시아의 질문에 일동은 신음했다.

지금 당장 싸우는 방법도 있겠지만, 무기나 방어구, 레벨을 충분히 확보한 뒤에 싸우는 것도 나쁘지 않아 보였다.

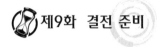

제9화 결전 준비

"지금 당장 결정하는 건 너무 성급한 것 같은데."

"뭐, 어찌 됐건 이세계인들의 레벨업은 금지해야 할 게야⋯⋯. 그리고 녀석을 억누를 수 있는 시간도 그리 많지는 않아."

"남은 시간은 어느 정도지?"

"흐음⋯⋯."

르시아가 문득 손을 들어서 마법을 영창하자, 스크린이 출현하고 시계가 나타났다.

"대충 두 달 정도겠지. 내 쪽에서도 녀석을 약화시키기 위한 장비를 기동시키고 있으니까, 준비 시간은 충분할 게다."

"약화?"

"활성화에 의해 쏟아져 나오는 마력 총량을 분산시켜서 방출하고 있는 거다. 현재도 계속 하고 있지."

르시아가 그렇게 말하자 각지의 영상이 나타났다.

하나같이 오래된 유적 같은 곳을 비추는 영상들이었다.

"각지의 장치에 침투할 수 없는 고도의 결계를 치고, 지맥에서 마력과 포인트를 수시로 흡수하는 식으로 힘을 소비하고 있는 게다. 그리고 각 도시와 마을은 장치의 경로로 작동하고 있지."

그렇다면, 도시와 마을에 설치되어 있는 결계는 액년의 재앙에 의한 부담을 경감시키는 효과가 있다는 건가.

이것도 예전의 이세계인들이 남겨 둔 거겠지.

"포인트 같은 건 마물을 처치해서 얻는 거 아니었어?"

"마물이 포인트를 축적하기 쉬운 자원이라는 건 사실이지만, 그건 근본적으로 지맥을 통해 얻은 힘을 바탕으로 만들어지는 거다. 이 세계를 구성하는 물질이지."

"하기사와의 『매매』랑 비슷한 거 아닐까? 교환하면 포인트가 되는 거니까."

"아…… 그런 거였구나."

그렇군. 하긴 물건에도 깃들어 있긴 했다.

그러니까 대지에 같은 물질이 함유되어 있어도 이상할 건 없는 것이다.

필요한 존재이지만, 너무 많으면 오히려 독이 된다는 거군.

"이게 다는 아니지만, 일단 이 정도면 되겠지."

"자세한 얘기는 나중에 하겠다는 거야?"

"그래. 그리고 유키나리, 그대에게는 녀석을 해치워야 하는 사명이 있다. 세계를 지키기 위해 동료들을 속아내야 하는 거지."

"르시아, 농담이라도 그런 소리는 하지 마."

"경우에 따라서는 그런 일도 필요해질 수 있다는 게다. 안 그러면 전부 다 죽게 될걸? 승산이 없는 상황이라면 때로는 냉정한 선택도 필요한 법이야!"

르시아는 진지하기 그지없는 표정으로 말했다.

그 숲을 빠져나오기까지 내가 얼마나 고통스러운 경험을 했는지 알기는 하는 거냐.

적을 물리친다 해도 동료가 희생된다면 아무런 의미도 없다.

"한 명도 잃고 싶지 않다면 험난한 싸움을 각오해야 한다는 얘기다. 녀석이 완전히 부활하게 되면, 여기 있는 자들은 태반이 아무런 도움도 못 될 게야."

"무슨 소리지?"

"알고 있을 텐데? 녀석이 꿈틀대기만 해도 정신 오염이 발생하지 않느냐. 운명의 때가 와서 녀석이 완전히 힘을 내뿜으면, 이세계인들은 녀석의 수하가 되어 골육상잔을 벌이게 될 게다."

"뭐라고?!"

나와 메구루 씨 이외의 모든 동료들이 살육전을 벌이기 시작할 거라고?!

"말도 안 돼……."

"물론, 마음을 굳게 먹으면 어느 정도는 저항할 수 있겠지만, 그런 상태에서는 제대로 싸울 수도 없겠지."

"그럼, 우리는 어떻게 해야 하지?"

"기회가 오면 모두 움직일 수 없도록 제압해서 각기 멀리 떨어진 곳에 감금하는 게 좋을 게야. 그럴 때 활용하도록 만들어진 시설이 이 성과 각지의 건축물에 있다. 정신 오염도 어느 정도는 완화할 수 있는 시설이니, 그보다 더 좋은 수용 시설은 없겠지."

서로가 살육전을 벌이지 못하도록…… 될 수 있으면 미리미리 피난시켜 두는 게 좋단 말인가.

"아니아니, 설마 그런 일까지 벌어지지는——."

"냐아아……."

미케가 하기사와의 어깨에 손을 얹었다.

그렇다. 아까, 반 아이들의 상태는 분명히 이상했었다.

평소에는 촐랑거리는 무드 메이커인 하기사와 역시 예외는 아니었다.

지금은 냉정함을 되찾았지만, 아까는 짜증이 솟구친다고 얘기했었다.

"아까 그 증상…… 자네들은 전에도 겪은 적이 있지 않더냐?"

"숲속에서도 비슷한 감각에 휩싸였던 적이 있었어. 이상하리만치 짜증이 솟구치는 감각……. 오노가 죽고 나니까 어쩐지 후련해졌었는데, 그게 타니이즈미 패거리의 지배 때문에 난 짜증이 아니었다는 거야?"

"반쯤은 타니이즈미 자체의 문제, 나머지 반쯤은 단말 대표인 오노 때문이었을 게다. 녀석의 가호를 받으면 그만큼 더 상태가 악화되지."

반쯤이라……. 그만한 요소가 있으면 충분한 건지도 모른다.

낯선 숲속에서 서바이벌 생활을 해야 하는 처지가 되었던 것이다. 스트레스가 장난 아니었다. 사소한 일 때문에 살육전이 벌어진다 해도 이상할 게 없었다.

실제로, 그때의 분위기는 정상이 아니었다.

"매개 구실을 하던 오노가 죽은 덕분에 어느 정도 완화되기는 했을 게야."

"사카에다의 도움과 하네바시가 갖다 주는 각종 물건들 덕분이었겠지만, 나는 그렇게까지 짜증이 나지는 않았었는데."

"냐아."

"마사루, 그건 유키나리 가까이에 있었기 때문이었을 게다. 아까도 유키나리의 축복 덕분에 상태가 완화되지 않았더냐?"

요리후지가 생각에 잠긴 표정으로, 턱에 손가락을 짚고 나를 쳐다보았다.

"하긴…… 하네바시 근처에 있던 사카에다나 하기사와, 히메노 씨는 다들 정신이 안정적이었어. 자기도 모르게 그 축복의 영향을 받아서 증상이 완화됐던 거군."

"오노 군을 물리치고 나서 어쩐지 다들 안정을 되찾는구나 싶더니……. 무턱대고 다 그 탓으로만 치부하는 것도 좀 아닌 것 같긴 하지만. 저기…… 많은 일이 있었으니까."

쿠로모토 씨가 나를 보고는 시선을 외면하며 중얼거렸다.

언급해서는 안 되는 문제라고 생각하고 있는 것이다.

비록 정신이 침식당한 상태였다고는 해도, 일을 저지른 건 결국 우리라는 것.

우리는 그것을 남 탓으로 돌릴 마음은 없었다.

"유키나리 군이 선택받은 존재라는 건 알겠지만, 그럼 나는 왜 영향을 안 받은 거야?"

"평행세계의 메구루가 축복을 받은 적이 있었거나, 아니면 뭔가 다른 이유가 있을지도 모르지."

"남은 시간은 얼마 없지만, 반대로 생각하면 조금만 더 있으면 된다는 거야. 조금만 더 있으면…… 모두를 원래 세계로 돌려보낼 수 있어."

이제 희망이 생겼다.

그 소원을 이룰 수만 있다면…… 나는 뭐든 할 것이다.

"유키나리 군……. 애들을 생각하는 마음은 이해하지만, 그렇다고 자기 몸 생각 안 하고 막무가내로 덤비지는 마. 시게노부 군이 살아 있었더라도 그렇게 말했을 거야. 유키나리 군이 그렇게 행동하기를 바라는 사람은 아무도 없으니까."

메구루 씨가 나를 보며 말했다.

"하여튼, 르시아. 나는 우리 반 애들을 희생시키는 짓은 절대로 안 할 거야. 그 점은 이해해줘."

"으음, 알았다. 세계를 위해서 최선을 다하도록 해."

"알았어."

"그럼 일단 돌아가자. 성에서 기다리고 있는 다른 애들한테도 얘기해야 할 테니까."

메구루 씨가 『전송』을 사용해서 성 밑 도시로 가는 입구를 만들어 냈다.

모두 메구루 씨의 말에 고개를 끄덕이고 이동을 시작했다.

날아다니는 성이 착륙해서 기능을 정지한 데다, 성 밑 도시로 돌아와 있던 모험가들의 증언도 있었다. 덕분에 국가는 경계심을 품으면서도, 성으로 복귀한 우리를 받아들여 주었다.

앞으로의 싸움에 대비할 수 있도록, 국가 측에서도 이세계인의 진상에 대해서는 함구할 것이라고 했다.

르시아의 지위는, 앞으로 벌어질 상황에 대비한 장군으로 대우하기로 했다는 모양이다.

날아다니는 성은 과거의 이세계인이 세계의 위기에 대비해 만들어 둔 것이 각성했다는 식으로 얼버무렸다.

"후후후후……. 덕분에 메구루와 한층 더 가까워졌구나."

"그 태도는 여전하구나."

반 아이들에게 애기를 마친 르시아는 메구루 씨에게 치근덕거렸고, 메구루 씨는 황당하다는 듯 대꾸했다.

"후후후, 쿠마코. 이제 유키나리도 내 검을 쓸 수 있게 됐느니라. 그 포지션을 나에게 빼앗기지 않도록 정진하는 게 좋을 게야. 이제 글러브를 좀 강화하지 않으면 짐짝 신세가 될걸?"

아니, 왜 쿠마코를 부채질하는 건데?

쿠마코도 그 도발에 의욕 충만한 기색이었다.

"유키나리! 쿠마코 강해지고 싶어! 더 좋은 글러브 갖고 싶어!"

"뭐, 앞날에 대비하자면 필요하긴 하겠지."

현재까지는 스테이터스로 때우고 있지만, 계속 그런 식으로만 안주하다가는 앞으로 상대하게 될 상대에게 밀릴 가능성이 높은 게 사실이었다.

"하지만 딱히 르시아를 쓰겠다고 약속한 건 아닌데……."

"가우가우가우! 유키나리! 제발! 쿠마코 빨리 강해지고 싶어!"

쿠마코가 내 팔에 매달렸다.

"그렇게 강하니 매력적으로 보이는 것도 당연하겠지. 게다가 다른 사람들을 위해서 움직이는 행동 이념, 자기 희생……. 나까지 마음이 끌릴 시셩이시 뭐냐."

거짓말하지 마. 그냥 쿠마코 놀리려고 그러는 거 다 알아.

"쿠마코도 도와줄 거야! 파트너니까 유키나리의 암곰이 돼서 위로해 줄래가우~!"

"우와! 하지 마, 쿠마코! 달라붙지 마!"

"맞아! 르시아는 그냥 놀리려고 한 소리니까, 거기 넘어가서 유키나리 군을 덮치면 안 돼!"

내게 덤벼드는 쿠마코를 나와 메구루 씨가 다독였다.

쓸데없이 부채질하는 르시아 때문에 민폐가 이만저만이 아니다.

아니면 혹시 이건 싸움에 진 것에 대한 복수인가?

"르시아, 나중에 따끔하게 혼내 줄 테니까 각오하라구."

"무후후~ 메구루가 혼내 준다면 얼마든지 상대해 주고말고! 침대를 덥혀 두도록 하마."

"아, 진짜……."

마조히스트 속성을 가진 녀석이란 참 성가시기 짝이 없다.

이 음란한 성검 같으니! 살레아 행세를 하면서 내숭을 떨던 때가 그나마 나았다.

"젠장! 왜 하네바시 주위에는 미소녀들이 모여드는 거냐! 부러워, 부럽다고!"

"하기사와, 또 그 소리냐! 그리고 쿠마코는 미소녀가 아니라 원래 곰이라고!"

"고~옴! 가우~! 유키나리~!"

"좀 진정하라니까!"

아, 나 참, 혼란이 점점 더해지기만 하잖아!

"메구루 씨는 물론이고, 미노리까지 있잖아!"

"아…… 남자들은 이런 얘기에 환장하는 게 좀……."

메구루 씨가 황당하다는 듯 미간을 찌푸렸다. 오해라니까!

이럴 땐 미노리 씨가 부정을 해줘야지. 왜 수줍어하듯이 머리를 긁적거리는 건데?

"미노리 씨는 4차원이라 쿠마코를 좋아하는 것뿐이야!"

"미노리랑 같은 방에서 자고 있다는 거 다 알아! 단순히 쿠마코 때문에 그런 관계가 될 수는 없어!"

이런 상황에서도 그런 거 가지고 난리를 피우는 거냐.

사실, 정말로 미노리 씨와는 아무런 사이도 아니다.

쿠마코가 인간화하지 않았더라면 그런 생활을 할 일도 없었을 것이다.

애초에 미노리 씨에게서 그런 눈길을 받아 본 적도 없었다고.

"미노리 씨는 나를 이성으로 인식하지도 않는다고!"

"거짓말 마! 난 안 속아!"

하기사와가 눈을 한껏 부릅뜨고 울분에 차서 고함쳤다.

무엇이 이 녀석을 이렇게까지 만들었는지 정말 의문이었다.

"하네바시를 어떻게 생각하느냐고 물어봤을 때 미노리가 분명 뺨을 붉혔다고!"

"뭐?"

"응……?"

흐뭇한 눈길로 쿠마코를 바라보고 있던 미노리 씨가 약간 어쩔 줄 몰라 하며 고개를 푹 숙였다.

"아~ 하기사와, 슬슬 입 다무는 게 좋을 것 같은데. 계속 떠벌렸다가는 메구루 씨의 설교 시간을 맞이해야 할걸."

"냐아아아아, 냐냐냐!"

요리후지와 미케가 하기사와를 제압했다.

미노리 씨가 뭘 어쨌다고?

"큭, 이거 놔! 나는 둔감하고 눈치 없는 하네바시를 용서 못해! 저 하렘 마스터 후보에게 철퇴를, 질투의 불꽃으로 불살라 줘야 한단 말이다!"

하기사와가 뭔가 이상한 히어로로 변신이라도 할 것 같은 무시무시한 기세로, 자신을 찍어 누르는 요리후지와 미케를 뿌리치려 하고 있었다.

둔감하다는 건 인정하지만 하렘 마스터 후보라는 건 대체 뭐냐.

"유키나리 군은 있지…… 응원하는 선수 같은 거야. 보스 곰이랑 싸울 때의 모습이…… 무지 멋있었고 쿠마코도 나를 구해 줬는걸. 그래서 멋지다고 얘기한 거였어."

그렇게 뜸을 들이고 수줍어하며 하는 얘기가 고작 그거야? 하기사와의 오해를 좀 확실하게 풀어 줘야 할 거 아닐까?

하기사와, 너는 미노리 씨가 뭘 좋아하는지를 모르나 보군.

미노리 씨는 무의식적으로 복싱 시합을 좋아한단 말이다.

그래서 나를 선수로서 존경하고 있는 것 같은 감각이라고.

그걸 오해하다니……. 뭐, 미노리 씨를 탓할 수도 없는 상황이긴 하지만.

도리어 나보다 쿠마코를 훨씬 더 좋아한단 말이다.

"아니! 미노리는 하네바시를 좋아하고, 하네바시랑 한 쌍이 되면 쿠마고노 같이 손에 넣을 수 있을 거라고 생각하는 게 분명해!

둘이서 영원히 쿠마코랑 함께 지낼—— 흐읍."

"냐아아아."

아, 미케가 하기사와의 입을 틀어막았다.

"우리 반 미소녀 두 명과 같이 잔다는 점만 따져도 유죄!"

"유죄!"

"유죄!"

반 남자애들이 떠들어대기 시작했다.

왜 내가 이렇게 욕을 먹어야 하는 거야?

"뭐, 이제부터는 나도 참전하게 됐지만 말이지."

"르시아…… 너한테는 여러모로 따끔하게 설교를 해줘야겠네.
아예 그냥 검을 버리는 것도 생각해 봐야겠는걸."

"으윽…….."

메구루 씨가 쓸 수 있는 최후의 수단. 성검을 버리는 건 유니크
웨폰 몬스터인 르시아 입장에서 견디기 힘든 고통이 아닐까.

그때 하기사와가 르시아를 쳐다보고는 잠시 생각에 잠겼다가
이성을 되찾았다.

왜 갑자기 차분해진 건데?

"후우."

"이제 좀 진정된 거야?"

"그래. 르시아는 예쁘기는 하지만, 지금까지 여러 주인들의 손
을 거쳤을 거잖아?"

뭐, 그야 그렇겠지. 아마 이세계인이 적었을 때는 자기가 직접
적을 물리치기도 했을 것이다.

과거의 기록으로 보아 그랬을 가능성이 높았다.

그리고 이세계인이 많을 때는 마왕으로 군림했다고 한다.

"그랬지. 때로는 유키나리의 경우처럼 임시 주인을 정했던 적도 있었다. 마사루, 그대와 같이 싸웠던 적도 있었느니라."

"후후, 그렇다면…… 르시아는 아무리 깜찍하더라도 중고품, 빗치라는 뜻이야!"

하아…… 또 그 소리냐.

뭐, 따지고 보면 중고품에 빗치라는 말도 일리가 있는지도 모르지만.

하지만 그렇게 따지자면 성검이라고 불리는 대부분의 무기류는 다 중고품이 되는 거 아니야?

"하기사와 군, 완전 쓰레기야."

아, 여자애들이 경멸 섞인 눈초리로 하기사와를 쳐다보고 있다.

그런 가운데 메구루 씨가 미간을 찌푸린 채 쿠로모토 씨 쪽을 보고 있었다.

쿠로모토 씨는…… 하기사와를 끌어안고 있는 미케를 보며 숨을 헐떡거리고 있었다.

정말이지, 그 버릇 좀 고쳐 줬으면 좋겠다. 하기사와를 사랑한다고 인식되고 있는 걸 깨달으면 미케가 불쌍해진다.

"하기사와는 처녀에 환장하는 녀석이었군."

하여튼 하기사와도 참 한결같은 녀석이라니까…….

"나는 예쁜 애라면 빗치라도 상관없어!"

그럼 왜 나를 보면서 히죽히죽 웃어 대는 건데.

보나 마나 내 곁에 있는 게 빗치라서 다행이라는 식으로 생각하는 거겠지.

아니면 내가 여기저기 추파를 던지다가 쿠마코나 미노리 씨의 환멸을 살 거라고 생각하는 건가?

정말 성격 더러운 녀석이라니까……. 아니, 녀석의 생각 따위 알 바 아니다.

"보나마나 첫 번째 주인이랑 알콩달콩 러브러브하게 지냈을 게 분명해! 다른 녀석도 이렇게 귀엽게 생긴 로리 할멈이 곁에 있는데 손을 안 댔을 리가 없어! 나라면 손댔을 거야! 확실해!"

뭘 그렇게 힘주어 호언장담하는 거야.

하긴 귀엽게 생긴 건 사실이니까, 호감을 갖는 남자가 있다고 해도 이상할 건 없지만.

"알콩달콩 러브러브하긴 했었지. 메구루, 비록 다른 세계의 메구루라도 나는 기쁘게 받아들일 수 있다."

"어렴풋이 짐작은 했었지만, 역시 그랬구나. 르시아의 첫 번째 주인은 평행세계의 나였던 거지?"

"그렇다! 내 검이 꽂혀 있던 방, 보았더냐? 그 방에는 내 검을 들고 있는 메구루의 모습을 벽화로 그려 두었단 말이지."

어째 좀 비슷하게 생겼다고 생각하긴 했는데, 그거 정말 메구루 씨였구나.

"뭐……. 첫 번째 메구루는 내 행동을 절대 칭찬해 주지 않았어. 그저 다음번까지 후사를 맡긴 것뿐이었지."

"맡겼다고?"

"그래, 우리의 적이 불사의 힘으로 몇 번이고 되살아날 수 있다는 걸 알고 있었으니까. 메구루는 내가 이렇게 오랫동안 현세에 머무를 줄은 몰랐겠지만."

그렇게 말하고 깔깔대며 웃었다.

그 표정은 나와는 다른, 소중한 사람의 죽음을 받아들인 자의 얼굴이었다.

"나는 메구루가 소중히 여기던 이 세계를 지키고 싶다. 서로 같은 목적이 있는 셈인데, 함께 힘을 모아 싸울 수는 없겠느냐?"

이 말은 분명 진심이리라.

아까부터 장난스럽게 굴고 있는 것도, 우리가 풀이 죽지 않도록 일부러 그러는 거겠지.

"처음부터 그렇게 얘기했다면 혼낼 일도 없었을 텐데……."

"으음? 내가 뭔가 잘못이라도 한 게냐?"

"그나저나…… 고작 이런 이유로 성검의 선택을 받아도 되는 건가 몰라……."

메구루 씨가 땅이 꺼질 듯 한숨을 지었다.

그것 때문에 여러모로 고생을 한 건 사실이었다.

용사 메구루는 이제 전국적인 유명 인사가 됐으니까.

"그리고 마사루. 그대는 뭔가 착각을 하고 있는 모양이다만, 사명을 짊어진 유니크 웨폰 몬스터는 순결을 유지하는 한 나이를 안 먹는다."

"뭐라고?! 그럼…… 처녀라는 거야?! 하네바시! 절대로 용서 못해!"

"또 그 소리냐? 작작 좀 해, 하기사와!"

"한창 인기 좋은 놈들은 왜 태도가 이 모양이냐! 나였다면 주지육림을 만끽했을 텐데!"

"고사성어는 똑바로 아는 게 좋을걸? 그기, 원레는 네기 생각하는 그런 뜻이 아니니까."

그렇다는 모양이더군.

술도 연못도 고기도 숲도, 여자와는 무관하다는 모양이다.

고사성어란 참 심오하다니까.

"중요한 건 의미가 아니라 분위기라고! 아~! 나도 여친 사귀고 싶다!"

"냐~!"

"와악, 미케, 그만해!"

미케가 보란 듯이 하기사와에게 장난치기 시작했다.

마침 잘됐군. 그런 식으로 하기사와의 입을 틀어막아 줘.

"자, 농담은 그만하고, 앞으로 벌어질 싸움에 대해 착실히 대비하자꾸나."

자기가 상황을 난장판으로 만들어 놓고, 그게 할 소리냐.

살레아…… 아니, 르시아는 변함없이 기본적으로 떠들썩하고 소란스러운 녀석이군.

"결국 너희가 살아남을 수 있는 방법은, 운명의 때에 나타날 그 녀석을 처치하는 것밖에는 없어. 단말인 그대들은 최대한 억눌러 두는 수밖에 없겠지."

"과거의 우리…… 이세계인도 그렇게 한 거야?"

그러자 르시아는 살짝 뺨을 긁적거리며 중얼거렸다.

"그래……. 머릿수가 적었을 때는 그만큼 녀석의 영향도 줄어드는 법이라 말이지. 덕분에 부담도 제법 가벼워졌었지."

"머릿수가 많을 때는 살육전을 벌이고?"

"상황이 뭐 이렇게 성가시게 돌아가는 거야? 믿고 싶지 않아."

"하지만, 그대들은 이미 녀석의 공격을 받지 않았더냐?"

르시아의 말에 일동은 모두 가만히 고개를 끄덕였다.

그것은 부정할 수 없는 사실이었기 때문이다.

"솔직히 믿고 싶지 않지만, 그건 의심할 여지가 없네."

하기사와도 이번에는 진지한 표정으로 고개를 끄덕였다.

그만큼 절체절명의 상황인 것이다.

"마음속 한구석이 시커멓게 물들어 가는 것 같은 불쾌한 감각이었어. 잠시 동안이었기에 망정이지, 그 상태가 계속 이어졌다면 견뎌낼 수 있었을지……."

"매일같이 얼굴을 마주하는 사이였는데도, 아주 작은 짜증도 참을 수가 없어서 살의가 솟구쳤던 건 분명해."

"응……. 나도 그랬어. 어째선지 친구랑 날카롭게 노려보기까지 했는걸. 쿠마코가 사이에 없었더라면 어떻게 됐을지……."

쿠마코가 인간화했을 때를 제외하면, 오노 사건 때 이외에는 한 번도 화를 내지 않았던 미노리 씨까지도 고개를 끄덕였다.

정말로 저항할 도리가 없는 건가.

새삼 그런 얘기를 듣고 나니, 문제를 방치해 두어서는 안 된다는 위기감이 절실하게 느껴졌다.

어떻게든 적을 물리쳐야만 한다.

"이번에는 살의가 물밀듯이 몰려온 덕에 자각할 수 있었지만, 이게 무의식 속으로 파고들게 된다면…… 진짜 위험할 거야."

요리후지가 내 쪽을 보고 결연한 말투로 말했다.

"자칫 잘못하면 정말로 모두가 살육전을 벌이게 될 수도 있어. 아주…… 위험해."

"그래……. 하지만 말야, 하네바시."

요리후지가 나를 똑바로 응시하며 말했다.

"나는, 전에 내가 너한테 못된 소리를 했던 걸 이 일의 영향 때문이라고 치부할 생각은 절대 없어. 그때의 나는 나 자신을 조금도 의심하지 않았었으니까."

나를 창고 취급했던 걸 아직도 마음에 담아 두고 있었던 건가.

그건 상황이 그랬으니까 어쩔 수 없었던 거였잖아.

이제 그냥 흑막 탓으로 치고 마음을 편히 먹는 게 차라리 나을 텐데.

요리후지가 좋은 녀석이라는 건, 지금까지 많은 일들을 겪으면서 충분히 이해했다.

"나는 이제 신경 안 쓰니까 그 문제는 그만 잊어. 상황이 나쁘다 보니까 그렇게 된 것뿐이잖아."

"그래……. 하지만 나는 안 잊을 거야. 잊어서는 안 돼."

이것이 요리후지에게 원동력이 된다면, 나도 딱히 말릴 생각은 없다.

요리후지는 숲에서 나온 뒤로 항상 힘이 되어 주었었고, 줄곧 동료들을 위해 싸웠다는 사실도 잊지 않을 것이다.

나의 이 높은 레벨은 나 혼자 힘으로 이루어낸 것이 아니다.

모두가 사냥을 도와주고, 포인트를 나누어준 덕분이었다.

즉, 이 힘은 모두의 협조 덕분에 얻었다고 해도 과언이 아니다.

"녀석의 부활이 머지않았다는 건, 활성화의 때가 다가왔다는 뜻……. 그래, 지금 너희가 할 수 있는 일은, 이 세계 사람들의 협조를 구해서 전력을 정비하고, 참을 수 있는 범위 안에서 최대한 맞서는 것밖에 없겠지."

"큭…… 이런 함정이 있을 줄은 생각도 못 했어."

"풍작의 악영향이라고나 할까. 이 절반 정도였다면 녀석이 있는 곳에 쳐들어갈 수 있었을지도 모르고, 싸우지 않고 녀석의 야망을 분쇄할 수도 있었을지 모르는데 말이야."

"분출되는 마력을 사용한다고 했던가?"

"그렇지. 녀석이 장악하려는 힘을 내가 먼저 이용해 버리면 되는 게지."

"마력과 녀석 자체는 별개라는 거네……."

"그 녀석을 처치하고 나서 계속 방치하면 어떻게 되는데?"

내 목적은 적의 능력을 봉쇄하고 녀석을 처치한 다음, 우리 반 아이들을 원래 세계로 돌려보내는 것이다.

일단 한 번 물어보고 싶었다.

어쩌면 그걸 이용해서 『시공전이』사용을 가능하게 만들 수 있을지도 모른다.

"마력이 홍수를 일으켜 일대를…… 대륙을 휩쓸어 버리겠지. 악의를 가진 물질은 아니지만, 결과적으로 재해가 일어날 게야. 미처 사용하지 못한 마력과 포인트가 재해를 증폭시키겠지."

그러고 르시아는 다시 말을 이었다.

"어떤 소원도 이룰 수 있게 해 주긴 하지만, 반대로 생각하면, 그만큼의 대가를 치를 만큼의 소원이 있어야만 한다는 거지. 그런 점에서 이세계인은 딱 좋은 존재인 셈이고."

"무슨 뜻이지?"

"예를 들어 마력이 분출되는 낭이 시금 내삼님이 뵌 선, 『새배』

능력을 가진 과거의 이세계인이 녀석을 저지하고 나서, 마력의 분출을 이용해서 재배 능력을 무한으로 사용한 덕분이었다. 뭐, 그 전에도 밀림이기는 했지만, 지금보다는 작았다고 하더구나."

"재배로 대삼림을 만들 정도라……. 그런 소원도 이룰 수 있을 만큼 거대한 힘이란 말이군."

그 말을 들은 학급위원의 눈이 번뜩였다.

아, 그러고 보니 학급위원이 가진 능력도 그런 거였지.

라이크스의 지도를 보면, 멜라시아 대삼림이 얼마나 넓은 숲인지 실감할 수 있었다.

얼마나 큰가 하면…… 우리는 서쪽으로 똑바로 가서 일주일 반 만에 숲을 탈출할 수 있었지만, 동쪽이나 북쪽, 남쪽으로 갔더라면 탈출에 더 많은 시간이 걸렸을 게 분명했다.

그만큼 넓은 숲이었다.

"그것 말고는…… 유니크 웨폰 몬스터나 마법 창조에도 영향을 끼친다는 얘기도 있을 정도지. 뭐, 그건 어디까지가 진실인지 아직 불확실하지만 말이야."

세계의 비밀을 들은 것 같은 기분이었다.

좀 더 보충하자면, 라이크스는 제법 큰 나라지만 그 외에 다른 나라들도 있었다.

이 나라밖에 없다는 착각이 들기 십상이지만 말이지.

"한마디로, 다시 그 숲에 가야 한다는 거네."

또 그 숲에 가는 신세가 될 줄이야……. 그렇게 생각하면서, 나는 메구루 씨와의 추억이 담긴 장소를 떠올렸다.

그 적을 처치하고, 모두를 원래 세계로 돌려보내야 한다.

"하네바시랑 히야마 씨만 보내는 건 좀 미안한데……."

요리후지가 정말 미안한 표정으로 그렇게 중얼거렸다.

그 숲에 대해 좋은 기억은 얼마 없으니까 말이지. 오히려 트라우마를 갖고 있는 사람도 있을 것이다.

"미안해할 거 없어. 적을 처치하면 다 함께 돌아갈 수 있잖아. 그러니까 기대나 해."

나는 그렇게 말했지만, 메구루 씨를 비롯해서 요리후지도, 하기사와까지도 떨떠름한 표정이었다.

이럴 때는 뭐라고 말을 해야 할지……. 이런 상황이 되니, 시게노부 같은 사교성이 없다는 게 참 뼈아프게 느껴지는군.

"그, 그래도 지금의 하네바시라면 식은 죽 먹기 아닐까?"

"활성화가 진행되면 마물들도 난폭해질 게야. 충분히 주의를 기울여야 해."

"그래, 알았어. 너희는…… 적의 정신 공격에 대비해서 대기하고 있는 게 좋을 거야."

"최대한 도움이 되게 노력할게. 필요한 일 있으면 말해줘."

요리후지를 필두로 한 반 아이들 모두가 고개를 끄덕였다.

반 아이들과의 대화는 이렇게 마무리 되었다.

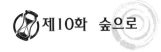 제10화 숲으로

우리는 안내에 따라 임금님을 알현해서, 사정을 어느 정도 설명했다.

"으으음…… 이세계인들이 나타나는 액년인 걸 고려하더라도, 참 많은 일들이 일어나는군."

임금님도 미간을 찌푸린 채 사태에 대한 감상을 피력했다.

"그리고, 르시아라고 했던가? 온 나라의 결계를 조작한 건 앞으로 일어나게 될 재앙에 대비하기 위해서 그런 거라고 했겠다?"

"그래."

"그럼 르시아. 네가 정말로 노아 토르시아의 유니크 웨폰 몬스터라면 그걸 증명해 보거라."

"그 정도야 식은 죽 먹기지……. 똑똑히 잘 보도록 하거라."

말을 마친 르시아는, 쿠마코가 글러브로 변신할 때처럼 메구루 씨가 가진 성검 속으로 빨려들듯이 변신해 보였다.

"이 정도면 되겠지. 그래도 의심스럽다면 메구루의 검을 휘둘러 보면 될 것이야."

"으음……. 알았다. 네가 성검의 유니크 웨폰 몬스터인 것을 인정하마."

받아들이기 힘든 얘기에 임금님도 곤혹스러운 표정이었다.

"보고를 듣자 하니, 하네바시 공의 능력에 대한 새로운 사실이 판명됐다더구려."

"아, 네. 생물을 전이할 수 없는 게 아니라, 이세계인을 전이할 수 없다는 사실이 밝혀졌습니다."

"그 말은, 하네바시 공이 가진 힘이라면 이 세계 사람을 전이할 수 있다는 거군?"

"그렇습니다."

"으으음……. 시험 삼아 기사 람레스를 전이시킬 수 있겠소?"

그러자 람레스 씨가 한 발짝 앞으로 나섰다.

하긴 실제로 보여 주는 편이 빠르겠지.

"네. 그럼 어디로 보내 드릴까요?"

"그럼…… 하기사와 님의 공방으로 보내주실 수 없을까요? 거기에 두고 온 물건이 있어서."

"그 정도는 식은 죽 먹기죠."

나는 람레스 씨를 지정하고 전이 위치를 지시했다.

"승인 아이콘이 나타났군요. '네'를 선택하겠습니다."

그러자 즉시 영창이 시작되고, 람레스 씨가 순식간에 사라졌다.

전송 위치는 하기사와의 공방……. 그리고 『시각전이』를 통해, 람레스 씨가 무사히 전이된 것을 확인했다.

「좋아, 찾았어. 상황이 워낙 급박하다 보니 미처 못 챙겼지 뭡니까.」

람레스 씨는 그렇게 말하며 게임기를 집어 들었다.

응. 이 사람도 아주 갈 데까지 간 것 같은 느낌이다. 임금님에게 말해서 나중에 따끔하게 주의를 주도록 해야겠다.

지켜보고 있다는 걸 은연중에 알리기 위해서, 다시 전이를 통해 신호를 보냈다.

슬슬 아이콘이 나타날 때가 되었다 싶었을 때, 람레스 씨가 쓴 웃음을 지었다.

웃음으로 얼버무리려고 들지 말았으면 좋겠는데.

곧이어 다시 나타난 람레스 씨는 게임기를 손에 들고 있었다.

"오오…… 이거 굉장하구려. 용사 히야마와 동등한 일까지 할 수 있게 되다니."

"아뇨, 유키나리 군의 능력이 제 능력보다 질적으로 더 뛰어나요. 아마 원래 세계로도 데려갈 수 있을 거예요."

"뭐라고? 이 게임을 만들어 낸 세계로 갈 수도 있단 말인가?!"

"아마도……."

"으으음……."

임금님이 상당히 본격적으로 고민에 잠겼다.

"저기…… 임금님, 우리 세계에 가 보고 싶어 하시는 심정은 이해하지만, 사태를 좀 생각해 주셨으면 좋겠는데요."

메구루 씨가 뭔가 싸늘한 웃음을 지으며 못을 박자, 임금님은 크게 기침했다.

"그, 그래야지."

정곡을 찔린 거냐.

"최악의 사태에 대비해서, 우리 나라 국민 전체를 이주시키는 방안도 고려해 봐야겠군."

"그건 그냥 핑계 아니야?"

하기사와의 한마디에, 임금님이 날카로운 눈매로 하기사와를 쏘아보았다.

이 나라는 어쩌면 진짜로 위험할지도 모르겠다. 이세계 침략 같은 꿍꿍이를 꾸미면 정말 위험해지는 것 아닐까…….

"하지만 저쪽 세계에서 지금 우리가 없었던 존재로 취급되고 있다는 걸 생각해 보면…… 능력적인 내성이 없는 상태에서 세계의 벽을 넘으면 어떻게 될지 장담할 수 없을 텐데요?"

"저쪽 세계로 건너가는 순간, 이쪽 세계를 잊어버릴 수도 있겠군요……."

메구루 씨의 말에, 람레스 씨도 말을 이었다.

그럴 가능성도 충분할 것 같았다.

"흐음……. 명색이 왕이라면 나라를 지킬 궁리를 해야겠지. 알겠소. 용사 히야마와 이문화의 전도사인 하네바시 공의 얘기, 믿도록 하지! 국가의 기사들이여! 운명의 때를 맞이할 싸움을 준비하라!"

"""네!"""

이렇게 해서, 국가는 앞으로 찾아올 재해에 대비해 경계 태세를 강화했다.

국민들을 놀라게 만든 마왕성에 대해서는, 앞으로 찾아올 재해에 대비해 과거의 이세계인들이 남겨 둔 경고라는 식으로 국민들에게 홍보해 두었다.

머지않아 재해가 발생할 거라는 정보에, 라이크스는 한데 뭉쳐 싸우기로 결의를 다지고, 안전할지 어떨지는 미지수이긴 하지만, 국민 전체가 신속하게 재앙에 맞서기로 했다.

연락망의 체계도 그렇고, 신속성 면에서는 참 대단한 국가라 생각했다.

뭐, 피난할 생각이 없는 사람들도 제법 많고, 국가 측에서도 경호는 해 주겠지만 피해가 발생하더라도 스스로 책임져야 한다는 공고가 발령되었다는 모양이었다.

각지에 파견된 기사들도 모여서 결전에 대비할 것이라 했다.

물론, 나를 필두로 해서 메구루 씨나 르시아, 그리고 쿠마코와 미케 등, 이세계인 이외에 전력이 될 수 있을 법한 인재들은 착실히 강화시키기로 했다.

쿠마코 강화를 위한 복싱계 유니크 몬스터와의 시합에 대한 개입도 허가되었다.

현재의 내 힘이면 식은 죽 먹기일 거라고 했다.

그런 나날 가운데 하루.

지진 발생 빈도가 날로 늘어 가고…… 그럴 때마다 하기사와를 비롯한 반 아이들이 신음하는 빈도도 늘고, 그 시간도 길어졌다.

"큭…… 누군가가 마음속을 휘젓는 것 같은 느낌이야."

"거지 같은 기분이야. 밉지도 않은데 마음속에서 증오하라고 소리쳐 대고 있어……."

"가슴이 찢어질 것 같아……. 모든 게 다 의심스러워. 제발, 제발 빨리 좀 가라앉아 줘……."

"쿠마코……."

발작이 일어나면, 다들 서 있기도 힘든 것처럼 쇠약해졌다.

쿠마코에게 손을 내밀어서, 마음속에 꿈틀거리는 감정을 뿌리치려고 필사적으로 애쓰는 미노리 씨의 모습이 인상적이었다.

이제 미노리 씨는 교회 일을 쉬면서 안정을 취하고 있다.

일단 발작이 일어나면 내가…… 아니, 그게 아니지.

내 주위에 떠 다니는 하얀 영혼이, 발작을 일으킨 아이들을 치료해 주고 있다.

그러면 발작은 잦아들곤 했지만, 빈도가 너무 잦았다.

요리후지를 비롯해서 전투력이 높은 애들은 르시아가 마련한 성 안 시설에 감금되었다.

증상은 가볍다는 것 같았지만, 그럼에도 이따금…… 방 안에서 살육이라도 벌일 기세로 버둥거리곤 했다.

『전이』를 통해 치료하러 갔을 때, 요리후지는 감금당한 것에 대해 감사를 표했다.

"증상이 없으니까 오히려 더 가슴을 옥죄이는 것 같은 기분이 드는걸."

고통에 시달리는 친구들을 간호하며 메구루 씨가 중얼거렸다.

"반드시 애들을 구해야 해!"

내 의견도 마찬가지였다.

친구들을 이 지경으로 만들어 놓은 녀석을, 나는 절대로 용서 못 해!!

결전에 대비해, 숲속의 안전지대 확보에 나섰다.

예전에 거점으로 사용했던 곳의 마물들을 제거하고, 결계 생성 장비를 설치…‥. 운명의 때에 대비한 전진기지로 삼았다.

우리가 준비한 작전은 녀석이 모습을 나타냈을 때 모두의 유니크 웨폰 몬스터, 국가의 기사들, 모험가들과 힘을 합쳐서 처치하는 것이었다.

행동대장은 나였다. 부대장은 메구루 씨가 맡게 되었다.

예전에는 능력상 불가능했던, 최전선에서의 전투를 벌이게 된 것이다.

승리할 수 있을지 어떨지는 아직 미지수지만, 르시아의 얘기에 따르면 승산은 그럭저럭 높다는 모양이었다.

단, 어찌 됐건 녀석과 일대일로 싸워야 하는 상황이 펼쳐지면 내가 혼자서 싸우는 게 유리할 것이다.

내 도움 덕분에 메구루 씨를 비롯해서 쿠마코, 르시아, 미게 등 우리 반 아이들의 유니크 웨폰 몬스터, 국가의 기사들도 전보다 훨씬 강해졌다.

하지만 나만큼 경이적인 성장을 보이지는 못했다.

다만 르시아 말로는, 어쨌든 결국은 나 혼자서 싸우는 게 나을 거라고 했다.

이유는…… 르시아가 사용했던 힘과 같은 능력을 녀석도 갖고 있기 때문이었다.

주위에 기사들이나 모험가들이 있으면 그만큼 더 강해진다는 것이다.

게다가 이세계인들, 즉 요리후지를 비롯한 반 아이들의 레벨은 자동으로 추가되는 셈이니, 정말이지 성가시기 짝이 없었다.

일대일 대결을 벌일 수 있는 상황이 갖춰지면 기사들의 역할은 끝나는 것……. 그렇게 미리 합의해 두었다.

가장 큰 문제는, 이 세계 사람들과 우리의 레벨업 속도에 차이가 있다는 점이었다.

숲에서 전투를 벌이면서 기사들과 모험가들의 레벨도 어느 정도 올랐지만, 말 그대로 '어느 정도'에 그치는 수준이었다.

성검 노아 토르시아의 성능 시험을 위해서도 꽤 많은 마물들을 처치했고, 기사들과 모험가들도 전진기지를 거점으로 레벨업을 했지만, 레벨 상승 속도가 예상보다 더뎠다.

날이 갈수록 강력해지는 마물들에게 약간 밀리는 분위기였다.

나는 전투력을 끌어올리기 위해, 복싱 시합을 알선받아서 글러브를 강화했다.

게다가 그 유니크 웨폰 몬스터인, 인근의 동일 계열 유니크 웨폰을 모조리 사냥하는 성가신 몬스터 토벌 의뢰까지 받았다.

간단히 표현하자면 사람보다 더 큰 대형 갯가재였는데…… 그 녀석에게 승리한 덕분에, 라이크스 내에서는 유례를 찾아볼 수 없을 만큼 강력한 강화 효과가 글러브에 붙게 되었다.

아이리스 복서 갯가재의 펀칭 글러브
부여효과 : 동체 시력 향상, 마하 펀치, 찰나의 일격, 야생의 감,
충격 폭렬, 바인드 펀치, 니들 글러브, 공격력 증가
(초), 격파 카운트 보너스, 글러브 스위치
인스턴트 확장능력 : 복서

라이크스 국의 복서계 유니크 웨폰 몬스터들 가운데 재해급으로 인정받는 마물이라는 게 이해가 갈 만큼 강력한 성능이었다.

일단 이걸로 싸우면 무기 성능은 충분할 것 같군.

복서 능력에 속하는 무수한 기술들이 내포된 모양이었다.

그만큼의 성능은 기대할 수 있어 보였다.

쿠마코가 매일같이 글러브를 반짝반짝 닦는 모습이 인상적이었다.

그 갯가재와 마주쳤을 때 피해를 입고 글러브를 잃어버린 펭귄의 상처를 치료해 주었더니 어째선지 쿠마코가 질투심을 드러내서, 달래느라 애를 먹었다.

메구루 씨도 나한테 "펭귄 좋아하니?"라고 물어봤었고 말이지.

펭귄은 옛날에 좋아했을 뿐, 지금은 아니다.

르시아가 의심쩍은 눈으로 보았지만 무시했다.

본론으로 돌아가서, 나는 결전의 날이 다가오고 있다는 걸 하루가 다르게 실감하고 있었다.

숲속은 이미 음침한 기운이 넘쳐흐르고, 음울한 분위기에 휩싸여 있었다.

우리가 처음으로 숲을 빠져나왔을 당시에는 풍요로운 신록 같은 느낌이었지만, 지금은 오염된 사악한 숲 같은 모습으로 변모해 있었다.

그래도 아직 중상을 입은 사람은 없었다.

이것이 현재의 상황이었다.

"이 정도면 충분하겠구나. 이 정도 정예 병력이라면 합격점을 줄 만해."

"정말 괜찮을까?"

"그래. 적어도 시간을 버는 데는 문제가 없을 게다."

라이크스 각지에서는, 때때로 땅에서 기괴한 빛기둥이 분출되고, 마물이 쏟아져 나오는 일이 벌어졌다.

르시아의 말에 따르면 그것도 마물 활성화의 일환이라고 했다.

각지로 흩어진 기사들과 모험가들이 사태 수습에 나선 상태다.

전에 메구루 씨와 함께 보았던 샘은 보라색 빛을 내뿜으며 오염된 물을 토해내고 있었다.

숲이 이 지경으로 변모하리라는 걸 그 시절의 나는 짐작이나 할 수 있었을까.

"결전의 날이 머지않았다. 앞으로도 충분히 준비를 갖춰 두어야 할 것이야. 메구루도 유키나리도, 내 인맥을 최대한 활용해서 만전의 태세를 갖춰 두거라."

"물론이지."

"하지만…… 아직 방어구가 무겁게 느껴지는 게 영 찜찜한 걸……. 조금이라도 레벨을 올리고 실력을 갈고닦아 두자."

현재 나와 메구루 씨가 착용한 장비…… 방어구는 국가와 르시아, 르시아가 아는 장인들이 만들어 준 애더먼트 터틀 아머였다.

거기에 내가 각지에서 조달해 온 소재를 활용해서 최대한 강화해 두었다.

현재 상황에서 만들 수 있는 최강의 갑옷이 나를 보호해 주고 있다.

시게노부의 검도 애더먼트 터틀의 검으로 강화하고, 최대한의 부여효과를 걸어 두었다.

검의 유니크 웨폰인 르시아가 칭찬할 만큼, 양산품을 넘어 특수제작품의 영역에 다다랐다.

"그래, 당연히 그래야지."

그나저나…… 적은 대체 정체가 뭘까?

이렇게까지 우리와 이 세계를 철저하게 증오하는 불사의 괴물이라니…….

그렇게 생각하며, 나는 얘기할 수 없는 하얀 영혼을 멍하니 쳐다보았다.

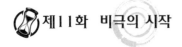# 제11화 비극의 시작

그렇게 결전을 얼마 앞둔 어느 날.

나는 또 다시 꿈을 꾸고 있었다.

하얀 영혼이 나에게 『포인트 상전이』를 주고 앞으로 일어날 일들을 가르쳐 준 그때와 비슷한 꿈이라는 걸 알 수 있었다.

그 하얀 영혼과 접촉해서 꿈을 꾸었을 때와 같은 감각이었기 때문이다.

"대체 뭐가 어떻게 된 건데?"

이것은 비문에 나타난 글자를 본, 낯선 급우들의 이야기.

우리와 마찬가지로 혼란에 빠진 상황에서 벌어지는 서바이벌.

"내가 바로 최강이고, 너희는 나한테 복종하기만 하면 돼!"

이윽고 폭주한 녀석의 손에 태반이 죽었을 때 간신히 목숨만 건져서 도망친, 하얀 영혼의 가호를 받은 학생의 기억.

"너 같은 쓰레기가 모두를 지배하다니, 그런 거지 같은 상황을 순순히 받아들일 줄 알고?"

꿈에서 깨면 손가락 사이로 흘러내리는 물처럼 태반은 잊어버리고 말지만, 땀방울이 내 기억의 증표로 엉겨 붙어 있곤 했다.

학급 내에서 사망자가 발생하면 살육전은 걷잡을 수 없게 된다.

때로는 마물의 손에 죽고, 때로는 타니이즈미 같은 지배자에게 본보기로서 여럿이 죽은 다음, 정의감에 도취된 오노 같은 녀석이 그 지배로부터 모두를 구해낸다.

하지만 오노 같은 녀석의 독재는 오히려 더 끔찍하고, 그 바람에 무수한 사망자가 발생한다.

그런 기억이었다.

서로가 서로를 죽이고, 오노 같은 녀석의 손에 거의 전부가 살해당하는 사태가 발생한다.

거기까지 이르는 경위가 비극이었다.

오노 같은 녀석이 똑똑한 경우…… 남자는 사고로 위장해서 죽이고, 여자들 앞에서는 정의의 사도인 척 굴면서 유혹했다.

이상할 만큼 남자들만 줄어들면 여자들도 눈치채기 마련이고, 의심하는 자가 나타난다.

그렇게 되면, 힘이 곧 정의라는 식으로 굴던 녀석의 정체가 밝혀져서 일부 인원의 이탈을 초래한다. 거기까지는 좋지만, 오노 같은 녀석은 능력 실험이라는 명목으로 그 이탈자들을 잇달아 죽여 나가는 것이다.

괴롭힘을 받던 아이가 학급 내에서 지위를 구축해서 일부 여학생들의 호감을 사는 식의 꿈같은 얘기는, 타인의 눈으로 보면 이런 것인지도 모른다.

그 점은 여학생들 역시 마찬가지였다.

오히려 여자들이 더 음울한 수단을 쓰는 경우도 있었다.

남자들을 차례차례 유혹해서 자기편으로 끌어들이고, 『강탈』 등의 능력을 써서 상대의 능력을 빼앗은 다음, 사고로 위장해서 죽이는 녀석도 있었다.

하지만 그게 끝이 아니었다.

허얀 영혼의 가호를 빌은 자들의 반격에 낭하기노 하고, 마을에 도착하자마자 일제 사격을 얻어맞고 전멸하기도 했다.

군이 헤아리자면 하얀 영혼의 가호를 받은 자가 처치하는 경우가 좀 더 많았다.

그 적이라는 녀석은…… 어째서 이렇게 끔찍한 일을 저지르는 걸까.

멍한 내 머릿속에, 최종 결전의 영상이 재생되어 갔다.

가호를 받은 자가 르시아와 함께 적과 싸우는 모습이었다.

다만…… 적의 모습은 흐릿해서 알아볼 수가 없었다.

패배한 적은 그대로 흩어지고, 내 의식도 아득히 멀어져 갔다.

하얀 영혼이 자기 역할을 다 했다는 생각에 내 곁을 떠난 건지도 모른다.

그렇게 생각하고 있으려니…… 하얀 영혼과 접속했을 때의 일이 재현되었다.

지금까지와 비슷한 학급전이가 일어나는 광경이 멍한 내 머릿속에 전개되고, 비문에 각자의 능력이 적혀 있는 모습이 보였다.

이윽고 서바이벌 상황에 따른 음울한 분위기가 드리워지고…… 그 가운데, 우호적인 동료들의 인연이 전개되었다.

우리의 상황보다도 양호한 분위기였다.

식료품 조달에도 문제가 없는 것 같았다.

다만 시선의 주인은 같은 반 아이들에게 의혹이 섞인 눈초리를 받고 있었다.

그런 시선의 주인에게 다가와서 손을 내미는 사람이 있었다.

"——씨, 괜찮아? 이거 먹을래?"

그 손이 건네준 것은 사탕 등의 식료품.

시선의 주인은 그 상대방의 얼굴을 올려다보면서, 전이 전의 상황을 떠올리고 있었다.

상대방은 항상 시선의 주인에게 말을 걸어 주기도 하고 도와주기도 했기에…… 언제부턴가 교실 안에서 자기도 모르게 그 상대방을 찾곤 했었다.

그런 일상 풍경이 머릿속에 떠오르고 있었다.

그런데 그때, 얼굴은 잘 안 보이지만 어쩐지 성격이 드세어 보이는 여학생이 다가와서, 시선의 주인을 돕는 행위에 대해 나무라기 시작했다.

"또 나눠 주고 있는 거야?"

"뭐 어때서 그래. 다른 사람들도 다 받았잖아."

"그건 그렇지만, 마력을 충분히 회복시켜 두지 않으면 식료품 생산에 지장이 있을 거라고 했잖아."

"회복하면 되잖아. 어차피 마력이 아니라 포——."

중간에 목소리가 끊겨서 잘 들리지 않았지만, 포인트로도 대용할 수 있다거나 포인트를 쓰는 게 낫다거나 하는 얘기를 한 것이리라.

"그야 그렇지만."

여학생이 손을 내밀자, 시선의 주인 역시 자신이 웃고 있다는 걸 인식하면서 손을 내밀어 그 손을 잡고 일어섰다.

"고마워."

아직 나로서는 인식할 수 없는 두 사람에게, 시선의 주인은 감사의 말을 건넸다.

시선의 주인은 그들을 너없이 소중한 진구로 여기고 있었다.

"좋아, 그럼 오늘도 모두가 먹을 걸 만들어 보실까. ──씨도 같이 갈래?"

그렇게 말하며 기지개를 켜는 남학생.

시선의 주인이 고개를 끄덕였다.

"어째서인지 비문에 알아보기 쉽게 적혀 있었지만, 좀 더 알아보기 힘들게 적혀 있었더라면 이런 고생을 할 필요도 없었을 텐데. 고생하기 싫어."

"무슨 소리를 하는 거야? 그 능력을 감추고 있으면 다른 애들이 힘들어지잖아."

"하지만 자고 있을 때 깨워서 별 시시한 물건을 주문한다고."

"다들 힘들어서 그러는 거니까 네가 이해해야지. 나 참──."

남학생의 나태함에, 시선의 주인도 후후 하고 웃었다.

"──씨, 괜찮아?"

시선의 주인은 고개를 끄덕였다.

원래 걱정이 많은 성격인지, 아니면 시선의 주인이 미덥지 못해서 그런 건지는 모르겠다.

어찌 됐건, 이 남학생과 여학생이 시선의 주인에게 있어서 든든한 친구라는 건 분명했다.

이따금 나타나는 마물들의 습격을 반 전체가 힘을 모아 쫓아내고, 다 함께 기뻐하는 모습이 보였다.

시선의 주인은 자기 자신을 얼빵하다고 여기는 것 같았다.

의식을 통해 느껴지는 바에 따르면, 공부는 그럭저럭 잘하지만 두뇌 회전이 느리고 운동도 잘 못 하는 것 같았다.

그 영향인지, 전이한 뒤로 친한 두 명을 제외한 다른 반 아이들은 시선의 주인을 걸림돌로 여기는 모양이었다.

시선의 주인은 어떤 능력을 갖고 있었던 걸까?

하찮은 대우를 받고 있는 걸 보면, 우리 식으로 표현하자면 거점조에 해당하는 능력일까?

그런 생각을 하면서, 나는 재생되는 영상에 의식을 기울였다.

시선의 주인이 신뢰하는 남학생과 여학생.

시선의 주인은 여학생이 남학생에 대해 호감을 품고 있다는 걸 알아챘기에, 자신이 가진 감정을 남몰래 가슴속에 묻어 두고 있는 것 같았다.

"──루 씨는 ──나리 군에게 고백 안 하세요?"

그러면서도, 여학생의 사랑을 응원하는 자세를 보이고 있었다.

여학생은 놀란 것 같기도 하고 수줍어하는 것 같기도 한 표정으로, 시선의 주인을 건물 뒤로 데려가서 입술 앞에 손가락을 세워서 조용히 시켰다.

"그, 그걸 어떻게 알았어?!"

"어떻게 모를 수가 있겠어요?"

더없이 소중한 두 사람이 정답게 지내는 광경을 지켜보고 있자면, 참으로 아름답게 느껴졌다.

그렇기에, 이런 상황에서도, 그 둘이 행복해지기를 바랐다.

세 사람 사이의 관계가 무너진다 해도, 시선의 주인은 받아들일 수 있었다.

괴롭긴 하지만, 그래도 좋았다…….

"빨리 고백 안 하면 제가 해 버릴 거예요."

살싹 싯궂은 목소리로 그렇게 말해 보았더니, 여학생은 곤혹스러운 표정으로 어쩔 줄 몰라 했다.

"에이, 농담이에요. 그치만, 빨리 고백 안 하면 다른 사람한테 빼앗겨도 이상할 게 없다구요."

"나 참……."

이렇게 특별할 것 없는, 그러면서도 행복한 광경이 이어졌다.

시선의 주인이 바람을 잡아 준 덕분에, 두 사람 간의 거리가 줄어드는 데는 그리 오랜 시간이 걸리지 않았다.

둘 다 거점 배치였던 듯, 손을 잡고 있는 두 사람의 모습이 점점 더 자주 눈에 띄었다.

그러나, 그런 행복한 시간은…… 그리 오래 가지 않았다.

"――나리 군? 아침이에요."

아무리 기다려도 나타나지 않는 남학생을 찾기 위해, 시선의 주인과 여학생이 임시로 만든 집의 문을 열었다.

"아……."

손에 들고 있던 물건이 풀썩 떨어지고, 두 사람은 나란히 그 자리에 주저앉았다.

눈앞에는…… 드러누운 채 죽어 있는 남학생의 모습이 있었다.

한눈에 알아볼 수 있을 만큼 실내에는 대량의 피가 번져 있고, 그 피 웅덩이는 굳어 있었다.

그것은 다시 말해, 남학생이 죽은 지 상당히 오랜 시간이 지났다는 뜻이었다.

"안 돼애애애애애애애애애애애애!"

여학생이 그 학생의 시체로 달려가서, 살아 있는지를 확인하듯 흔들어 댔다.

그 목소리를 들은 반 아이들이 모여들었다.

그와 동시에 가설 건물에서 마물이 튀어나왔다가, 즉시 제거당했다.

애절하게 남학생의 이름을 부르며 흔들어대는 여학생과 시선의 주인.

하지만 죽은 남학생은…… 결국 다시는 눈을 뜨지 못했다.

남학생과 연인 사이였던 여학생은 남학생의 시체 앞에서 감정을 마구 토해 냈다.

반 아이들은 마물이 남몰래 숨어 들어온 거라고 결론을 내렸다.

아마, 이 단계에서는 모두가 믿고 싶었던 것이리라.

이 멤버들 중에 범인이 없다는 것을.

"너희는 대체 뭘 하고 있었던 거야——! 아……."

여학생은 시선의 주인이 다가오는 걸 보고서야 이성을 되찾고, 시선의 주인 품에 안겨서 오열했다.

그때…… 시선의 주인은 한 가지 사실을 깨달았다.

아니, 그것을 깨달았기에, 스스로의 능력에 대해 전율했다.

자신이 얻은, 너무나도 잔혹한 능력.

그 의미를 깨닫고, 자문자답했다.

범인은 마물이 아니라는 점은 확실히 증명할 수 있었다.

범인은 틀림없이…… 반 아이들 중에 있는 것이다.

소중한 이들의 행복을 파괴한 녀석이 이 중에 있다.

그런 생각만 해도, 시선의 주인은 끓어오르는 울화를 억누를 수가 없었다.

그날 밤, 시선의 주인은 여학생과 의논했다.

시선의 주인…… 그녀의 능력을 통해, 이것이 살인이었다는 것을 증명할 수 있었던 것이다.

영상이 띄엄띄엄 보여서 나로서는 자세히 알 수 없었지만, 여학생은 확신하고 있었다.

그리고 시선의 주인은, 이내 여학생과 의논한 것을 후회하게 되었다.

"저기…… 미안, 해. 내가 한 게…….."

이런 능력을 갖고 있다면, 자신이 범인이라고 말하는 것과 매한가지였다.

하지만 눈앞의 여학생은 시선의 주인을 믿어 주었다.

"응, 나는 믿어. 네가 ————군을 죽일 리가 없어. 정말로 네가 범인이었다면, 그 일에 대해 나와 의논해서 얻을 수 있는 이득이 아무것도 없잖아."

여학생은 그렇게 말하며 웃어 주었다.

그 다정한 목소리에 시선의 주인은 눈물을 지었다.

자신을 믿어 준다는 사실을 기뻐하는 그 심정이 절실하게 전해져 왔다.

나는…… 이 사람을 안다. 아까 그 피해자도…… 안다.

"고마, 워……. 내가 뭘 할 수 있을지는 모르지만, 이 은혜는 꼭 갚을 테니까…….."

"무슨 소리를 하는 거야. 우리는 친구잖아? 은혜를 입느니 갚느니 하는 건 생각할 거 없어."

"그래도, 다음에는 메구루 씨를 도와줄 거야. 나는 어떻게 되든 상관없어. 꼭, 도와줄 거야."

그것은 시선의 주인의 결의였다.

메구루 씨라는 이름이 똑똑히 들렸다.

내 착각이 아니라면, 아마, 아까 죽은 것은…… 평행세계의 나였을 것이다.

그 약간 게으른 성격부터가 익숙했다.

"——씨, 그 능력에 대해서 다른 사람한테는 절대로 얘기하면 안 돼."

"아, 알았어."

그때 손님이 찾아왔다.

여학생이 그 손님과 얘기를 나누고 이쪽을 돌아보았다.

"잠깐 나갔다 올게. 그 다음에 애들을 소집해서 얘기해 보자."

"응."

그렇게 여학생, 메구루 씨는 방을 나섰고…… 설마 그것이 그녀의 살아 있는 마지막 모습이리라고는 꿈에도 생각지 못했다.

아무리 기다려도 메구루 씨는 돌아오지 않았기에, 시선의 주인은 불안을 느꼈다.

그렇게 오래 걸리지는 않을 거라고 분명히 얘기했던 것이다.

초조, 불안.

그런 심정에 휩싸이기가 무섭게 능력란에 뭔가가 나타났고, 시선의 주인은 황급히 방을 뛰쳐나와서 주변을 수색했다.

그랬더니 거기에는…… 여학생과 몇 명의 아이들이 함께 쓰러져 있었다.

"메구루 씨!"

"우, 우와아아아아아아아아아악?! 히야마랑 ——가 죽어 있어!"

시선의 주인이 달려가려 하는 동시에 비명이 터져 나왔다.

반 아이들이 모여들었다.

아직 따뜻했다.

소생 조치와 회복 마법을 사용하면 어떻게든 살릴 수 있을 거라는 생각에, 시선의 주인은 여학생에게 필사적으로 응급 처치를 시도했다.

하지만, 응급 처치는 아무런 효과도 없었고…….

"너무해…… 누가 이런 짓을…….."

시선의 주인은 절망했다.

은혜를 갚겠다, 반드시 도와주겠다. 그런 소리를 해 놓고, 결국 아무것도 해 주지 못했다.

그런 자신의 무력함마저도 저주스러웠다.

"나 분명히 들었어. 아까 히야마랑 ──가 말다툼을 했었어."

아까 비명을 질렀던 남학생이 그렇게 중얼거렸다.

전투 성향의 능력을 갖고 있으며, 반에서 평판이 좋은 학생이었다.

아니, 최근에 급상승했다고 하는 편이 옳을 것이다.

"하네바시를 죽인 건 너야! 라고 소리치는 히야마의 목소리가 들렸었다고."

"하긴 『불사』 같은 편리한 능력을 가진 ──를 죽일 수 있는 건, 치안 유지 담당인 히야마 정도밖에 없겠지."

"규율 준수를 주장하던 히야마도, 소중한 연인이 죽으면 이런 짓을 저지르는구나…….."

"원래 히야마와 ──는 사이가 나빴으니까. 하네바시가 살해당한 거라는 착각에 빠져서 분풀이를 한 거겠지."

"아…… 그러고 보니 하네바시 녀석, 막과자집 아들이라고 놀림을 받았었지."

그렇게 반 아이들은 저마다 제멋대로 억측을 늘어놓기 시작했다.

"그럴 리가 없어!"

시선의 주인은 눈물을 흘리며 그렇게 외쳤다.

그렇다. 그녀가 광란 상태에 빠져서 같은 반 친구를 죽이려다가 같이 죽은 거라는 소리를 어떻게 믿을 수 있단 말인가!

방금까지 다 함께 의논해 보자고 말했던 메구루 씨가 그렇게 경솔한 범행을 저지를 리가 없다.

있다…….

두 사람을 죽인 녀석이, 이 안에 있다.

"메구루 씨는 모두와 의논하려고 했어! 이건 분명한 살인이야!"

시선의 주인의 시각이 서서히 일그러지는 것을 알 수 있었다.

의심스러운 건 ——였다.

메구루 씨가 그런 말다툼을 할 리가 없었다.

하지만——에게는 편을 들어 주는 학생이 많았다.

"——진정해."

"하지만 수상쩍은 것도 사실이긴 해. 어쩌면 누군가가 그런 말다툼을 벌이는 척했을 수도 있어."

수상한 증언을 했던 ——가 시선의 주인의 말에 동의했다.

시선의 주인은 고개를 갸웃거렸다.

범인은 ——이 아닌 건가? 의심스럽기 그지없었다.

"으음……."

이 중에 살인귀가 있을지도 모르는 상황을 맞닥뜨리고, 서바이벌 생활을 하느라 지쳐 있던 그들은 의심에 사로잡힌 채로 잠 못 이루는 밤을 지새웠다.

범인이 누구인지, 범행 시간이 어디 있었는지 등의 대화가 끊임없이 오가고 있었다.

"나는 그 시간에 다른 애들이랑 같이 있었어."

"응, 맞아맞아."

"나는——."

결국, 범행 시각으로 알려진 시간에 모두가 어디에 있었는지 알리바이가 파악됐다.

마침 식사 시간이었기에, 대다수의 학생들이 식사를 위해 모여 있었던 덕분이었다.

애초에 시선의 주인도 여학생과 의논하고 나서 식사를 하러 갈 예정이었으니, 그 점은 의심의 여지가 없었다.

"아니, 알리바이가 없는 녀석이 있어! 그 시간에 혼자 있었고, 히야마와 마지막으로 만났던, ——말야!"

가장 의심스러운——가 그렇게 말하며 시선의 주인을 가리켰다.

"아냐! 수상한 건 오히려 너잖아!"

"——를 의심한다는 거야?! ——는 살해 예상 시간에는 아직 여기 돌아오지도 않은 상태였어!"

다른 여학생이 의심스러운 ——를 변호했다.

시선의 주인은 원래부터 보유한 능력의 인상부터 안 좋았던 데다, 그 내용조차 제대로 밝혀지지 않은 상태였다.

오늘이 되어서야 겨우 그 전모가 밝혀진 능력이기에…… 그걸 털어놓을 자신이 없었다.

"아니아니! 동료들끼리 싸워서 어쩌자는 거야! 지금은 앞으로의 행동 방침을 생각해야 할 상황이잖아! 범인도 찾아야겠지만, 증거가 부족해. 안 그래?"

한바탕 눈싸움이 벌어진 후, 일단 상황은 정리되었다.

하지만 결국 시선의 주인의 마음속 의심은 걷히지 않았다.

"──씨, 우리도 독자적으로 조사해 볼 테니까, 유예 시간을 좀 줘."

"맞아! 아무리 생각해도 너무 이상하잖아."

"그래."

조금이라도 자신을 믿어 주는 사람이 있다는 생각에, 그녀는 내심 안도했다.

그 후로 시선의 주인은 소중한 두 사람을 잃었다는 생각에…… 눈물을 흘렸다.

대체 왜…… 대체 왜 그렇게 좋은 사람들이 죽어야 하는가.

용서할 수 없다는 생각이 점점 부풀어 올랐다.

표면상으로는 평화로운 시간이 흘러가고…… 숲을 빠져나갈 수 있는 길을 찾기 위해 떠났던 탐색조가 다시 거점을 출발한 지 사흘쯤이 지났다.

그런 상황에서도 벌어지는 살인, 늘어나는 능력……. 시선의 주인은 단독으로 조사를 계속했다.

범인에게 죗값을 치르게 해 주고 말겠다는 생각에 갖가지 방법을 모색하면서, 다른 학생과 함께 조사대가 쓸 도구 제자을 돕는 중이었다. 갑자기 퍽 하고 뒤에서 습격받아 의식을 잃고 말았다.

"으응……."

정신을 차리고 보니…… 시선의 주인은 범인으로 보이는 학생과 그 주위에 있는 자들의 집 앞에 묶여 있었다.

"뭐, 뭐야?!"

놀라서 그들을 쳐다보니, 범인으로 보이는 학생이 경멸 어린 눈길로 시선의 주인을 쳐다보았다.

"이봐, 나를 의심하는 짓 좀 그만 하지 그래? 네가 선동하고 있다는 거 다 아니까."

"어떻게 의심하지 말라는 거야! 너무 의심스럽잖아!"

"그래서 말인데, 너 말야, 얼굴은 제법 반반하게 생겼으니까, 멋대로 지도자 노릇을 하려고 들던 그 자식들은 잊고 내 여자가 되는 게 어때?"

의혹은 확신으로 바뀌었다.

이 녀석은 여자를 어떻게 여기고 있는 거지?

이세계에 전이해 오기 전까지는 괴롭힘을 받던 아이였는데, 전이해 온 후로는 어쩐지 세등등하게 굴고, 여자들에 둘러싸여 있었다.

"그 두 녀석, 괜찮은 능력 좀 얻었다고 해서 지도자 행세를 해대는 게 어찌나 꼴사납던지. 여기는 이세계라고. 치안 따위 유지해서 어쩌자는 거야? 쓰레기는 이미 처리해 버렸는데 말야."

소환된 지 며칠 후…… 반을 지배하려 들던 양아치 살인귀들은 모두가, 아니, 눈앞에 있는 이 녀석의 주도하에, 죽지 않을 정도로 공격해서 진압했다.

그리고 그 와중에 소중한 두 사람이 앞에 나서게 되었을 뿐이었는데…….

"나 원 참, 히야마 녀석, 뭐 그렇게 잘났다고 대장 행세를 하는 거야. 나는 몸 바쳐 싸웠다고. 건방지게 말대답을 하니까 그 꼴이 나는 거야. 내 말, 무슨 소린지 알아듣겠지?"

"그렇다고 해도, 해서 될 일이 있고 안 될 일이 있잖아!"

"그건 그놈들한테 따져. 힘없는 정의는 무력, 정의 없는 힘은 폭력이라는 말도 모르냐?"

"꼭 자기가 정의라고 우기는 것 같네."

"당연한 거잖아? 여기는 이세계라고. 약한 데다 딱히 생각이 있는 것도 아닌 녀석이 지도하는 게 올바른 일일 리가 없잖아? 그래서 먼저 그 녀석이 좋아하는 하네바시를 죽여 놓은 거지."

일방적이기 그지없는 그 주장에, 살의가 울컥울컥 치밀었다.

두 사람을 죽인, 증오의 대상이 눈앞에 있는 것이었다.

이 녀석은…… 이 녀석만은 기필코 죽여 버려야만 한다.

"뭐, 금방 마음이 바뀔 거야. 두고 보라고."

그렇게 말하고, 그 학생은 시선의 주인을 끌어올려서 강제로 입술을 빼앗았다.

"으음──?!"

필사적으로 저항하는 시선의 주인.

결국 상대의 혀를 있는 힘껏 깨물었다.

"아얏~! 이 년이! 내 매혹적인 입맞춤을 받고도 유혹에 안 넘어간다는 거냐?"

"얘는 저주게 능력을 갖고 있이시 내싱이 있는 서 아니야!"

"아, 그런 거였군. 불쌍한 녀석이네. 내성만 없었더라면 내 매력에 푹 빠졌을 텐데. 소중한 두 사람을 잃어서 생긴 마음속 구멍을 내가 채워 줄 수 있었을 텐데 말야."

"누가 너 같은 애한테 넘어갈 줄 알고?!"

"뭐, 됐어. 내 여자가 안 되겠다면…… 응? 이 녀석의 능력, 빼앗을 수 없잖아. 보나마나 쓰레기 능력일 테니까 상관없겠지. 어이!"

그제야 능력을 사용해서 속박에서 벗어나야겠다는 생각이 들었지만, 그 직후에 복부에 고통이 몰아치고, 시선의 주인의 의식은 아득히 날아가 버렸다.

다음으로 의식이 깨어나서 정신을 차린 시선의 주인은, 나무 기둥에 묶인 채 반 아이들의 따가운 시선을 받고 있었다.

"어, 어떻게 된 거야?!"

"네가 범인이었단 말이지?!"

"내가 아니야!"

시선의 주인은 범인 쪽을 노려보았다.

"시치미 떼지 마! 아까 하기사와와 애들을 흉기로 찔러 죽였다고 네 입으로 털어놓았잖아! 깔깔대고 웃기까지 하면서!"

"너무해……. 히야마랑 하네바시가 그렇게 자상하게 챙겨 줬는데……."

피해자인 양 팔에서 피를 흘리는 학생이 시선의 주인에게 저주의 말을 내뱉었다.

" '내가 강해지기 위해서 어쩔 수 없는 희생이었다구! 아하하하 멍청하게 속기나 하고!' 라고 깔깔대면서 웃었잖아! 모두 똑똑히 봤어!"

"아냐! 난 그런 짓 안 해! 그런 짓을 할 리가 없어!"

나중에 알게 된 것이었지만, 그것은 범인 일파가 날조해 낸 가짜 시선의 주인……이었던 모양이다.

시선의 주인의 증언을 믿던 학생들의 모임에 잠입해서 모조리 죽이고, 모든 죄를 시선의 주인에게 뒤집어씌웠다.

『안개』라는 능력을 가진 자가 마법을 사용해서 그렇게 보이도록 만든 것……이었지만 이 상황에서 그걸 증명하기는 힘들었다.

필사적으로 부인했지만, 반 아이들은 의심을 거두지 않은 채 시선의 주인을 쳐다보았다.

"이런 쓰레기는 빨리 처형해야 해! 이대로 두면 희생자가 계속 더 늘어날 거야!"

시선의 주인은 그제야 자신이 함정에 빠졌다는 걸 이해했다.

반 아이들은 기둥에 묶여 결박당해 있는 시선의 주인을 향해 돌을 던졌다.

범인은 틀림없이 반 아이들을 선동하고 있는 녀석과 그 패거리들이건만, 아무도 그 말을 믿어 주지 않았다.

자신을 믿어 주던 아이들은 모두…… 죽었다. 살해당하고 말았다……!

"아냐…… 왜 다들 안 믿어 주는 거야? 모두 같은 반 친구잖아! 정말로 내가 그런 짓을 저질렀을 거라고 생각하는 거야?!"

"같은 반 친구! 누굴 보고 친구라는 거야?!"

"이 살인마!"

"범죄자!"

"모두가 괴로워하는 모습을 보면서 즐거워했던 거 다 알아!"

그 자리에 있는 누구도 시선의 주인을 믿어 주지 않았다.

대체 왜? 내가 뭘 잘못했는데?

애초에 그 녀석은 왜 그 둘을 죽인 거야?

"숨통을 끊어 주마!"

시선의 주인이 묶여 있는 기둥의 발치에 불이 놓이고, 그것도 모자라서, 각자 저마다 가진 능력을 이용해서 확실하게 숨통을 끊어 놓으려 들었다.

몸이 불에 타는 고통도, 찔리는 고통도, 칼날에 베이는 격통도, 각종 마법에 의한 공격도, 시선의 주인 입장에서는 견딜 수 없는 아픔은 아니었다.

그보다 더 견디기 힘든 것은, 반 아이들을 죽여 놓고 태연하게 구는 반 아이…… 그리고 그 녀석에게 멍청하게 이용당하면서 정의로운 척하는 자들.

아니, 이세계에 전이해 온 후의 모든 나날을 용서할 수 없었다.

그 둘을 죽인 자들을 용서할 수 없었다!

진실을 알아채지 못했던 어리석은 자기 자신이, 모든 자들이 증오스러웠다!

그런 녀석들은 인간도 아니다!

용서 못 해…… 절대로 용서 못 해!

"자! 지금 당장 마녀 ━━━━를 처형하는 거다! 그렇게만 하면 다시는 살육 같은 건 벌어지지 않을 테니까!"

결박당한 시선의 주인은 자신에게 주어진 능력을 해방시켰다.

전사한 것으로 취급된…… 하지만 실은 범인의 손에 죽은 이들의 능력을 발동시켜서, 결박을 풀고 일어섰다.

"뭐야?! 드디어 정체를 드러냈다! 모두 힘을 모아 일제히 해치워 버려!"

범인으로 보이는 학생의 삿대질과 선동에, 전투반과 다른 모든 이들이 일제히 무기를 들고 시선의 주인을 향해 공격을 퍼부었다.

하지만, 그래도 멈추지 않았다.

시선의 주인…… 그녀는 범인의 손에 죽은 같은 반 아이들의 능력을 사용할 수 있는 능력의 소유자였던 것이다.

불사 능력자를 어떻게 죽인 것인가?

그것은 범인의 능력이 남의 능력을 빼앗는 것이었기 때문이다.

소중한 두 사람의 능력도 이 손 안에 있었다.

최소한, 하다못해 저 녀석만이라도 죽여야 해!

시야가 빨갛게 물들 만큼 강렬한 살의를 품은 채, 그녀는 한 발짝, 다시 한 발짝 다가갔다.

"범인은…… 너야!"

능력으로 마법을 형성해서 내던졌다.

"위험해!"

그러나 공격을 막아내는 다른 아이.

너희도 한패였구나!

빗발처럼 쏟아지는 무수한 공격 속에서, 그녀는 내달렸다.

"용서 못해! 무슨 일이 있어도 네놈들을 전부 죽여 버리고 말 거야!"

이윽고 땅바닥이 두 쪽으로 쪼개지고, 그녀는 그 균열 속으로 떨어지고, 땅이 다시 닫혔다.

우지끈 하고 몸이 부서지는 소리가 들렸다.

하지만 그녀의 살의는 여전히 그치지 않았다.

땅을 깨부수고 녀석들에게 죗값을 치르게 해줘야만 했다.

그러나…… 몸이 움직여 주지 않았다.

조금만 더……. 지금의 그녀에게는, 이 땅속을 벗어날 수 있는 스펙이 갖추어져 있을 터였다.

"으윽……."

그 순간, 그녀는 자기 자신에게 집약되는, 무시무시한 무언가를 느꼈다.

대지 안에 존재하는 '소환의 의식'이 그녀에게 뒤엉켜서, 땅속에서 결실을 맺었다.

용솟음치는 살의에 짓눌려 있던 시야가 위로 떠오르고, 『소환』능력이 그녀를 마구 좀먹어 나가고, 그녀의 능력과 반응해서 일그러져 나갔다…….

마치 처음부터 이걸 노리고 있었던 것처럼.

"아…… 아아아아아……."

끝없는 살의가 그녀의 혼을 잠식해 나갔다.

절대로 용서하지 않겠다는 원념이 감정을 지배하고, 시야가 새빨갛게 물들어 갔다.

여기서 그녀는 불사의 능력을 가졌음에도 살해당하고 말았다.

아니, 그제야 그녀의 능력이 본래의 역할을 담당하기 시작했다고 하는 것이 옳으리라.

저주에 속하는 그녀의 능력이 마법진과 하나가 되어 또 다른 왜곡을 발생시키고, 그녀 자신을 옭아매어 나갔다.

그런 가운데, 그녀 안에서 변화가…… 아니, 끝까지 그녀에게 남아 있던 일말의 인간적인 선의가 빠져나가는 것이 느껴졌다.

이때, 하얀 영혼은 저주로 변한 또 하나의 자신을 차분하게 지켜보고 있었다.

죽은 자신이 두 개로 쪼개지는 것을 보며, 죽은 뒤에도 소중한 두 사람에게 갈 수 없다는 절망에 휩싸여 있었다.

능력이 그녀를 놓아주지 않았다.

살의를 지닌 의식 쪽이 폭주하기 시작했다.

아직 부족해…… 그 녀석을 처참하게 죽이기에는…… 아직 힘이 부족해.

녀석의 편을 드는 놈들은 모두 적!

살려둬서는 안 되는 존재!

같은 반 친구라고 생각했던 건 그 두 사람뿐!

그 녀석을 편드는 녀석들은 모두 죽여 버리겠어!

그 녀석은 빼앗은 능력을 통해 저항력을 갖추고 있다. 그것을 제압해야만 한다…….

그녀가 다시 활동을 재개할 수 있게 되었을 무렵, 범인은 정체를 드러내 같은 반 남학생들과 말을 안 듣는 여학생들을 모두 죽여 버린 뒤였다.

능력을 빼앗는 능력과 협력자만 있으면 그 정도는 식은 죽 먹기였다.

그 모습을 지켜보며, 나는 멍하니 그 모습이 마치 마피아 게임 같다고 생각했다.

사건을 끝내려면 정체를 숨긴 마피아를 죽여야 한다.

게다가 이곳은 마물에 의한 피해도 존재하는 곳이었다.

사고로 위장해서 죽이는 것쯤은 식은 죽 먹기였다.

그것도 모자라서, 범인 학생은 마물을 소환해서 조종할 수 있는 능력도 있는 모양이었다.

살해를 거듭해서 마피아 파벌 수와 피해자의 수가 대등해지자, 마피아들은 물량으로 피해자들을 해치워 버렸다.

"좋아, 이제 슬슬 숲 밖으로 나가 볼까. 나를 괴롭히던 쓰레기들은 대충 다 처치했으니까."

"그래요! 이제부터 우리의 모험이 시작되는 거죠?"

"그렇고말고."

아이들의 시체 곁에서 여자와 정답게 노닥거리는 범인.

그때 그녀의 망령이 일렁거리며 형체를 드러내서, 얼음 검을 만들어내 여자를 꿰뚫었다.

"끄윽?! 뭐―― 뭐야?"

범인 학생은 그 공격을 보고 얼이 빠져 버렸다.

"먼저 한 명. 너에게도…… 내가 느낀 그 슬픔을 느끼게 해 주겠어!"

그녀는 저주에 물든 목소리로 말하고, 범인이 가진 능력을 이용해서 범인의 여자들을 하나하나 죽여 나갔다.

"뭐야! 히, 힘을 못 쓰겠어!"

그녀는 차근차근 시간을 들여서, 땅의 저주를 통해 범인의 능력을 봉인했다.

봉인 능력을 봉인하기 위해, 그리고 상대의 불사 능력을 봉인해서 확실하게 죽이기 위해.

"소용없어……. 네놈들은 무슨 일이 있어도 죽여 버릴 거야!"

망령이 된 그녀는 범인의 여자들을 죽이고, 마지막으로 흉기를 휘둘렀다.

"우, 우와아아아아아아아아아아아아아!"

범인은 반사적인 판단인지, 귀환의 수정구슬과 비슷한 도구를 던져서 섬광을 내뿜었다.

눈부신 빛에 그녀의 시야가 아득해지고, 다시 시야가 돌아왔을 때…… 범인의 모습은 이미 사라지고 없었다.

"두고 봐……. 어디에 있건, 어디로 도망치건, 반드시 죽여 버릴 테니까!"

되살아난 그녀는 그런 살의를 품은 채, 어디로 도망친 건지 알 수도 없는 녀석을 죽이기 위한 추적을 시작했다…….

"——들을 죽여야 해……. 아직…… 안 죽었어. 어디로 도망친 거야아아아아아아아아아아——!"

시선의 주인은 정신이 나가 있었다.

도망친 범인을 추적하는 건 이해가 갔다.

하지만, 이미 죽은 사람까지도 죽이겠다며 돌아다니고 있었다.

계속 되살아나서 도망 다니고 있다는 식으로 생각하는 건가?

산 자와 죽은 자를 전혀 구분하지 못하는 것 같았다.

추적을 위해 숲을 벗어나려고 시도하기도 했지만, 일정 범위 밖으로 나가지는 못했다.

그녀의 능력과 땅에 새겨진 무언가가 서로 뒤섞여서 그녀를 속박하고 있기라도 한 것처럼.

이윽고…… 대지에서 막대한 힘이 뿜어져 나왔고, 그것을 썬 그녀의 저주는 점점 더 일그러져 갔다.

그녀는 이제 자신이 겪은 일들까지도 모두 망각한 채…… 기억하고 있는 행동만 되풀이했다.

반 아이들을 저주하고, 자신들을 이런 곳에 데려온 세계를 저주하고 파괴하는 것.

그렇게 손에 넣은 힘으로…… 그녀는 거대한 재해를 일으켰다.

저주로 물든 마법의 힘이 대지를 집어삼켜서, 그때 나라에 있던 모든 이들의 목숨을 사냥해 버렸다.

그런 무지막지한 짓을 저지르고서도 성취감이 들지 않았다.

"놓쳤어……."

정상적인 상태였다면, 그 저주에 휘말려서 죽었다고 생각했으리라.

하지만 지금의 그녀는 그것을 의식할 수 없었다.

눈앞에서 범인이 죽지 않는 이상은 절대로 멈출 수 없었다.

"끄…… 으으으으. 없어…… 없어, 없어, 없어! 어디로 도망친 거야! 반드시 찾아내서 죽여 버리고 말겠어——!"

이세계 소환 마법이 형성되어 나갔다.

그녀가 찾는 것은 살아남은 반 아이들…… 아니, 같은 반 아이들의 모습을 한 쓰레기. 그 모두를 모조리 죽여 버리고 말겠다.

이미 죽은 상태라 해도, 무슨 수를 써서든 죽여 버리고 말겠어!

그 자식들…… 나를 믿어 주지 않았던 녀석들에게 모두 죗값을 치르게 해줘야만 해!

힘이 쌓이고, 이세계로 가는 연결 고리를 찾아냈을 때, 그녀는 발견했다.

원래 세계의, 우리 반과 같은 곳을 지정한다.

그곳에는 평온한 일상이 있고, 딱히 특별할 것 없는 아이들이 있었다.

하지만 그녀에게, 그 광경 속 사람들은 모두 죽여야 할 대상으로만 인식되었다.

이 중에 그 녀석이 섞여 있을지도 몰라.

어차피 그 녀석과 한패가 된 어리석은 놈들이다. 선택받은 존재라고 바람을 넣어 주면 단번에 걸려들 게 뻔하다.

저주에 사로잡힌 그녀는, 이제 범인이 누구인가 하는 기억마저도⋯⋯ 희미해져 버렸다.

성격이 꼬여 보이는 오노 같은 녀석의 눈앞에 반신을 파견한다. 때로는 악마 행세를, 때로는 신 행세를 하면서 띄워 주고 반 아이들 모두를 소환에 끌어들였다.

어쩌면 이 중에 범인이 섞여 있을지도 모른다.

완전히 일그러진 존재가 되어 버린 상태에서도⋯⋯ 그녀는 복수를 실행하려 들었다.

가슴이 아프다⋯⋯ 보기만 해도 정신이 이상해질 것만 같았다.

하얀 영혼이 내게 힘을 빌려주고 있다.

"이것이 모든 일의 시작이었어요⋯⋯."

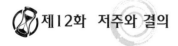 제12화 저주와 결의

"그랬구나⋯⋯."

저주로 변한 그녀가 다음에 소환한 반 아이들.

아무 생각 없이 소환된 그들 가운데 녀석들이 있는지를 찾았다.

소환에 의해 반 아이들은 모두 그녀의 소유물로 전락했다.

범인이 꼬리를 드러내도록 만들기 위해, 그 장기짝이 된 학생들에게는 흉악한 능력을 주었다.

하얀 영혼도 저주를, 모두 거부하려 했으나 거부하지 못했다.

저주 속에 있는 문양에 불이 들어온다……. 나는 소환 때 나타난 문양이 그녀를 속박하고 있다는 걸 깨달았다.

혹시 이건 이세계 소환을 발생시킨 의식에 포함된 건가?

"그렇게 살육이 좋다면 얼마든지 하게 해 주지……."

반 아이들 하나하나에 하얀 끈을 매달고, 살육전을 유도하기 위한 침식이 시작되었다.

하지만…… 그녀의 움직임이 멈추었다.

쓰러져 있는 한 명의 학생.

살의로 물들어 있던 그녀의 분노가 순간적으로 흩어졌다.

"메구루 씨……."

그 학생은, 그녀를 믿어 주었던 히야마 메구루 씨였다.

그녀가 아는 메구루 씨가 아닌 평행세계의 메구루 씨였지만, 지나치게 많은 저주를 빨아들인 그녀는 그것을 이해하지 못했다.

분노가 무뎌지고, 망설임이 생겨나, 한순간 저주가 약해졌다.

그때 하얀 영혼은, 저주와는 다른 의지를 품고 자신과 그녀의 속박을 끊어냈다.

그것이 메구루 씨가 살아남아 주기를 바라는 마음인지 어떤지는 알 수 없었다.

"우우…… 아아아아아……."

그녀는 약간 흩어진 저주를 보충이라도 하듯 신음하고는, 다른 학생에게 저주를 걸었다.

저주의 감정을 흩뿌리면서, 그녀는 땅에 속박되어 있었다.

대체 왜? 혼자서도 죽일 힘을 갖고 있으면서, 왜 아무것도 안 하는 거지?

그러고 보니 르시아가 얘기했었다.

과거의 문명이 뭔가를 목적으로 소환 마법을 구축한 게 아닐까 하는 얘기였다.

목적이 달성되면서, 저주가 오작동을 일으켜서 그녀가 일시적으로 봉인되어 버린 걸까……?

하얀 영혼은 땅으로 빨려 들어가 사라지는 저주받은 반신을 지켜보며, 속박에서 풀려난 그녀에게 달라붙었다.

결국은 아무 힘도 되지 못할지도 모른다.

그래도 갖가지 능력이 뒤섞인 존재인 자신이, 저주 받은 반신에 맞설 수 있는 수단이 될 수 있도록 축복을 걸었다.

이윽고 반 아이들의 서바이벌 생활이 시작되고, 살육전으로 전개되어 갔다.

그 주도자는 저주의 가호를 입은 자.

하얀 영혼의 축복을 받은 이는 다행히도 살육전에서 살아남는 데 성공했다.

저주의 가호를 받은 자가 저주의 눈이 되어, 숲 밖 사람들의 생활과 사건들을 비추었다.

저주는 이 세계도, 이 세계 사람들도 이기적이라고 생각했다.

그리고 저주의 가호를 받은 자는 일방적으로 모험이라는 이름의 폭력을 휘두르기 시작하고, 사람들의 존경과 공포를 한데 모아 폭군으로 변모했다.

저주의 가호에 의해 얻은 무수한 능력을 이용해서 나라를, 그리고 세계를 지배하려 한 바로 그때── 하얀 영혼의 가호를 받은 소녀와 그 동료들이, 저주의 가호를 받은 아이의 야망을 저지했다.

처음으로 축복을 받은 존재인 메구루 씨는, 하얀 영혼의 정체를 어렴풋이 짐작하고 있는 것 같았다.

메구루 씨는, 이윽고 본성을 드러내서 세계와 반 아이들의 살육전을 가속시키려 하던 저주에 맞서 싸웠다.

치열하기 그지없는 싸움이었지만, 메구루 씨는 가까스로 저주를 궁지에 몰아넣었다.

저주는 패배해서, 증오의 감정이 흩어져 갔다.

"우리는 너한테 많은 상처를 입혔어. 나는 네가 아는 내가 아니야……. 그러니까 진정한 의미에서 너를 구해줄 수는 없어. 미안해……. 그래도 편히 잠들기를 기도할게!"

"아아아아……."

메구루 씨는 낯익은 검…… 르시아를 들어서 저주로 변한 그녀에게 찔러 넣고, 동료들과 힘을 모아서 봉인을 실시했다.

그때, 저주 안에서는 갖가지 감정이 소용돌이치고 있었다.

잠들 수 있다는 안도. 끊어진 원한에 대한 상념.

죽을 수 없는 저주의 부분에 안식이 찾아왔구나……. 그렇게 생각했다.

그러나…… 봉인이 풀리는 동시에, 저주의 감정…… 살의가 마법진과 함께 다시 분출했다.

전에는 방해 때문에 실패했지만, 이번에는 꼭 그 자식을 찾아내서 죽여 버리겠다는 살의가 저주를 물들여 버린 것이다.

자신과 같은 사람이라고는 믿기 힘들 만큼 잔학해진 반신의 모습에 맞서, 하얀 영혼은 소환 때 나타난 학생들 중에 생전의 그녀를 믿었었던 자에게 빙의되어 힘을 주었다.

시간이 흐르면서 저주도 하얀 영혼도 각양각색의 능력을 사용할 수 있게 되었다.

그렇게 소환을 거듭하는 가운데…… 저주가 항상 피하는 학생이 있었다.

"유키나리 군……."

메구루 씨와는 별개로…… 아니, 메구루 씨가 소환되었을 때까지도, 메구루 씨의 경우와 마찬가지로 이세계에서 원래 세계로 강제로 송환되어 버리는 학생이 있었다.

아무리 망가진 상태라고 해도, 그 둘에 대해서는 잊지 않았다.

반드시 은혜를 갚았다.

저주로 변한 그녀는 자신이 얻은 능력을 구사해서 소환된 자를 원래 세계로 돌려보내는 방법을 습득한 것이리라.

메구루 씨는 그 이후로도 여러 번 소환되었다. 그러나 소환과 동시에 되돌려 보냈다.

유일하게 남은 선의로.

물론, 그것도 남아 있는 약간의 마음에 판단력이 남아 있을 경우의 얘기였지만.

"그리고……."

하얀 영혼은 나에게 말했다.

그 모습은, 지금까지 본 그녀의 모습 가운데 가장 또렷한 윤곽을 갖고 있었다.

처음 보는, 나와 비슷한 또래의 여학생이었다.

"당신도, 본래는 이 소환에 말려들지 않는 게 정상이었어요. 아니, 오히려 메구루 씨를 돌려보내려는 의지보다 당신을 돌려보내려는 의지가 더 강했어요."

"그건 혹시…… 내가 너에게 소중한 친구였기 때문……이야?"

잘 생각해 보면 뭔가 좀 이상하구나 싶었다. 지금까지 무수한 이세계 소환이 이루어졌건만, 내가 소환된 건 처음인 건가.

물론 우연이나 기적적 확률로 제외된 거라고 생각하고 넘어가면 이상할 것도 없지만.

첫 번째 세계에, 내가 아닌 내가 있었던 것이다.

"네. 유키나리 군은, 원래는 소환되더라도 바로 송환되어요. 그런데 이번엔…… 주어진 능력 때문에 그렇게 되지 않았어요."

하얀 영혼이 멍하니 말했다.

"전이?"

지금까지 이 세계에 하네바시 유키나리, 즉 내가 없었던 것은 설령 전송되더라도 나만은 원래 세계로 되돌려 보내졌기 때문이었다.

그리고 이번에는 예외였다. 그 이유는, 내가 각성한 능력 때문이라고 생각할 수밖에 없었다.

"네. 저주에 지배당한 제가 마지막 남은 마음으로 당신을 돌려

보내려고 했지만…… 실패했어요. 그 능력은 강제 송환에 대해 강력한 내성을 갖고 있어요. 그래서 유키나리 군은 인식 변조도 일어나지 않은 채로 이 세계에 남아 있게 된 거예요."

『전이』 능력의 부작용이라는 건가.

인식 변조에 대한 내성도, 그 부작용의 일종일 것이다.

"메구루 씨는? 『전송』 능력을 있으니까 같은 상태 아니야?"

"네. 유키나리 군 정도는 아니지만, 메구루 씨도 인식 변조에 대한 내성이 있어요. 그리고 그건 능력이 강화될수록 더 강해졌어요."

능력이 강화될수록……『이세계 전송』을 익히기 전부터도, 저주의 힘을 막는 효과 자체는 있었다는 건가.

어떤 의미에서 보면, 우리는 운이 나빴던 건지도 모른다.

전이와 전송.

양쪽 모두 인식 변조에 대한 내성이 있었던 거니까.

이윽고 하얀 영혼은 안타까워하듯 말했다.

"당신의 힘이 있으면, 메구루 씨는 돌려보낼 수 있어요."

"응. 하지만 메구루 씨 성격상…… 이런 상황에서 자기만 혼자 돌아가는 선택을 할 거라고 생각해?"

하얀 영혼은 부드러운 미소를 지으며 고개를 가로저었다.

그렇다. 메구루 씨의 정의감은 그런 이기적인 선택을 용납하지 않을 것이었다.

"하긴 그렇죠……. 메구루 씨는 다정하면서도 정의로운 사람이니까요. 저주받은 저도…… 메구루 씨에게는 처단당해도 좋다고 생각하고 있을 거예요."

마음이 맞는 아이라서 다행이다.

이런 아이의 반신이 비극을 일으키고 있다니……. 가장 나쁜 놈을 꼽자면 오노 같은 녀석, 그리고 우리를 이세계에 소환한 무언가일 것이다.

이 아이도 희생자인 것이다.

어떻게든 구해줄 수 없을까?

"이제, 시간이 없어요……."

시야가 깜박거리는 걸 보면, 이제 오래 얘기하기는 힘들 것 같다.

"이렇게 저와 연결될 수 있었던 건 유키나리 군이 처음이에요. 부디 또 하나의 저를 물리치고, 두 번 다시 이런 비극이 일어나지 않도록, 주어진 힘으로 미래의 저 너머로 보내 주세요. 저는 더 이상…… 막을 수 없어요. 부디 저를, 세계가 끝나는 날로 보내서——."

"잠깐! 어쩌면 내 힘을 이용해서 구해줄 수 있을지도——."

손을 뻗어 보았으나 그 손은 하얀 영혼의 손을 빠져나가고, 의식이 급격하게 각성되었다.

나는 벌떡 일어나서 주위를 둘러보았다.

희미한 모습으로 내 주위를 배회하고 있던 하얀 영혼이, 꿈속에서 겪은 일이 사실이었음을 알리기라도 하듯이 소리 없이 떠돌며 나를 바라보고 있었다.

이 꿈, 전에도 여러 번 꾸었던 기억이 난다.

분명히…… 나는 여러 번 이 꿈을 꾸었다.

꿈에서 깨면, 손가락 틈새로 흘러내리는 물처럼 잊혀 버렸다.

그러다가 드디어…… 기억한 채로 깨어나는 데 성공했다.

운명의 때가 다가왔기 때문인지도 모른다.

나는 침대에서 일어서서 창가로 다가가 하늘을 올려다보았다.

원래는 우리가 소환되기 훨씬 전부터 시작되었던 일인 것이다.

처음 세계에서 벌어진 살육전. 증오가 쌓이고 쌓여, 저주가 생겨났다.

소환된 자들이 서로 살육전을 벌일 때마다, 그녀는 능력을 얻었다.

이건 부작용에 불과하다.

악의 원흉이 누구인지는…… 알고 있다.

그 원흉이, 흑막이라고 생각했던 그녀가 아니라는 것도.

이 소환의 원인은 그녀뿐만이 아니다. 우리 이외의 악의가 얽혀 있다.

그것을 끝장내야만 한다.

비장의 카드는 내 손에 있다.

이런 잔인한 운명 따위 굴복시켜 버리고 말겠다.

여기에 있는 모두도, 여기에 없는 모두도, 다른 세계의 모두도, 그녀도, 모두 구하고 말겠다.

그렇게, 가슴속으로 다짐했다.

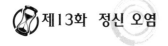 제13화 정신 오염

"이제 슬슬 르시아가 얘기한 기한이 다 되어 가는데……."

나는 거점으로 삼고 있는 곳에서 국가의 기사들과 함께 언제든지 출격할 수 있도록 준비를 갖추고 있었다.

"언제 찾아올지 알 수가 없으니까 정신적으로 지치네……. 하지만 이것만 넘기면 어떻게든 되지 않을까?"

메구루 씨가 대답했다.

"냐~."

미케도 동의하는 모양이군.

미케는 하기사와 대신 우리를 보좌하라는 지시를 받았다.

아, 그리고 미케의 레벨을 올려 주었더니, 미케 녀석은 자기가 알아서 검을 철저하게 강화해 둔 모양이었다.

검 주인이 아니라도 강화는 가능한가 보군.

검의 유니크 웨폰 몬스터 상관 격인 르시아와 때때로 대련을 하는 모습이 인상적이었다.

모든 일이 다 끝난 뒤에, 하기사와를 제대로 지원할 수 있도록 노력하고 있다는 모양이었다.

"흐음……. 녀석은 대활성 시기에 맞춰서 나타나는 경우가 많으니까 말이지. 시기를 앞당길 수는 있어도, 분출 타이밍을 완전하게 예측하는 건 어려워."

"그건 곤란한데……."

상대방은 땅속에 숨어 있고, 이쪽은 상대방이 출현하는 타이밍을 기다리고 있는 상태였다.

상대를 물리치든 어쩌든, 결국은 상대가 나타날 때까지 기다려야 하는 지금 이 순간이 답답하기 짝이 없었다.

"누가 그랬던가, 화산 분출 같다고 표현한 적이 있었지."

"절묘한 표현이네."

습격해 오는 마물들에 대한 섬멸 작업은 어느 정도 끝났다.

상당히 흉악해진 강력한 마물들이었다.

이것도 그 애의 영향으로, 우리의 총 레벨 합계에 맞추어 변이한 것이라는 모양이었다.

"마물의 변이도 결국은 전조에 불과하니까 말이지."

"그러고 보니 숲에 서식하고 있는 유니크 웨폰 몬스터들은 어떻게 된 거야?"

유니크 웨폰 몬스터들은 그 숲에도 서식하고 있었다.

왈라비도 있었고, 쿠마코의 종족인 펀칭베어도 있었다.

"오염된 대지의 기운을 느끼고 일제히 피난했을 게야. 그리고 의도적으로 오염 물질을 흡수하는 자도 있겠지."

"그런 일도 있어?"

"예를 들어 쿠마코의 종족인 펀칭베어 계통 중에는 데빌즈 펀칭베어로 변이해서 힘을 얻는 자도 있어."

"가우~."

"누구였더라? 그 데빌즈 펀칭베어와 싸운 자가 있었어. 말 그대로 *아, 쿠마라고 농담을 했었지. 유키나리도 쿠마코를 아쿠마코로 만들 게냐?"

"그거 농담이라고 하는 거야?"

"남학생 중에 누군가가 할 법한 농담이네."

하긴…… 그 녀석은 이세계에 온 뒤로도 엄청나게 들떠 있을 때가 있으니까.

---

* '곰'은 일본어로 '쿠마'. 악마는 '아쿠마'.

르시아는 형편없는 데생 실력으로, 데빌즈 펀칭베어의 생김새를 그려 주었다.

곰에 악마 같은 날개와 꼬리, 그리고 휘어진 뿔이 달려 있는 느낌이었다.

"괜찮아 보이는걸? 가우~."

쿠마코, 이것도 나쁘지 않다는 듯이 연신 고개 끄덕이지 마.

"유키나리는 쿠마코가 악마라도 아껴 줄 거야? 가우~."

"이 정도 형태 변화는…… 딱히 신경 쓰일 정도는 아니고, 개성의 범위라고 생각하긴 해."

"가우~. 악마에게 영혼을 팔아서라도 강해질래~."

"그런 식으로 표현하기냐? 뭐, 만화적인 감각으로는 그렇긴 하지만."

"시간 날 때 미노리랑 찬찬히 의논해 보는 게 좋을걸……. 미노리는 쿠마코를 아주 좋아하니까."

"그러게 말야."

자칫 잘못하면 미노리가 울지도 모른다.

적어도 미노리 씨의 허가는 필수적이다. 불필요한 분쟁은 피하고 싶다.

"정신적인 문제 같은 건 없어?"

"마소(魔素)를 포함한 베어계 마물로 취급된다. 어차피 이 세계의 인류가 아직 가지 못한 지역에 서식하는 것을 발생, 변이시키는 것뿐이니라."

"그런 게 인간들의 마을에 나타나는 정도로 여겨질 뿐이라는 기야?"

"그래. 지금의 쿠마코라면 아무 문제도 없을 게다."

이거야 원……. 그런 짓까지 해서 무기 강화에 집착하는 모험가도…… 있을 것 같단 말이지.

라이크스뿐만 아니라, 이 세계의 모험가들은 어째 목숨 아까운 줄 모르고 덤비는 사람들이 많으니까 말이다.

단, 그런 반면에 도망도 잘 치는 것 같지만.

"하지만, 외따로 돌아다니던 갯가재를 처치해 버려서 말이지."

"아, 벌써 그 영역까지 갔나 보구나. 복서 계열에서는 최상급 마물이니까 말이지……. 열화 버전이 될지도 몰라."

"데빌도 좋을 것 같아~."

"쿠마코는 참 특이하구나."

"귀여운 것보다 흉악해 보이는 게 더 좋은 거야?"

"가우~."

쿠마코는 수긍하는 것도 부정하는 것도 아닌 태도로 울었다.

"그러는 편이 이것저것 더 많이 할 수 있을 것 같으니까. 마법도 그렇고…… 유혹도 그렇고."

"이것저것……. 참 편리한 단어네. 악마라는 단어를 생각하면, 혼란이라는 단어가 뇌리에 떠오르는걸."

최소한, 엉뚱한 꿍꿍이는 꾸미지 말아 줬으면 좋겠다.

뭐, 쿠마코라면 괜찮을지도 모르지만.

그 점에 대해서는 나름대로 신뢰하고 있으니까.

"빨리 일이 벌어져 주지 않으면 나도 곤란한데 말이지. 요리후지랑 반 아이들 문제도 있고."

"그러게 말이다."

"맞아……. 빨리 모두를 구해줘야 해."

비교적 증상이 가벼운 편인 하기사와마저도, 전투에 참가하기 힘들 만큼의 정신 오염에 시달리고 있었다.

다른 사람한테 분풀이를 하거나 하지는 않지만, 뭐랄까…… 하기사와에게서 풍기는 분위기가 더없이 무거웠다.

항상 언짢은 기운이 물씬 풍기는 식이다.

내가 말을 걸면 약간 심란한 표정을 보이곤 했다.

요리후지를 비롯한 몇몇은 증상이 심각했다. 르시아가 마련한 시설에 들어간 덕분에 증상이 완화되긴 했지만, 그래도 방 안에 가두어 두는 수밖에 없었다.

오염이 심해서, 날뛰고 싶은 충동을 가까스로 억누르고 있는 모습이 보기에 안타까웠다.

"하네바시…… 모든 일이 끝날 때까지는…… 다시는 찾아오지 말아 줘. 안 그러면 내가 나 자신을 용서할 수 없게 될 수도 있는 소리를 너한테 하게 될 것 같아."

요리후지는 가슴을 부여잡은 채, 당장에라도 울음을 터뜨릴 것 같은 얼굴로 내게 그렇게 애원했다.

그래서 나는 요리후지가 바란 대로, 주문한 물건을 가져다줄 때 말고는 찾아가지 않았다.

『음성전이』를 끊은 상태에서 요리후지의 상태를 확인해 보니, 살벌하기 그지없는 표정으로 갇혀 있는 모습이 보였다.

내보내 줘! 저주해 버릴 테다! 그런 식의 저주로 가득한 말들을 벽에 쓰는 아이들도 많았다.

발각이 나으면 지우고 있지만, 피로 글자를 쓰거나 해서 차마

보고 있을 수가 없다.

본인들도 기가 막힌지 글씨를 지울 때는 쓴웃음을 짓곤 했다.

웃기라도 하지 않으면 견딜 수가 없는 것이리라.

"하여튼 메구루, 유키나리. 적어도 며칠 안으로는 틀림없이 일이 벌어질 게다. 부풀어 오른 힘의 태동이 이제 그대들에게도 느껴지지 않느냐?"

"그래……."

이따금 대지가 맥동하듯이 숲속에 보라색 빛이 용솟음칠 때가 있었다.

반딧불 같은 빛…… 윌 오 위습 같은 빛이 때때로 깜박거리는 등, 숲의 모습이 변모한 건 틀림없는 사실이었다.

할 수 있는 일은 전부 다 해 두었다.

라이크스 사람들도 충분히 협조해 주었다.

임금님은 위기에 대처하기 위해, 내게 10억이나 되는 포인트를 기부해 주었다.

세금으로 거둔 포인트와 금전을 내게 넘겨준 것이다.

세계 평화를 위한 일이라면서.

나는 그 포인트를 전부 레벨과 능력에 배분했다.

나는 최대한의 준비를 마쳤다. 다음은 메구루 씨와 르시아, 쿠마코, 미케를 비롯한 유니크 웨폰 몬스터들, 그리고 람레스 씨를 비롯한 국가의 기사들 차례였다.

내가 대표를 맡아 모두의 레벨업은 충분히 진행했지만, 그래도 더 할 수 있는 일이 있다면 최대한 해 두는 게 좋다.

"──윽!"

이렇게 준비를 갖추면서 운명의 때를 대비하던 어느 날…….

평소보다 유난히 강한, 지진과는 다른 공기의 진동이 그 자리에 있던 이들의 몸을 뒤흔들었다.

"때가 왔다! 모두 두려워하지 말고 싸우거라!"

르시아가 그렇게 선언한 바로 그때였다.

거점 북동쪽 부근에서 하늘을 꿰뚫을 만큼 거대한 빛기둥이 분출되고, 지축을 울리는 소리와 함께 그 기둥 근처의 땅에서 굉음과 흙먼지를 일으키며 건물이 나타났다.

"조심하거라. 전에도 주의를 준 적이 있었지만, 저 건물에서 수없이 많은 언데드들이 쏟아져 나와서 주위의 산 자들을 향해 달려들 게다. 이번에는 특히 규모가 크니 어떤 괴물이 나올지 장담할 수 없어!"

"내가 앞장서겠어! 한시라도 빨리…… 이 싸움을 끝낸다!"

르시아가 지금까지 해 준 얘기들을 바탕으로, 기사들과 모험가들은 이미 행동 방침을 정해 둔 상태였다.

준비는 충분하고도 남을 만큼 해 둔 상태다. 이제 예정대로 싸우기만 하면 된다.

"작전을 똑똑히 머릿속에 집어넣어야 하느니라. 방심하면 순식간에 녀석들과 같은 언데드 신세가 될 게야!"

"""오오~!"""

기사들과 모험가들이 내지르는 함성을 들으며, 나는 검을 치켜들고 내달렸다.

내 무장은 르시아가 강화해 준 시계노부의 검과 쿠마코였다.

네구무 씨와 구나코와 르시아 등과 함께 의논한 결과, 상황에 따라 사용 무기를 적절하게 변경해 가며 싸우기로 했다.

검에 관한 능력은 없지만, 다 함께 훈련을 거듭한 끝에 나 자신의 독자적인 검술로까지 승화시킬 수 있었다.

쿠마코가 무기화하지 않고 전투에 참여하는 방안도 나왔지만, 그 상태로는 내 속도를 따라잡지 못해서 걸림돌이 될 뿐이었다.

그러니 차라리 무기화한 상태로 보조하는 게 최적일 거라 판단하고, 무기 상태로 지원 공격을 맡게 되었다.

될 수 있으면 후방에서 싸우게 하고 싶었지만.

뜻하지 않게 국가로부터 10억 포인트라는 거액의 투자를 받은 덕분에 능력이 상당히 뛰어올랐으니, 후방에만 둘 수도 없는 노릇이긴 했다.

그리고 내 공격 수단은 검과 복싱만이 아니었다.

짧은 시간에 습득한 응급 처치용 회복 마법과, 성이나 르시아의 대장장이 동료가 마련해 준 수많은 무기들도 있었다.

현재도 온 나라의 대장장이들이 각자의 능력과 소재를 이용해서 수없이 많은 무기들을 만들어 내고 있다.

상황에 따라 『전이』를 통해 무기를 날려서 상대를 해치우는 작전이었다.

물론 흙을 살짝 전이시키는 것만으로도 공격 효과를 기대할 수 있으니, 할 수 있는 방법은 모조리 이용할 것이다!

레벨이 상승하면서, 전이로 명중시키는 데 실패하더라도 다시 사출해서 명중시키는 식의 공격도 가능해졌다.

르시아와 싸울 때 그랬던 것처럼 어떻게든 해결……되면 좋을 텐데 말이지.

"우우우우우우오오오오오……."

이윽고 검은 덩어리로 이루어진 사람 같은 무언가가 땅속에서 모습을 드러내 덮쳐들었다.

30미터는 넉넉히 넘어설 만큼 거대한 그림자 같은 괴물까지, 땅속에서 나타난 건물로 가는 길을 가로막듯이 이쪽으로 진격해 온다. 그 광경을 보고 있으려니, 이 세계의 종말을 지켜보는 것 같은 기분이었다.

"그냥 무시하고 전이해서 갈 수도 있긴 하지만……."

각자를 지정해서 전이시켜 버리는 것도 가능할 것 같았다.

"하네바시 님!"

람레스 씨가 내게 덮쳐들려 하던 검은 그림자를 창으로 찌르고 말을 걸었다.

싸움은 이미 시작되었다.

"유키나리 군!"

"그래! 나만 믿어!"

나는 전이를 이용해서 짤막한 공중 점프를 거듭하며 거대한 괴물을 향해 접근, 수없이 많은 무기들을 녀석 몸속으로 날려 보냈다.

그리고 하기사와와 국가의 장인들이 만든 폭탄들도 동시에 날려 보내고 작동시켰다.

괴물은 온몸이 폭파되고 수많은 무기에 찔린 채로, 번쩍하는 섬광을 흩뿌리며 사라졌다.

"굉장해……."

"압권이구나."

"이제 공격 능력에서는 유키나리 군이 더 앞서는 거 아닐까?"

"내 생각에는 메구루의 공격력도 충분히 뛰어난데 말이다!"

전기를 발생시키는 『송전』이라는 확장능력을 사용해서 온몸에 전기를 휘감은 메구루 씨가 마물들에게 뇌전을 내쏘아서 섬멸시켜 나갔다.

아무래도 전기나 번개는 게임 속 용사가 사용하는 마법 같은 느낌이 나는 데다, 메구루 씨의 차림새까지 어우러져서 한결 더 용사스러워 보였다.

그러나, 그 승리의 순간도 잠깐.

내 공격 따위는 별 것도 아니라는 듯, 거대한 그림자들이 한층 더 늘어나서 덮쳐들었다.

"승산은 좀 어때 보이느냐, 메구루, 유키나리?"

"덩치는 크지만 그렇게까지 강하지는 않아!"

"냉정하게 대처하기만 하면 얼마든지 상대할 수 있을 거야!"

"오오~!"

"히야마 님! 하네바시 님! 저희 쪽에 의식을 집중하는 건 최소한으로 하시고, 적진을 향해 돌진하십시오!"

"알았어! 유키나리 군! 내가 한 번 가기만 하면 『전송』을 통해서 아군을 유도할 수 있어!"

"알았어!"

나는 곧바로 검은 그림자를 무시하듯 점프해서 적의 본거지 앞에 착지했다.

그리고, 그것이 무엇인지를 이해했다.

올려다 본 적의 본거지가…… 우리가 다니던 학교와 한없이 유사하게 건축된 건물임을 알 수 있었던 것이다.

학교의 각 교실 창문 안에 보이는 것은 섬뜩한 그림자들과 불사자(不死者)들의 무리.

나는 건물에서 나오는 언데드들 쪽을 쳐다보았다.

숲에서 죽은 자들인지, 스켈레톤, 좀비 등의 형체를 한 것들이 수도 없이 쏟아져 나왔다.

"이대로 돌진한다!"

"으음!"

전이를 통해 돌격하려 하자 강력한 반발이 느껴졌다.

상대가 방해하려 하고 있는 것이리라.

"오오오오……."

나는 한 발짝 뒤로 펄쩍 뛰어 물러섰다.

내가 있던 자리에, 마법이나 능력에 의한 무수한 공격들이 쏟아졌다.

공격한 장본인을 찾아 고개를 돌렸더니…… 거기에는 낯익은 생김새를 가진 자가 있었다.

"오오오오오…… 으으으으."

마루이와 똑같이 생긴…… 꼭두각시 인형 같은 빨간 인간형 마물……?

그 밖에도 수많은 사람들이 저마다 무기나 능력을 사용해서 덤벼들었다.

다들 고만고만한 몸집에, 교복을 착용하고 있었다.

설마 요리후지나 우리 반 애들이 강제로 끌려와 있는 건 아니겠지?

그렇게 생각하며 『시각전이』를 통해 확인해 보았다.

응, 요리후지와 반 아이들은 날뛰려 드는 자신의 마음과 싸우고 있었다.

적어도 여기에 없다는 건 분명했다.

그럼, 이 녀석들은 대체 뭐란 말인가?

"이, 이렇게까지 윤곽을 뚜렷하게 유지하는 건 처음이구나!"

"하아아아아아아아아아아아아아!"

메구루 씨가 적을 향해 거리를 좁혀서, 유사 검술의 기술 가운데 하나인 발차기를 날린 다음, 나가떨어지는 상대에게 다시 접근해서 손으로 상대를 만져 보고…… 상태를 확인했다.

"살아 있는 사람이 아니야. 주저하면 안 돼!"

약간 주저하면서도, 메구루 씨는 그 녀석을 베어 넘겼다.

"오오오오……."

마루이와 똑같이 생긴 마물은 빨간 안개로 변해 사라졌다.

기분 나쁜 땀이 왈칵 솟구쳤다.

혹시 내가 지금 끔찍한 짓을 저지르고 있는 게 아닐까 하는 생각이 엄습했다.

이건…… 저주의 영향으로 죽은 자들의 말로가 아닐까…….
직감적으로 그런 생각이 들었다.

이곳은 여러 지구에서 소환된 우리 반 아이들이 죽은 땅.

그들이 언데드가 되어 되살아나서 이렇게 날뛰고 있는 게 아닐까 하는 생각도 들었다.

"가우~? 유키나리 괜찮아?"

"괜찮으냐, 유키나리?"

"문제없어."

하지만 내가 여기서 발걸음을 멈출 수는 없었다.

"길을 막는 자가 누구이건, 나는 절대로 멈춰 설 수 없어!"

"이 방법도 쓰는 수밖에 없겠네."

메구루 씨가 원격으로 전송의 빛을 발생시키자, 그 빛을 통해 동료들의 유니크 웨폰 몬스터들이 줄지어 나타났다.

"피라미들부터 섬멸해 버리자꾸나, 메구루!"

"알았어!"

메구루 씨가 성검을 치켜들고 의식을 집중했다.

그리고 발동한 기술은 천마일도.

양쪽 검에서 마력이 구축되어, 커다란 빛기둥이 뻗어 나갔다.

출입구에서 학생들과 비슷하게 생긴 무언가가 수도 없이 몰려들었다.

그 집단을 향해 검을 휘둘러 내려 천마일도를 발동시켰다.

"하앗……!"

모든 것을 흩어 버리는 빛이 쏟아져 내리고, 흙먼지와 함께 땅이 움푹 파였다.

흩어져서 흔적도 없이 사라져 버리는 언데드들을 슬쩍 쳐다보며, 우리는 곧바로 교문을 통과했다.

피부에 느껴지는 이 감각.

뒤를 돌아보니, 후방에서는 수도 없이 출현하는 마물들의 침공을 막기 위해 기사들과 모험가들이 고군분투하고 있었다.

"냐~!"

미케의 구령에 맞추어, 동료들의 유니그 웨폰 몬스터들이 쏟아져 나오는 적의 무리와 교전을 벌이기 시작했다.

수없이 날아드는 공격들을 글러브로 쳐내고, 근처에 있던 적을 있는 힘껏 후려쳐서 볼링의 요령으로 여러 적들을 날려 버렸다.

빨리…… 최대한 빨리 끝내야 한다.

"르시아! 우리가 처치해야 할 녀석이 어디 있는지 알아?"

"그래……. 위치는 항상 정해져 있다. 메구루와 유키나리, 이렇게 말하면 알아듣기 쉬울 게다. 역대 이세계인들도 이렇게 말해야 가장 빨리 알아듣더구나."

어렴풋이 감이 잡혔다.

나는 한 교실 쪽으로 눈길을 돌렸다.

"그대들 반의 교실이 있던 방이다. 단, 교사 안은 외견에 비해 넓고, 복잡한 미로로 이루어져 있느니라."

"뭐 그렇게 난해한 구조가 다 있담……."

"알았어. 그럼 이렇게 하지."

위치는 교정에서도 한눈에 알아볼 수 있다.

전이를 통해 곧바로 교실을 지정해서, 교실 안으로 무기를 사출했다.

콰쾅 하고, 지정한 교실이 산산이 부서졌다.

"우오! 무지막지한 힘이구나."

"너무 과격한 것 같긴 하지만…… 상황이 상황이니까 어쩔 수 없지."

르시아와 메구루 씨가 놀란 목소리로 말했지만, 거기에 신경 쓸 시간이 없었다.

물건을 전이시키려 해도, 장해물이 많으면 제대로 다룰 수가 없으니까.

어찌 됐건 이걸 보고 상대가 나타난다면 결과적으로 잘된 셈이다.

하지만, 교실은 마치 비디오를 거꾸로 돌린 것처럼 수리되어 갔다.

상대방도 순순히 꼬리를 내밀 생각은 없는 모양이었다.

"날아간다!"

굳이 출입구를 통해서 들어가야 할 필요도 없고, 다른 교실 창문을 깨부수고 들어갈 필요도 없다.

전이를 이용해 단숨에 목적지로 날아가는 게 빠르다.

나는 그렇게 생각하며, 아무 일도 없었던 것처럼 멀쩡하게 재생된 교실을 지정해서 전이했다.

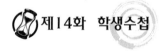 제14화 학생수첩

"큭!"

「뭐, 뭐야?!」

"이건……."

"뭐냐?"

분명히 교실을 지정하고 전이했건만, 뭔가에 부딪친 것 같은 충격과 함께, 우리는 지정된 교실로 날아가지 못하고 어느 복도로 전이되어 버렸다.

주위를 둘러보니 투명한 사람들의 무리가 일렁기리며 복도 인을 떠다니고 있었다.

출입구에서 쏟아져 나오든 언데드들은 안 들어오는 건가?

『전이』를 통해서 우격다짐으로 공간을 도약했으니, 여기까지 오는 데 시간이 걸리는 거라고 생각하면 될지도 모르겠다.

그렇게 생각하면서 재차 전이를 시도하려 했을 때, 나는 주위의 공간이 일그러져 있다는 걸 깨달았다.

"구조가 어째 묘한걸……. 이동계 능력을 갖고 있어서 그런지, 공간이 일그러져 있다는 게 느껴져."

교실 문, 계단, 나아가 장소 자체가 왜곡되어 공간이 겹쳐졌다.

비슷하면서도 다른 공간이 학교 안에 구축되어 있어서…… 마치 학교를 바탕으로 만든 미궁에 들어온 느낌이었다.

르시아의 말마따나 바깥과 내부는 전혀 다른 모양이었다. 무턱대고 전이했다가는 다시 튕겨 나올 뿐이다.

한 번이라도 간 적이 있는 곳으로는 끌어들일 수 있을 것 같지만, 역시 일이 그리 순탄하게 돌아가지는 않는 모양이었다.

복도 창문을 통해 바깥을 내다보니, 거기에는 밤하늘처럼 까만 암흑만이 펼쳐져 있었다.

그리고…… 우리가 소환되었을 때 나타났던 마법진이 여기저기에 그려져 있었다.

"별 섬뜩한 곳이 다 있네……."

여기저기서 피비린내가 진동하기도 하고, 구더기 같은 생물이 기어다니기도 하는 게, 여간 징그러운 게 아니었다.

폐허와도 같은 그 공간의 모습에 넌덜머리가 났다.

언데드화되지 않은 백골 시체가 곳곳에 나뒹굴고 있었다.

나는 별 생각 없이 주위를 둘러보다가, 백골이 된 시체 옆에 나뒹굴고 있던 낡은 학생수첩 같은 것을 발견했다.

"뭔데 그래?"

"학생수첩."

"그렇구나……. 뭔가 적혀 있는 것 같네."

메구루 씨와 함께 펼쳐 보니, 학생수첩 안쪽에는 낯선 학생의 얼굴 사진이 붙어 있었다.

어쩐지 인상이 더러워 보였다.

그 밖에도 여러 개의 학생수첩을 모아 둔 건지, 여러 개를 찾을 수 있었다.

뭔가 일기 같은 것이 적혀 있었다.

여기는 대체 어디지?

나는 나를 괴롭히는 쓰레기들을 죽이고 이세계에서 성공하려고 했는데, 정신을 차리고 보니 여기에 있었다.

그 악마 자식! 나를 속였단 말이지!

내가 뭐가 아쉬워서 학교처럼 생긴 이 폐허에서 배회해야 한담!

망할! 덮쳐드는 좀비 놈들을 능력으로 죽이고 또 죽여도 끝이 없잖아!

이런 혼잣말 같은 내용으로 시작돼서, 중간에 끝나 있었다.

그냥 생각나는 대로 적은 건지도 모른다.

여기저기 찢어져서 읽을 수 없는 부분도 있었는데…….

"이 학생수첩, 마법이 깃든 데다가 흉악한 힘이 느껴져."

"마력이나 포인트에 의해 물질화된 걸까……?"

"아마……."

종이의 질로 보아 이미 풍화되어 사라졌어도 이상할 게 없는 것들도 많았다.

메구루 씨의 분석은 아마 틀리지 않았을 것이다.

그 녀석이 다른 시체를 뒤지기라도 한 건지, 마찬가지로 수기 같은 내용이 적힌 학생수첩도 찾을 수 있었다.

숲에 있을 때 분명히 죽였던 이이하라가 악령이 돼서 나를 죽이려고 달려든다.

능력으로 몇 번을 해치워도 다시 되살아나고, 그 밖에도 분명히 죽였던 녀석들이 계속 덮쳐든다.

도대체 어떻게 해야 여기서 벗어날 수 있는 거야?!

시체를 뒤져서 조사해 보니까 희생자는 왜 이렇게 많은 거야!

내 시체? 설마…… 그런 생각에 다가갔더니 되살아나서 덤벼들었다.

왜 내가 나한테 공격을 받아야 하는 건데!

도대체 여긴 뭐야? 내가 받았던 힘도 쓸 수가 없잖아!

적어도 내가 기억하기로는, 나는 강해져서 우리 반 오다기리 패거리를 죽이고 하렘을 손에 넣었다.

그 뒤로…… 말도 안 되는 일이지만, 궁지에 몰렸던 것까지는 기억하고 있다.

그 다음에는…… 어떻게 된 거지? 설마 여기가 지옥이라는 건 아니겠지?

짜증나는 놈들은 죽거나 죽이고, 성공한 인생을 살아가게 될 줄 알았다.

이 세계는 뭔가 잘못됐어!

이건 날 즐겁게 할 이세계 전이가 되었어야만 했다고!

내가 생각하던 이세계 모험이 아니라니 말도 안 되잖아!

신한테 한마디 해줘야겠어! 이런 거지 같은 세계 따위 필요 없다고!

이 세계 놈들, 왜 나를 떠받들지 않는 거냐!

툭하면 나한테 명령이나 해 대고!

그래서 주제를 깨닫게 해 줬더니, 안 죽고 살아남은 놈이 뒤에서 조종해서 방해해 대고!

여기는 내 생각대로 돌아가야 하는 이세계인데!

이하, 비슷한 글들이 이어졌다.

마지막에는 저주하겠다느니 죽여 버리겠다느니 하는 글들이 이어져 있어서, 눈 뜨고 볼 수가 없었다.

"이 사람들 너무 오만한걸……. 사람을 뭐라고 생각하는 건지 몰라. 어느 세계든 오노 군 같은 사람이 있나 보네……."

메구루 씨의 의견에 나도 동의하지 않을 수 없었다.

야마네? 르시아가 그런 이름을 언급했었던 것 같은데.

그 밖에 이이야마, 고미, 타키가와, 오노…… 타니이즈미의 이름도 있었다.

공통적인 내용으로는 짜증나는 놈을 죽였다, 하렘을 만들었다, 정상에 섰다, 못 생긴 애는 죽였다 등등.

성공했던 때의 기억을 적어 둔 녀석들도 많군.

그 밖에 속았다느니, 약속한 것과 다르다느니 하는 내용들.

몇 명쯤은 한동안 살아남은 모양이었지만, 굶어 죽을 때까지의 행보를 기술한 내용도 있었다.

그 악마를 조심하라고! 라고 적은 것도 발견되었다.

'나를 속인 그 악마…… 어라? 전에도 이런 생각 한 적 있었는데?' 라는 내용도 발견됐다.

"여러 번 살해당한 기억을 갖고 있는 사람도 있었다는 걸까?"

"아마도……."

문에 난 창을 통해 교실 내부를 들여다볼 수 있다느니 하는, 설명서 같은 내용도 있는 것 같았다.

책상이 늘어서 있으면 위험하다느니, 방화 셔터는 위험하다느니, 종소리가 울리면 조심하라느니 하는 내용이었다.

지도 같은 게 그려져 있기도 하고, 뼈로 만든 검이나 둔기 같은 것도 나뒹굴고 있었다.

"르시아, 이거 뭔지 알아?"

"나도 본 적이 있다. 숲에서 죽은 자들의 망령이지. 여기서 영원히 방황하는 게 아닐지……."

피해자들이라고 생각하면 되는 건가?

학생수첩에 적힌 오만방자한 글들을 보니 기분이 더러워졌다.

불쌍한 처지에 놓인 건지도 모르지만, 동정은 들지 않았다.

"가해자들 모임이네. 하나같이 오만방자한 사람들 같으니까, 여기가 정말 지옥이라면 자업자득……이라고 할 수 있겠지."

"그야 뭐……."

"복도에서 어슬렁거리는 마물들은, 처음부터 배회하고 있는 자들 이외에는 종소리가 신호다. 종이 울리면 언데드들이 교실로 들어가서 얌전히 앉는다고 들었다."

종소리가 울리면 교실로 들어가서 얌전히 앉아 있다고?

그건 설마…….

"완전 학교잖아. 이렇게 오랜 시간 동안 이세계에서 지내다 보니, 그런 생활까지도 그립게 느껴진다는 게 어쩐지 서글픈걸."

메구루 씨가 그렇게 말했다.

그 말마따나 학교에서 하는 행동 그대로인 셈이니까.

"건물 안의 변화에 대해서는 나도 잘 모른다. 다만, 점점 더 늘어나는 것 같은 느낌은 드는구나."

"죽은 사람이 늘어나서 그런 건가?"

"그렇겠지. 하여튼, 지금은 서둘러 가는 게 좋을 게야."

"맞아."

여기서 유유자적하게 있을 시간은 없겠지.

"전이를 쓸 수 없는 건 아니지만, 다음에는 어디로 날아갈지 알 수가 없어서 말야."

"그러냐? 내가 왔을 때는 좀 복잡하고 기괴한 장소 정도 같았는데 말이지. 이 세계에는 여기 말고도 이런 장치가 있는 미궁이 더 있으니까."

"그러고 보니 나도 가 본 적이 있어. 바깥이랑 내부가 전혀 다른 미궁에……. 그때랑 감각이 비슷한 것 같기도 해."

아, 그러고 보니 요리후지와 메구루 씨가 같이 모험하던 시절에 그런 얘기를 들려줬던 기억이 난다.

어떤 미궁에 들어갔는데, 그 미궁이 건물의 규모보다 훨씬 컸다고.

『시공전이』를 응용하는 식으로 이곳의 과거를 지정, 뭔가 보이는 게 없는지 확인해 보았다.

결정 버튼을 누르지 않고 마력의 분배량을 측정해 보니, 어느 정도는 확인할 수 있을 것 같았으니까.

『시각전이』의 범위 안에 전이 위치가 표시되었다.

물론 시각전이에 소비되는 마력이 어마어마하게 커졌지만, 시공전이의 쿨타임은 발생하지 않았다.

여러모로 활로를 모색하는 과정에서 알아낸 응용법이었다.

아, 보인다.

사흘쯤 전인가?

여기에 떠 있던 그림자 같은 것이 무언가의 공격에 당한 것 같았다.

상당히 잔인하게, 수도 없이 공격을 당하는 것처럼 보였다.

「유키나리~!」

나타난 적을, 쿠마코가 글러브로 가리켰다.

"적이 오는구나."

"그러게 말야."

"르시아, 길 알아?"

"애석하게도 올 때마다 구조가 달라져서 말이야."

그리 쉽게 나아갈 수는 없는 모양이다.

바로 그때 종소리가 울려 퍼지고, 주위에서 별안간 검은 그림자들, 교복을 입은 언데드들이 나타났다.

"어쩔래? 싸울 거야?"

"응. 바로 처치하자!"

스켈레톤 계열은 글러브로, 검은 그림자와 좀비들은 검으로 섬멸했다.

전이를 통해 무기와 도구를 사출해서 적들을 해치우면서 건물 안을 내달렸다.

"메구루 씨!"

"잠깐 기다려 줘! 너무 빨라!"

"걱정 마! 에잇!"

메구루 씨와 르시아를 안은 채, 깎아지른 절벽처럼 부자연스럽게 갈라진 복도를 펄쩍 뛰어 건넜다.

"괴, 굉장해. 유키나리 군이 너무 강해서 내가 뒤처지는 것 같은 느낌이야."

"그럴 거 없어. 이 정도는 메구루 씨도 할 수 있잖아?"

"그렇긴 하지만……."

이렇게 직감에 의지해서 교실을 향해 내달리고 있으려니──.

"악……마 자식! 내가 천벌…… 주마! 나는…… 안 죽었어!"

검은 그림자를 휘감은 인간형 유령 같은 적이 출현했다.

"대화가 통하는 건가?"

"저기요, 얘기를 좀 듣고 싶은데요……."

말을 걸어 보았지만, 그 녀석은 우리에게 달려들면서 능력……

상공에 추를 출현시키는 공격을 날렸다.

"어이!"

"죽어죽어죽어죽어! 나는…… 살아남고 말 거다!"

틀렸다. 우리 쪽 얘기는 들을 기색도 없다.

이번에는 검을 쥐고 빈틈을 찔러서 베어 넘겼다.

뭔가가 흩어져 버리는 게 느껴졌다.

하지만 완전히 처치한 느낌은 아니었다.

"아아아아……."

주위를 둘러보니…… 거기에는 백골 시체가 나뒹굴고 있었다.

"불쌍해라. 자기가 죽었다는 사실도 이해하지 못하고 있다니."

보아하니 자기가 살아 있다고 착각하면서 이 건물 안을 배회하는 존재인 것 같았다.

르시아 말이 맞았군.

"피라미구나. 상위의 것들은 더 흉악하고 움직임도 날렵해. 조심하는 게 좋을 게다."

"알았어."

최대한 주의를 기울이면서, 미궁처럼 변한 학교 안을 내달렸다.

중간에 교실 하나를 발견하고 내부를 확인해 보았다.

그랬더니 교실 안에는, 질서정연하게 늘어선 책상과 의자에 망령과 스켈레톤, 그리고 좀비들이 뒤섞여 앉아 있었다.

응, 마치 수업을 듣고 있는 것 같군.

"이런 데서 무슨 공부를 저렇게 하는 건지 몰라."

"그냥 앉혀둔 것처럼 보이기도 하는데."

"어찌 됐건 참 비정상적인 곳이라니까."

장난 같아 보이기도 하지만…… 그래서 더더욱 엽기적으로 느껴지는 광경이었다.

교실의 문패를 확인해 보니, 거기에는 우리 반의 이름이 적혀 있었다.

그 밖에도 도서관, 과학실, 음악실, 미술실 등…… 학교의 설비나 자료실 같은 곳도 있는 모양이었다.

교실 안쪽, 창문 부근에는 학교 밖…… 람레스 씨 등과 싸우고 있는 거대한 검은 그림자 마물이 숲을 활보하는 모습이 보였다.

빨리 가야 한다.

그런 생각을 하며 복도를 나아가고 있으려니, 팅 하고 결계 같은 장벽이 나타나서 나를 가두었다.

뒤쪽에서 그림자와 좀비가 출현했지만…….

"파괴하자!"

「가우!」

글러브로 검은 그림자를 후려치고, 무기를 검으로 교체해서 결계를 우격다짐으로 베어 버리며 앞으로 나아갔다.

생각보다 잘리는 느낌이 시원찮은데. 글러브의 위력도 어째 기대 이하인 것 같았다.

"끄응…… 역시 적의 위력이 괴물 수준이구나. 메구루! 마음 단단히 먹거라!"

"알았어!"

「가우~!」

르시아의 말마따나 상대방이 제법 튼튼하게 느껴지는군.

그래도…… 이 나라 사람들, 그리고 반 아이들이 내게 준 각종 무기들이 도와 주었다.

전이를 통해 무기들을 끌어와서 사출, 적을 순식간에 해치워 나갔다.

"오오…… 하네바시……."

이윽고 계단을 발견하고 뛰어 올라갔을 때, 우리는…… 어느 한 녀석과 조우했다.

적어도 첫 소환과 이번 소환 이외에는, 나를 인식하는 자는 없을 터였다.

그런데도 나를 알 만한 건 이 녀석밖에 없다.

"오노 군……이구나."

메구루 씨가 성검을 쥐고 경계 태세를 취했다.

"메구루, 유키나리! 최대한 조심하는 게 좋을 게야! 내 기억이 정확하다면, 녀석은 여기서 출몰하는 자들 중에 제일 성가신 타입이야!"

그렇다. 거기에는 오노와 오츠카, 그리고 그 동료들이 좀비처럼 손을 든 채로 천천히 내게 다가오는 모습이 보였다.

다만…… 그 모습이 온전하게 보이는 건 반뿐이었다. 나머지 반은 피부가 벗겨져 나가서 근육이 노출되어 있었다.

"이세계인들은 저런 타입을 보고 인체 모형 같다고 하더구나! 내 말 듣고 있는 게냐?"

"그래. 하지만, 이 녀석들은……."

"아는 사이냐? 생긴 걸 보아하니 오노 같다만."

나와 메구루 씨는 고개를 끄덕였다.

"육체는 뼈까지 모조리 짓이겨져서 형체도 없어졌을 텐데."

"맞아……. 틀림없어."

분명히 전이를 통해 짓이겨서 죽였었다.

그런데도 이렇게 멀쩡히 존재하는 것이다.

"녀석에 의해 강제로 되살아난 거겠지."

역시 저 몸은 저주에 의해 구성된 모조품이라는 건가.

혼이 존재한다면, 숲에서 죽은 자들 모두가 여기에 있는 건지도 모른다.

혹시 시게노부도 여기에 있는 걸까? 나는…… 시게노부도 공격해야 하는 건가?

인체 모형 같은 오노 패거리가 나를 발견하고는, 살의를 품은 채 다가왔다.

"네놈만, 네놈만 없었더라면……."

"너희의 미움을 살 만한 짓을 했다는 건 알아."

나는 오노의 망령을 향해, 나 자신이 생각해도 냉담하게 느껴지는 말을 던졌다.

이제 와서 변명할 생각은 없었다.

시게노부의 죽음에 대한 원한 때문에 죽인 건 틀림없는 사실이니까.

하지만, 사죄할 생각은 없었다.

"너는 자기가 남들 눈에 어떻게 비칠지, 죽어서도 여전히 모르고 있는 모양이구나……."

메구루 씨는 동정 어린 말투로 오노 일당에게 말했다.

"히야마…… 네놈들 모두, 그때처럼…… 아니, 이번에야말로 네놈들 악역들을 쳐 죽여 버리겠어! 그렇게만 하면…… 나, 는, 그걸 위해, 되살아난 거라고, 확신했어."

"인간은 두 종류밖에 없어. 자기가 죄인이라고 생각하는 선인과, 자기를 선인이라고 생각하는 악인이지. 오노 군, 너는 언제까지 그런 어리석은 짓을 계속할 거야? 잔말 말고 어서 비켜."

"비키라니 무슨 헛소리냐! 네놈들을 죽여 버릴 거다!"

보아하니 이 녀석도 말이 안 통하는 모양이다.

뭐, 살아 있을 때부터 말이 안 통하는 녀석이긴 했지만.

"5초 동안 시간을 줄게. 여러 번 죽이는 건 마음이 아프니까 빨리 비켜."

"누가……!"

제정신이 아니군.

오노가 복사계 능력을 작동시켜서 뭔가를 하려 들었다.

생전의 능력을 그대로 갖고 있는지 어떤지는 모르겠지만, 냉큼 처리해 버리는 게 좋겠군.

"네놈을, 죽이면, 나는, 분명, 되살아날 수 있어."

"도대체 무슨 근거로 그런 생각을 하는 건지……. 이해가 안 간다니까."

말도 안 되는 억지를……. 다른 사람을 죽이면 자신이 죽었다는 사실이 없었던 일이 되는 건가?

아니, 그럴 리가 없다.

그런 것도 이해하지 못할 만큼 물들어 있는 것이리라.

"그렇게만, 하면——."

"기분 좋은 이세계 모험이 시작될 거라는 거냐? 그건 그냥 환상일 뿐이야."

그녀가 그런 식의 제안을 했더라도 그런 일은 절대 있을 수 없었을 것이다.

그랬다면 나도 굳이 너를 방해하지는 않았을 거라고.

"어찌 됐건 오노 군, 너 같은 사람은 이 세계에서 살아남을 수 없어. 숲 밖으로 나가면 틀림없이 또 죽게 될걸."

세계가 자기 마음대로 되지 않는 것을 저주하며, 이세계에 가면 성공할 거라는 생각이 정말 일리가 있는 건지 어떤지는 모르겠다.

"마음에 안 드는 녀석을 죽이는 식의 해결 방법밖에 모르는, 짐승만도 못한 야만인은 어느 세계에서도…… 자기 뜻을 이루지 못하는 법이야."

고락을 함께했던 같은 반 친구를 주저 없이 공격하는 살인귀, 언제 배신할지 모르는 속이 시커먼 녀석은, 그냥 잠자코 있다 해도 신뢰할 수 없다.

"입 닥쳐어어어어어어어어어어어어어!"

메구루 씨는 성검을 움켜쥐고…… 검기술, 동백 베기와 플레임 더스트를 연달아 내쏘았다.

"나는…… 나…… 어억——."

동백 베기는 목을 동백꽃으로 치환한 즉사성 필살 검술로, 요리후지가 익히면 상당히 강력한 위력을 발휘할 법한 기술이었다.

동백꽃은 꽃잎이 떨어지지 않고 꽃의 모양을 그대로 유지한 채 떨어진다.

그러니까…… 쉽게 말해 목을 쳤다고 표현하면 될 것이나.

그리고 상대가 절명한 순간, 플레임더스트로——

"아아아——!"

시체를 모조리 불태워서 순식간에 잿더미로 만드는, 언데드전에 특화된 속성 검술이었다.

가능한 한 고통을 최소화하는 전법이긴 한데…….

"미안하게 됐어. 네 꿈을 실현시켜 줄 수는 없어서 말야."

"맞아. 네 행복은…… 모두의 불행과 직결되니까. 부탁이니 그만 고이 잠들어 줘."

오노는 두 번째 기회를 이렇게 날려 먹은 것이다. 지난번과는 상황이 많이 달라졌다.

오노도 어떻게 보면 가엾은 피해자에 해당할지도 모른다.

하지만 그가 이기적인 행동을 하고, 고통 받는 친구들을 보며 비웃었다는 건 부정할 수 없는 사실이었다.

목적지는…… 아마 머지않았을 것이다.

그렇게 생각한 직후!

주위에 수없이 많은 검은 그림자들이 출현하고, 오노 같은 자들까지 무수히 모습을 드러냈다.

"큭……."

전이를 이용해서 도약하면 어디로 이동할지 짐작할 수 없다.

단기결전으로 끝낼 계획이었건만, 헛되이 시간이 소모되고 있는 게 아닌가 하는 초조함이 몰려들었다.

그때…… 하얀 영혼이 앞으로 날아가서, 길 안내라도 하듯 한쪽 방향을 가리켰다.

원래는 같은 존재였으니까 알 수 있는 건가?

이 애가 바로 그 애다. 믿자.

나는 하얀 영혼이 가리키는 방향으로 나아가기 시작했다.

"유키나리, 길을 알겠느냐?"

"나는 모르지만…… 하얀 영혼이 이쪽이라고 지시해 줬어."

"그렇군. 그렇다면 그리로 가는 게 좋겠지. 선택받은 자는 길을 알 수 있다고 들었으니까……. 이번에는 규모가 커도 너무 커. 힘을 너무 많이 소모하지 않도록 조심하거라."

"그래, 나도 알고는 있지만!"

수도 없이 출현하는 적병들에게 전이를 통해 무기를 날려서 쓸어 버렸다.

메구루 씨와 르시아는 휘파람이라도 불 것 같은 얼굴로 그 모습을 지켜보고 있었다.

"굉장해……."

"이 정도면 압승이구나."

하지만…… 곧바로 검은 연기가 몰려들고 적이 부활해 버렸다.

"끝이 없잖아!"

"수가 엄청나게 많네……. 어쩌면 여기가 최후의 요새일지도 몰라. 그렇다면……."

메구루 씨가 뭔가 『전송』을 지시하자…….

"냐아아아아아아아아아아아아!"

어디선가 미케를 비롯한 우리 반 아이들의 유니크 웨폰 몬스터들이 수도 없이 나타났다.

"르시아. 네가 말했었지? 이 너머에 있을 흑막에게는 유키나리 군 혼자 맞서야 한다고."

"그랬지."

"그럼 내가 여기서 적들의 발을 묶어 놓을 테니까, 너는 유키나리 군이랑 같이 먼저 가."

"무슨 소리야! 메구루 씨?!"

메구루 씨는 성검 노아 토르시아를 내게 건넸다.

그러자 메구루 씨가 갖고 있을 때보다 한층 더 강렬한 광채가 성검에서 뿜어져 나왔다.

"이렇게 압도적인 차이가 나니까 오히려 더 후련한걸. 르시아, 나만 우대하지 말고 유키나리 군도 제대로 도와 줘야 해."

"아, 알았다……."

성검 노아 토르시아

부여효과 : 동체 시력 향상, 준족의 태도, 야생의 감, 공격 예측,
         속성 관통, 방어 무시, 디펜스 소드, 오라 블레이드,
         소드 배리어, 마법진 전개, 마법검, 오토 매직, 검성,
         공격력 증가(극), 공격 카운트 보너스, 소드 스위치
인스턴트 확장능력 : 유사 검술, 이도류, 천마일도, 지맥봉인검

이, 이게 르시아의 진정한 힘이라는 건가?

메구루 씨는 이 검의 힘을 제대로 끌어내지 못하고 있었다고 했는데…….

"냐~!"

"그래……. 지금까지 사용한 거랑 제일 비슷한 건 미케 씨지."

"냐!"

미케가 검의 형태로 변해 메구루 씨의 손으로 들어갔다.

"예전부터 짜 뒀던 작전이잖아? 르시아를 유키나리 군한테 맡겼을 경우, 그 대신 우리 반 애들 중에 누군가의 유니크 웨폰 몬스터를 내 무기로 사용하기로 말야."

"그랬었지……. 메구루, 버틸 수 있을 것 같으냐?"

"나만 믿어. 유키나리 군의 일대일 대결을 절대 방해하지 못하게 할 테니까."

"하지만……."

뒷일은 자신에게 맡기라는 듯, 메구루 씨는 수도 없이 튀어나오는 적들을 막아서며 웃었다.

"유키나리 군. 내 본래 능력이 뭔지 잊어버린 거야? 최악의 경우, 전송을 써서 도망치면 돼."

"약속해."

"당연하지. 헛되이 죽을 생각은 없으니까."

「냐~!」

미케가 자기만 믿으라는 듯 소리쳤다.

우리를 지키라는 하기사와의 부탁을 받고 온 거겠지.

"알았어! 가자, 르시아! 쿠마코!"

"알았다……. 이쯤 되면 나나 쿠마코가 오히려 짐이 될지도 모르겠구나. 유키나리, 우리 눈치는 볼 것 없이 있는 힘껏 싸우거라!"

"가우~! 어떤 상황에서든 쿠마코는 유키나리랑 함께할 거야!"

"응! 메구루 씨! 여기는 부탁할게!"

"응! 다녀와!"

메구루 씨와 인사를 나눈 다음, 나는 있는 힘껏 내달렸다.

"너무 빨라서 이제 보이지도 않네. 지금까지 우리를 위해서 자기가 가진 힘을 제대로 안 쓰고 있었구나……. 어떤 의미에서는, 걸림돌 신세가 된다는 게 더 힘들다니까."

내가 떠난 후에 메구루 씨가 우두커니 중얼거린 목소리를…… 나는 못 들은 척 넘어가기로 했다.

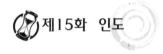

제15화 인도

조우하는 다른 세계 반 아이들의 시체를 넘고 또 넘으며, 나는 전진했다.

물론 중간에 타니이즈미 일파의 인체 모형 같은 자들과 마주치기도 했다.

대화해 볼 틈도 없이 저주를 쏟아내며 덤벼들었기에, 모조리 베어 넘기고 앞으로 나아갔다.

나는 문득…… 자신의 손바닥을 봤다.

피에 젖어 있었다.

이 싸움이 끝나면, 나는 원래 일상으로 돌아갈 수 있을까?

아니, 진정한 의미에서는 돌아갈 수 없겠지.

오노가 꿈꾸던 이세계의 일상은, 어쩌면 이런 일들의 연속이었는지도 모른다.

액년의 영향 때문인지, 라이크스에서는 전쟁 같은 건 발생하지 않았다.

하지만 앞으로도 발생하지 않는다는 보장은 없었다.

그렇게 되면 나는…… 아니, 부질없는 생각이다.

이 싸움에 승리하면 우리 반 아이들을 원래 세계로 돌려보낼 수 있다.

적어도 지난번에 체험한 꿈속에서는, 그녀를 물리치자 저주의 힘이 약해졌었다. 반 아이들을 묶고 있는 속박도 한동안은 풀릴 터였다.

"──유키나리."

그때 문득 나를 부르는 목소리가 들려와서 고개를 돌렸다.

목소리가 난 방향에서는, 파르스름한 잔해 같은 무언가가 교실을 가리키고 있었다.

「방금, 누군가의 목소리가 들리지 않았느냐?」

"시게노부."

출현하는 적들이 다가올 수 없도록 막는 무언가가 어렴풋이 보이는 것 같았다.

거기에는 무수한 무기들로 적들을 막아, 우리만이 지나갈 수 있는 길이 있었다.

아마…… 시게노부가 나를 위해 길을 터주고 있는 것이리라.

"고마워……."

나는 문 앞에서 호흡을 가다듬었다.

문 너머임에도 전해져 오는 압력. 이 너머에…… 우리 반 아이들을 이세계로 소환해서 옭아매고 있는 존재가 있다.

곧바로 싸움이 시작되리라.

어떤 공격 수단에도 대처할 수 있도록 『포인트 상전이』를 이용해서 마력을 충분히 보충하고, 현재 날려 보낼 수 있는 물건은 어떤 것이 있는지를 『시각전이』로 확인했다.

반 친구들의 상태도……. 좋아, 필사적으로 고통을 견디고 있었다.

지금 여기서 싸우는 것은 나 혼자만이 아닌, 살아남은 모든 반 아이들이다.

상대에게 힘이 공급되는 걸 조금이라도 막으려 저항하고 있다.

이것은 나 혼자만의 싸움이 아니다.

밖에서는 람레스 씨와 국가의 기사들이, 숲에서 튀어나와 날뛰어 대는 그림자들과 처절하게 싸우고 있다.

드래곤 같은 고위 마물보다도 더 흉악한 괴물들이다.

한 명, 또 한 명씩 쓰러져 가는 와중에도, 사람들을 위해 함성을 내지르며 제압하려 애쓰고 있다.

반 아이들도, 국가 사람들도, 이 세계 사람들 모두가 하나가 되어 싸우고 있는 것이다.

「이 너머에 녀석이 있다! 유키나리, 우리가 곁에 있긴 하지만, 최대한 신중을 기해 싸우거라.」

「가우~.」

"그래, 너희만 믿을게."

나는 나 혼자만의 힘으로 이 자리에 있는 것이 아니다.

지금까지 만났던 사람들, 하얀 영혼에게 인도된 평행세계의 반 아이들, 그리고…… 이제부터 싸우게 될 적의 양심과 그 영혼.

자…… 이제 이 싸움을 끝내야만 한다.

덜컹 문을 여니…… 그 교실 안에는, 반 아이들이 각자의 책상 앞에 앉아 있었다.

마치 이곳이 아직 아무 일도 일어나지 않은 평화로운 학교였던 시절이기라도 한 것처럼.

그중에는 하기사와, 미노리 씨, 요리후지 등, 내가 아는 얼굴을 한 학생들도 있었다.

언데드 학생들은 수업에라도 집중하고 있는 듯, 내가 보이지 않는 것처럼 칠판을 쳐다보고 있었다.

"우오오오…… 아아아아아아아아아아아아아아아아!"

그런 교실 안에서, 무수한 원념들에 휘감겨서 형체조차 보이지 않는 학생이 일어서서, 살의에 찬 포효를 내질렀다.

「고함 소리가 전보다도 더 우렁차졌구나.」

"———————!"

이미 그 눈에는 살아 있는 모든 사람이 그녀의 소중한 사람을 빼앗은 살인귀로만 보일지도 모른다.

그것은 그녀의 능력과 대지에 새겨진 의식이 비뚤어진 형태로 뒤엉켰기 때문이며, 무수한 원령들에 의한 저주의 말로이기도 했다.

푸슉 하고 교실 안의 공간이 일그러지고, 책상과 학생들이 일제히 사라져 버렸다.

남아 있는 것은 우리를 소환한 마법진뿐이었다.

「뭐, 뭐냐?」

"얘기를 좀 들어줘. 나는——."

어떻게든 대화를 해 보고 싶다는 염원을 담아 그녀에게 말을 걸었다.

그 직후, 퍽 하고 무언가가 나를 후려치고, 강제로 공간전이를 시도했다.

"돌아가——!"

머릿속에 그런 목소리가 울려 퍼졌다.

위험했다……. 자칫 잘못했으면 원래 세계로…… 아니, 어딘지 알 수도 없는 곳으로 날아갈 뻔했다.

원래 세계가 아닌 다른 곳을 지정하면 내 내성을 관통할 수 있을지도 모른다.

뭐가 이렇게 강력한 거냐.

"오오오오오오오오오오오오오오오오오오오오오……."

간신히 버텨낸 나에게 갖가지 능력에 의한 공격이 쏟아졌다.

불, 얼음, 물, 번개, 바람, 땅, 중력, 독, 빛, 어둠, 식물, 원령, 칼날, 저주…… 그야말로 무수한 공격이었다.

최소한의 움직임만으로 검을 휘둘러 그 모든 공격을 쳐내고, 격추했다.

"내 말을 좀——."

"——!"

귀에 들리지 않는 절규…… 초음파인가!

시계노부의 검과 노아 토르시아를 서로 부딪쳐서 금속음을 발생시키는 기술을 발동, 음파를 상쇄시켰다.

단 몇 초 만에 이렇게 많은 공격을 퍼붓다니……. 지금까지 쌓인 수많은 능력들에 의한 일제 사격.

성가시기 짝이 없다.

실내에 그림자가 나타나더니, 갖가지 무기를 든 채 나를 향해 돌격해 왔다.

"오오오오오……."

검으로 응전했지만, 검을 든 그림자는 내 검술을 막아내고, 역으로 베려 들었다.

"이런!"

『전이』로 무기를 불러내서 적의 공격 궤도를 가로막고, 섬광 구슬을 폭발시켰다.

그 덕분에 생긴 찰나의 틈을 활용해서 옆으로 천마일도를 내쏘아서, 접근해 오던 수많은 그림자들을 해치웠다.

그림자들은 그 자리에서 흩어졌지만, 곧바로 다시 출현해서 고속으로 돌진해 왔다.

더불어 그 주위에 다시 수많은 능력들이 출현해서 발사되었다.

큭…… 마음 같아서는 다치게 하고 싶지 않지만…….

"하압……!"

적과 아군을 구분할 생각은 없어 보였다.

나만 처치하면 그만이라고 생각하는 것 같은 일제 사격이었다.

게다가…… 이건 『죽음의 각인』인가?

맞기만 하면 즉사하는 무시무시한 능력까지 동원해서 나를 죽이려고 들었다.

"하앗!"

물론, 그런 위험한 계통의 공격에 대한 대책은 세워 두었다.

르시아를 비롯한 국가의 장인들이 만든 갑옷과 하기사와 반아이들이 갖가지 대항책을 담아 만들어 준 부적이, 경이적인 일격이 될 수도 있는 공격을 무효화시켜 주었다.

발동하는 데 막대한 마력이 소비되는 물건들이었지만, 현재의 나로서는 그 정도 마력쯤은 손쉽게 지불할 수 있었다.

내가 그녀의 공격을 맞고도 견딜 수 있는 건, 많은 동료들이 있었기 때문이다.

그녀 주위에 떠돌던 수많은 원령들이 순간적으로 튀어나오듯 분리되어 나를 향해 돌격해 왔다.

인간의 얼굴을 한 커다란 탄환 같은 존재가 손을 뻗어서 능력을 작동시키며 목소리를 냈다.

"오오오오…… 죽어, 죽여 버리겠어, 괴로워해라, 고통에 발버둥 치며 절망에 쓰러져라. 왜 네놈들이 살아 있는 거냐. 우리는 죽었는데, 왜 네놈들은 살아 있는 거냐. 불공평해!"

"인류 평등! 그리고 그중에 군림하는……."

때로는 공격을 쳐내고, 때로는 회피하고 있으려니, 르시아가 말했다.

「변함이 없구나. 살아 있는 온갖 것들을 저주하는 소리만 주야장천 지껄여 대고. 평등을 부르짖으면서 자기는 위에 서려고 들다니 이런 모순이 또 어디 있겠느냐.」

아니…… 그게 아니다. 이건 저주에 끌려온 자들의 증오였다.

이루지 못한 야망, 욕망, 원망……. 자아마저 사라지고 남은 찌꺼기들.

그것들이 하나로 응축되어 탄생한 저주.

"오랜 세월 동안 싸워 온 입장에서는 받아들이기 힘들겠지만, 그래도 웬만하면 너무 나쁘게 말하지는 밀아 줘."

「무슨 소리지? 뭐라도 좀 알아낸 게냐?」

「가우?」

"그래……. 저 애도 처음에는, 좋아하는 사람들을 빼앗겨서 슬펐던 거야."

목숨을 빼앗기고, 악의에 시달리고…… 불운하게도 최악의 능력을 뽑은 것뿐이었다.

그것이 잘못된 일이라는 것을 알고 있었기에, 자아를 떼어내어 자신을 믿어 준 사람들을 지키려 하고 있었던 것이다.

「메구루도 처음에 그렇게 말했지. 그래서 불쌍하다는 거냐?」

르시아의 질문에 고개를 끄덕이자, 노아 토르시아의 광채가 한결 더 강해지는 느낌이었다.

이상하게도, 그게 살의가 아니라는 것을 알 수 있었다.

「그럼 나는 어떻게 하면 되겠느냐?」

"도와줄 수 있겠어? 나는 아마 르시아가 생각하는 것과는 다른 행동을 할 텐데?"

「나는 메구루의 검이다. 유키나리, 그대가 메구루와 같은 생각에 도달한 거라면 내가 협조를 거부할 이유는 없다.」

"알았어……. 그럼, 일단 어떻게든 대화할 수 있는 상태로 만들고 싶어."

「알았느니라!」

검을 쥔 손에 한층 더 힘을 주었다.

유니크 웨폰 몬스터 특유의 효과인지 르시아에게서 힘이 흘러들었다.

갖가지 공격 방법이 머릿속에 떠올랐다.

나는 양손에 든 검에 빛을 휘감아서 기술을 발동시키며 수없이 많은 무기들을 이곳으로 소환, 달려드는 망령들에게 공격을 퍼부었다.

"웨폰 버스트!"

번쩍이는 한 줄기 선이 망령들을 베어 넘겼다.

하지만…… 이곳은 저주의 중추부. 이 정도 공격으로 완전히 없앨 수는 없었다.

재생한 원령이 나를 향해 공격해 왔고…… 나는 무기를 글러브로 전환, 최대한의 속도로 주위의 모든 것들을 후려쳤다.

"오오오…… 우우우…… 아아아아아아아아아아아!"

망령이 절규를 내지르며 빨간 아우라를 휘감더니, 전보다 몇 배는 더 빠른 속도로 움직여대기 시작했다.

소드 배리어를 사용해서 막아냈지만, 계속 막아내기는 힘들 것이다.

「강화계 능력이다! 유키나리, 느긋하게 있을 시간이 없어!」

"나도 알아!"

게다가 점점 더 강해진다──. 아니, 그게 아니다!

큭…… 별안간 소드 배리어가 파괴됐다.

"『배화(倍化)』인가?!"

「가우!」

본체가 내쏜 일격에 정통으로 얻어맞고 나가떨어져, 벽에 격돌했다.

이것은 배화의 힘.

언젠가 어떤 평행세계의 누군가가 얻은 능력 중 하나.

모든 사물과 현상을 일시적으로 2배로 증가시키는 힘. 그 대상에는 레벨도 포함된다.

"윽…… 아직 안 끝났어!"

곧바로 일어서서, 수도 없이 날아드는 공격들을 쳐냈다.

"다음은 이거다!"

하기사와가 만든 능력 해제 폭탄을 교실 가득 전이시켰다.

강력한 저항에 부딪쳤지만, 그마저도 힘으로 밀어붙이고 터뜨렸다.

퍼엉 하고 무언가가 교실 안을 헤집고, 공간의 왜곡까지도 날려 버렸다.

"오오오오오……"

그 자리에 있던 원령들이 순간적으로 정지했다.

이걸 쓰면 힘을 쓸 수 없게 되니까.

나는 그 틈을 놓치지 않고, 접근하는 원령들을 두 손의 검으로 처치하고 내달렸다.

능력 무효화의 효과는 순간적인 것에 불과하다.

나는 그 찰나의 틈을 놓칠 만큼 얼빠진 놈은 아니었다.

그녀에게 다가가서 검을 휘둘렀다.

깡 하는 소리와 함께 어둠을 휘감은 원령이 검을 막아내고, 나를 향해 촉수 같은 어둠을 내뻗어 찌르려 들었다.

교실 가득 가시가 나타나서 나를 꼬치처럼 꿰려고 들었다.

검을 제압당한 상태이니 검을 놓고 회피하거나, 무기를 변경해서 글러브로 후려치거나…… 둘 중에 하나밖에 없을 것 같은 상황이었다.

"내 본질을 잊으면 곤란하지."

일단 전이해서 원래 세계로 이동했다.

순간적으로 이동해야 했기에, 학교의 뒤뜰에 나타나고 말았다.

시간은 밤인 모양이다…….

생각보다 시간이 많이 지났군.

「이거 제법 성가신 공격이구나?」

"받아라!"

전이를 이용해서, 그녀를 향해 무기와 도구들을 퍼부었다.

그녀는 손을 들어 올려서 저항을 시도하면서, 나를 끌고 가려고 들었다.

──소환인가?

원래 세계에 있는 나를 강제로 자기 앞에 끌고 가려고 했다.

역시 상대에게는 인식 변조가 안 통하는 모양이었다.

어차피 공격의 손길을 늦출 생각 따위는 없었고, 봐주면서 싸울 수 있는 상대도 아니었다.

밤의 학교 뒤뜰에서 도약하는 장면을 혹시 누가 본다면 장난치는 것처럼 보이겠지.

그런 생각을 하면서, 시각전이를 이용해 그녀 쪽을 살펴보았다.

송환이 가능하리라는 건 짐작하고 있었지만…… 내 주위에 자객을 보내고 있는 것 같았다.

시커먼 암흑에서 생성된 그림자……. 영감이 없는 일반인에게는 보이지 않을지도 모른다.

"하앗!"

저주가 보낸 자객을 해치우면서 전이를 통해 공격을 시도했다.

수없이 많은 무기들이 그녀를 향해 날아가고, 그녀도 내 공격을 쳐내기 위해 능력을 사용했다.

이러다가 이거 장기전으로 전개되겠는데……. 큰일이다.

게다가 메구루 씨가 전에 사용했던, 『전송』을 이용한 투척과 유사한 공격을 내게 퍼부어댔다.

그것을 회피하면서——.

"질풍검!"

몰려드는 그림자들을 노아 토르시아의 능력으로 쓸어내고, 동료들이 만들어 준 무기들을 잇달아 날려 보냈다.

소용없는 짓 말라는 듯, 그녀는 손을 드는 것만으로 그 공격을 상쇄시켰다.

큭……. 알고는 있었지만, 무슨 능력이 이렇게 많은 거냐.

다른 세계에서 날리는 초원거리 저격으로는 끝이 없을 것 같다.

내가 참다못해 돌격하기를 기다리고 있는 건가?

아니, 그녀는 마력 대활성화 덕분에 무진장에 가까운 에너지를 갖고 있는 상태다.

"르시아, 지금까지는 어떻게 저 녀석을 막았던 거야?"

「단순히 제압하는 거였다. 그러면 녀석은 한동안 못 움직이게 돼. 그러는 동안에는 분출되는 마력에 대한 녀석의 지배권이 사라지지. 그걸 빼앗거나…… 내가 가진 봉인의 힘을 이용해 강제로 봉인하는 식이었지.」

봉인으로 찍어 눌러서는 안 된다.

하지만 그냥 이대로 싸우다간 점점 궁지에 몰려 패배할 것이다.

그녀는 마력 대활성화에 의해 분출된 마력을 모조리 변환시켜서 세계를 멸망시킬 작정이다.

지금도 변환시키려고 애쓰고 있다는 걸 알 수 있었다.

「하지만 이번에는 유키나리가 있지 않느냐! 녀석을 약화시키고 나서, 이번에 받은 힘을 이용해서 미래의 끝으로 강제 전이시켜 버리거라!」

르시아의 충고를 들으며, 나는 무기와 도구를 이용해서 일제히 저격을 퍼붓고, 원래 세계에서 이세계로…… 그녀의 눈앞으로 전이했다.

그녀는 잠깐의 폭발조차도 용납하지 않겠다는 듯 방벽을 치고 있었다.

나는 그 안으로 전이해서 검을 휘둘렀다.

"하아아아아아아아아아!"

그녀는 시커먼 검을 만들어 내서 챙 하고 내 공격을 막아냈다.

그리고 검은 사슬로 변해서 내게 휘감기려 들었다.

그런 능력도 있었던 건가. 둔기나 채찍 같은 계열의 능력인가?

"쿠마코!"

「나만 믿어!」

내 지시를 받은 쿠마코가 글러브 형태로 내 주먹에 나타나고, 르시아는 검의 형태로 칼집 안에 들어갔다.

곧이어 물 흐르듯 매끄러운 동작으로 그녀에게 마하 펀치를 퍼부었지만, 그녀에게는 미래 예측 능력도 있었다. 내 공격을 모조리 피해냈다.

거리를 벌리는 동시에 수없이 많은 무기를 전이시키듯 불러내서 내게 사출했다.

"어림없어!"

전이를 통해 방패며 벽 등을 끌어다가 막아 내고 후려쳤다.

그리고 보니 르시아나 쿠마코는 예측계 기능을 보유하고 있었고, 나 역시 쓸 수 있었다.

공격한 후의 시간, 30초 후를 확인할 수 있도록 『시공전이』를 설정해 두고 글러브를 이용해 후려쳤다.

오오, 적이 뭘 할지 다 알 수 있잖아!

상대가 어떤 공격을 할지, 보유한 능력을 어떻게 사용할지를 훤히 읽을 수 있었다.

미래는 변화하는 법이지만, 그 범위까지…… 다 보인다!

"오오오오오오……!"

속박 능력으로 나를 옭아매려 들지만, 시계노부와 친구들의 힘이 그것을 막아 준다.

그 틈을 타서 글러브로 후려치려 했지만, 상대의 수많은 전투계 능력이 방해하고 들었다.

검술, 봉술, 창술, 체술…… 갖가지 무술로 대항하고 들었지만, 움직임이 더 빠른 데다 미래를 완전하게 내다볼 수 있는 나에게 공격을 적중시키는 건 불가능했다.

"오오오오!"

천마일도, 천하무쌍, 신마멸살, 노바 스트라이크 등 갖가지 무술의 비의가 날아들었지만, 나는 그 모두를 힘으로 쳐내 버렸다.

내게는 노아 토르시아에 내장된 기술 말고 다른 능력이 없다.

잠깐이라도 방심하면 죽을 것이다.

하지만, 아직 더 싸울 수 있다.

「으윽…… 녀석과 유키나리의 공격이 이렇게까지 치열할 줄이야…….」

「가, 가우…….」

잇따른 맹공에 르시아와 쿠마코…… 무기들이 비명을 지르고 있다는 게 느껴졌다.

그러나 여기서 물러설 수는 없었다.

그녀가 가진 무기들도 서서히 소모되어 가고 있음을 알 수 있었다.

하지만, 나와는 다른 능력으로 그것을 보충했다.

"으어아아아아아아……."

큭……?!

요리후지와 하기사와, 반 아이들을 강제로 여기에 끌고 와서 나를 공격시키려 하는 건가?!

"어림없어어어어어어어어어어어어!"

나는 손을 들어서 상대의 소환을 방해, 저항하기 위해 힘을 불어넣었다.

"쿠오오오오오오?!"

오? 자기가 어떤 걸 당하고 있는지를 알아채고 놀라서 비명을 지르고 있군.

"끄으으으……."

"오오오오오……."

보였다. 미래를 보는 능력으로 알 수 있었다.

이것은 녀석 자신에게도 막대한 부담을 주는, 비장의 카드에 가까운 공격이었다.

녀석에게 아무리 애써도 없앨 수 없는 고정된 빈틈이 있다는
걸 알 수 있었다.

"그런 수단을…… 쓰게 놔둘 순 없어!"

퍽 하고, 모두를 여기에 불러내려 드는 힘을 쳐냈다.

"으끄아아아악!"

그녀는 그 틈을 타서 나의 능력을 『봉인』하려 시도했다.

이 힘은…… 그녀에게 있어서도 슬픈 능력일 터였다.

"소용없어! 그런 공격은 나에게는 안 통해."

동료들이 준 모든 힘이 나를 지켜 주고 있었고, 나는 그 힘을
유지하려 애썼다.

아무리 무수한 능력을 가진 최강의 능력자라 해도, 그런 나를
막을 수는 없다.

여기서 싸우고 있는 것은 나와 르시아와 쿠마코뿐이었지만, 이
자리에 오기까지 수많은 사람들이 내게 힘을 맡겨 주었다.

내가 아는 메구루 씨 역시 포기하지 않고 싸우고 있다.

나는 절대로 물러설 수 없다!

"오오오오……."

챙 하고…… 이번에는 총기들이 나를 포위하듯 출현해서 일제
히 사격을 퍼부었다.

총술인가?

아니, 저 총은 이세계의 소재로 만들어진 게 아니라 우리 세계
의 총이잖아?

마력으로 구축된 광석들이 투둑투둑 주위에 떨어져 내려서, 그
녀에게 힘을 불어넣었다.

"사일런스 소드!"

봉인 등의 능력은 결국 상태이상을 유발하는 것과 마찬가지다.

그렇다면 검술, 르시아에 내장된 검술로 상대의 능력을 찍어 누를 수도 있을 게 분명했다.

속도 면에서 약간 앞서는 내 검술이 그녀에게 명중했지만……주위의 원령들을 어느 정도 없애는 정도에 그쳤을 뿐이었다.

"이때다!"

베어내고 내달리는 동시에 전이를 동시 발동, 마법 말뚝이라 불리는 의식용 말뚝을 지면에 전이시켰다.

말뚝에 미리 등록해 둔, 효과 있는 마법진이 악의의 집합체를 둘러쌌다.

"……!"

노아 토르시아를 땅에 꽂아서 마법을 발동시켰다.

수도 없이 저장되어 있던 항마의 힘이 망령들을 쓸어내고 섬광을 내뿜었다.

대(對) 악마 · 악령용 마법진. 디바인 새크러먼트.

신성 능력자들이 막대한 마력…… 보통은 목숨을 대가로 발동시키는 필살 비의.

그와 더불어 마술적 속박 마법진, 어빌리티 프리벤트 월을 전개했다.

「끄으으응……. 유키나리가 아닌 다른 사람이 썼더라면, 나를 든 사람이 죽었을 게다!」

내 마력이 검을 통해 밀물처럼 빨려 나가고, 르시아가 고통에 찬 목소리로 소리쳤다.

"나도 알아!"

포인트 상전이를 통해 그 소모를 보충하면서, 나는 노아 토르시아와 시게노부의 검을 땅바닥에서 뽑아 양손에 쥐고 휘둘렀다.

유사 검술 중에서도 최상급에 해당하는 검술들을 수도 없이 퍼부어댔다.

"스타라이트 플래시! 멸룡검! 플레어에이트! 아직 더 남았어!"

우리는 숨 쉬는 것조차 잊은 채, 한없이 0에 가까운 시간 속에서 그녀에게 공격을 퍼부었다.

이렇게 몰아붙였음에도 불구하고, 그녀는 궁지에 내몰린 상태에서도 능력을 발동시켰다. 무술로 우리에게 맞서면서, 마법을 내쏘고 무기를 생성시켜서 방어를 강화하는 동시에 부상을 회복시킨다. 동시에 수없이 많은 분신을 만들고 부하인 그림자와 악령들을 소환해 내 능력을 봉인하려 들었다.

"오오오오오오오…… 용서, 못해…… 살아 있다니…… 비겁해…… 최…… 강……."

"끈질기네……. 원래 목소리도 아니잖아!"

목소리를 내는 악령을 서걱 찢어발기고, 조금씩…… 정말 조금씩 그녀의 힘을 깎아 내는 것만이 지금 우리가 할 수 있는 전부였다.

그야말로 무한에 가까운 능력의 덩어리로부터 에너지와 포인트를 빼앗는다.

이렇게 그녀와 접근해 있는 상황에서, 대지에서 쏟아져 나오는 힘을 흡수할 여유를 줄 생각은 없었다.

모든 연결을 다 끊어 버려야만 한다.

그런 생각과 함께 미래를 읽어 가면서 공격을 되풀이하고 있으려니, 슬쩍 뭔가가 눈에 들어왔다.

지금 피해서는 안 된다!

퍽 하고 그녀가 쏜 모든 것이 나에게 명중했다.

"끄…… 끄으으으으윽……."

그녀를 둘러싸고 있던 악령들이 일제히 히죽 웃었다.

"아직…… 안 끝났어!"

포인트 상전이와 내 마력이 반응해서 상처를 치료하고, 상태이상을 떨쳐내 버렸다.

"어──!"

넋이 나간 악령들. 그 경악이 분노와 살의로 변했던 바로 그 순간.

"거기구나!"

전이를 이용해서 의식의 한 부분에 공격을 날렸다.

현재로서는 별 의미가 없을지도 모르는 공격이지만, 그래도 원령들에게 조금이나마 대미지가 들어갔다.

조금씩 균열이 보이기 시작했다.

"하앗……!"

무기를 글러브로 전환해서 악령 무리를 향해 충격작렬을 사용, 폭발시켰다.

그 순간에 다시 검으로 무기를 전환, 십자로 베어 냈다.

"크로스 저지먼트!"

십자 모양의 섬광에 의해 악령들이 대량으로 찢어발겨지고, 그녀의 본체가 노출되었다.

세계를 저주하고, 저주에 오염된 저주의 본체……. 약해졌던 순간은 지금까지도 여러 번 있었다.

하지만 내가 원하는 건 그게 아니었다. 나는 아직도 그녀에게 달라붙어 있는 악령들에게 검을 겨누었다.

"죽고 죽이고…… 이 세계의 모든 것을 증오하고, 세계를 멸망시키려 들고…… 그러면 만족할 수 있을 것 같아?!"

끝도 없이 되풀이되는 살의의 연쇄. 그 시작은 일방적인 소환이었다.

그에 의해 생겨난 살의──저주.

"그런 짓을 아무리 되풀이해 봤자 만족 같은 건 얻을 수 없어!"

「좋아, 유키나리! 빨리 최후의 능력을 사용하거라!」

서서히 힘이 흘러 들어왔다. 마력 대활성화에 의한 힘이 나를 인도해 주고 있는 것이다.

이제 힘을 발동시키면 능력의 인도에 따라 소원을 이룰 수 있다.

세계를 구할 방법은 이 악의의 연쇄를 미래의 저편으로 날려보내는 것──이 아니다!

나는 노아 토르시아를 땅에 꽂은 다음, 시계노부의 검을 쥐고 그녀에게 휘둘렀다.

「무, 무얼 하는 게냐! 나를 놓다니──.」

쩍 하고 또렷한 손맛이 느껴지는 동시에, 나는 어떤 능력을 작동시켰다.

능력명은 『능력전이』. 악령 집합체의 핵인 그녀를 지정하고, 또 다시 나를 공격하려 드는…… 그림자를 지정했다.

"아아아으으으……."

으……. 시커먼 힘이 내 능력과 접촉하는 바람에 감정이 흘러들어왔다.

"아직 안 돼. 그런 식으로는, 끝나지 않아. 구할 수 없어. 올바른 방법은…… 이쪽……이야!"

나는 그녀에게 손을 내밀었다.

하얀 영혼마저도 넋이 나가 내 손을 붙잡고 막으려고 했다.

「왜 그러느냐! 유키나리! 머리가 이상해진 것 아니냐?!」

르시아가 경악에 차서 소리쳤다.

아니다. 이 방법은 잘못되지 않았다.

하얀 영혼은 눈앞에 있는 그녀와 살의와 악의에 붙들린, 감정과 혼의 결집체라고 했다.

하지만 그게 전부는 아니다.

그녀가 무엇에 대해 분노하고 있는 건지, 무엇에 대해 슬퍼하고 있는 건지.

그 뿌리에는 타인을 생각하는 마음이 있다.

하얀 영혼이 그 감정을 전부 다 가지고 분리된 게 아니었다.

"오오오오오……."

히죽 웃음을 짓는 저주의 결정체. 나에게 큰 빈틈이 생겼다고 생각하는 것이리라.

하지만, 그게 아니었다……. 내가 읽어낸 미래는 단 하나!

"나는 네가 생각하는 내가 아니야. 하지만, 그래도! 나는 너를 구해주고 싶어!"

그녀의 손에 사탕을 쥐여 주었다.

"오오오오오아아아아아…… 아아아아아아……."

사탕을 손에 움켜쥔 그녀는 고뇌에 찬 표정을 드러냈다.

내 시야에 수없이 많은 능력들이 나타났다.

시선을 집중해서, 최대한 빨리 어떤 능력…… 아니, 강제로 부여된 힘을 지정했다.

그녀는 자기 목을 할퀴어 대다시피 하며, 날뛰어대는 악의를 필사적으로 억누르고 승인을 지시했다.

그림자가 그녀의 소유물을 강제로 작동시키려 들었다!

나와 그녀가 지정한 것은 강제로 부여된 확장능력 『소환 의식』.

소환 의식의 마법진은 발악하듯이 요동치며, 나를 통해 지정된 그림자에게로 날아갔다.

이윽고 요란한 소리와 함께, 주위의 그림자가 모래성처럼 무너져 사라졌다.

"하아…… 하아……."

"유키나리 군……."

그리고 육체는 없지만 영체 상태로 남은 그녀가, 포효가 아닌 목소리로 내게 말을 걸었다.

"으윽……."

하지만 그것도 임기응변이었을 뿐, 쫓아냈던 의식이 다시 그녀를 향해 날아들려 들었다.

"버텨. 다시 잡아먹히면 안 돼!"

"네, 넷……!"

하얀 영혼이 힘을 모으기라도 하듯 그녀와 포개져서 하나가 되었다.

나는 곧바로 노아 토르시아에 글러브를 감고, 공간을 찢어발기며 분출되는 마력 대활성 속으로 뛰어들며 내가 가진 능력을 행사했다.

「유키나리!」

「유키나리~!」

어떤 소원도 이룰 수 있다고 전해질 만큼 막대한 힘의 덩어리……. 그 소유권이 이제 완전히 흩어져 있었다.

그 소유권을 얻으면 악령들의, 의식의 꿍꿍이를 저지할 수 있다.

단지, 지금까지는 그녀라는 그릇이 있었기에 그 힘을 더 크게 확대시킬 수 있었던 것뿐이다.

나는 포인트 상전이를 최대한으로 발동시켜서 힘을 모조리 변화시켰다.

자유 낙하를 하는 것 같은 감각과 함께…… 대활성의 힘이 내 안으로 들어왔다…….

제16화 나만 남는 학급전이

"……."

조 단위를 넘을 만큼 막대한 포인트가 내 안으로 들어왔지만, 인간의 몸에는 그만한 양을 저장할 수 있는 힘이 없었다.

『포인트 상전이』를 통해 포인트를 경험치와 레벨, 갖가지 스테이터스로 변환해 그 힘을 견뎌낼 수 있는 몸으로 바꾸어 나갔다.

힘의 분출구까지 떨어져서, 맨틀 속으로 낙하해 가는 것 같은 감각을 느끼며, 나를 감싸는 힘을 모조리―― 집어삼켰다.

곧바로 『전이』를 사용해서 아까 그 자리로 돌아갔다.

레벨은 굳이 확인해 볼 필요도 없겠지.

"큭――."

힘겹게 버티고 있는 그녀에게 달라붙으려 드는 힘을 손으로 걷어냈다.

의식은 이제 나를 표적으로 삼으려 드는 것 같았지만, 나에게 빙의되는 건 어림도 없었다.

악의에 찬 망령들도 마찬가지였다.

「유키나리! 얼마나 걱정했는지 아느냐?!」

「가우가우! 그렇게 무모하게 굴면 어떡해!」

"걱정 끼쳐서 미안해. 하지만 이제 괜찮아."

목적은 달성했다.

분출하는 마력을 그녀를 미래로 보내는 데 사용하는 대신, 나 자신의 힘으로 변질시켰다.

이제 지금까지 생각해 왔던 것을 하기만 하면 된다.

이렇게 해야만 실천할 수 있는 일이었으니까.

주위를 어슬렁거리면서, 악령을 새로운 매체로 삼으려 들던 의식의 힘을 칼부림으로 흩어 버리면서, 나는 둥실둥실 떠 있는 그녀에게 물었다.

"이름이 뭐야? 꿈속에서는 못 들었으니까 이제라도 알고 싶어. 나는 너를 모르는 세계에서 소환됐기든."

"제 이름은…… 우키카와 사토미……예요."

그것이 그녀, 우키카와 씨의 이름.

불운하게 소환에 휘말려서 좋지 못한 능력을 얻었을 뿐인, 평범한 여자아이.

"여기가 어디고, 네가 어떤 존재인지 알겠어?"

"네…… 으윽……."

"아직도 침식하려고 들다니……. 진짜 끈질긴 녀석이네."

희미하게 그녀에게 달라붙으려 드는 의식……. 이미 현재의 역할을 상실해 가고 있기에, 그녀를 끌어들여 잠들려 하고 있다는 걸 알 수 있었다.

안됐지만 그렇게 하도록 내버려 둘 생각 따위는 없었다.

"저는…… 엄청난 죄를……."

나는 양손으로 얼굴을 감싸는 우키카와 씨에게 눈길을 돌렸다.

"너 자신의 능력이 뭔지는 알고 있겠지?"

"네……. 제 능력은 『고독(蠱毒)』이에요."

역시 그랬었군.

고독――. 수많은 생물들을 한 곳에 가두어 두고 서로 죽고 죽이게 만드는 것.

최후까지 살아남은 생물은 신령으로 여겨져서 숭배의 대상이 된다고 한다.

그 독은 사람들에게 행복을 주기도 하고, 강력한 독이 되기도 한다고 들은 적이 있었다.

숲속에서 이세계인들 간에 살육전을 벌인 끝에 남의 능력을 얻을 수 있는 능력이니 대충 그런 것일 거라고 짐작했었다.

소환 의식이 이 아이에게 달라붙기 전에 주었던, 변경된 능력은 두 가지였던 것이다.

『강탈』에 속하는 탈취 계열, 그리고 살해를 통해 얻어지는 『고독』.

최강의 독충인 이세계인을 만들어 내는 토양을 구축하는 것이 의식의 목적이었다.

과거의 이 세계 사람들은 마력 활성화에서 살아남기 위해…… 그래, 오직 살아남기 위해서 강한 능력자를 만들어 내서 독점하려 했을 거라는 결론이 자연스럽게 나왔다.

이 고독의 능력에 소환 의식의 마법진이 결합해서 저주로 변해, 이세계인…… 우리 반을 소환하게 된 것이리라.

매개체가 된 그녀에게는 수도 없이 많은 죄가 있을지도 모른다.

하지만 그녀만을 벌하는 건 옳지 않았다.

"우키카와 씨, 여기서 한 가지…… 거래하고 싶어."

"거, 거래?"

"우키카와 씨. 지금부터 내가 하는 제안은, 아마 이 세계 모든 사람들을 모독하는 게 될지도 몰라. 이기적이고 거만한 제안일 수도 있어."

「무슨 꿍꿍이를 꾸미는 게지?」

「가우?」

"메구루 씨는 물론이고, 르시아와 쿠마코도 격노할지 모르지."

나는 르시아와 쿠마코에게 살짝 시선을 보낸 다음, 우키카와 씨를 응시하며 말했다.

"유키나리 군!"

"냐~!"

그렇게 이야기를 할 때, 메구루 씨와 미케 일행이 달려왔다.

"악령들이 갑자기 확 줄어들고 주위가 조용해져서 달려온 건데…… 이건……."

"일단 싸움은 끝났다고 해도 좋을 거야."

마침 딱 좋은 타이밍인지도 모르겠다.

메구루 씨가 우키카와 씨 쪽으로 눈길을 돌렸다.

"이 아이는 우키카와 씨. 르시아가 흑막이라고 부르던 첫 번째 학급 소환의 희생자이자 진정한 적이 매개체로 삼고 있던 사람이야. 이 아이가 평정심을 유지하는 한은 걱정할 것 없어."

"그, 그래?"

"평행세계의 나와 메구루 씨와 친했던 모양이야. 그렇게 친하던 우리가 살해당하는 바람에 그 증오를 이용당한 거야."

"그랬구나……."

메구루 씨는 동정 어린 시선으로 우키카와 씨를 쳐다보았다.

하지만 그것도 잠시, 이번에는 나를 보며 어리둥절한 얼굴로 고개를 갸우뚱거렸다.

"으응……? 유키나리 군?"

"왜 그래?"

"어쩐지 유키나리 군한테서 뭔가 엄청난 게 뿜어져 나오는 느낌이야. 그리고…… 어쩐 불길한 느낌이 드는데."

"아……. 뭐, 메구루 씨는 아마 화낼 것 같은데."

"유키나리 군, 지금 반 애들과 같이 숲속에서 지내던 때랑 똑같은 표정을 하고 있어. 무슨 꿍꿍이를 꾸미고 있는 거야?"

꿍꿍이……. 하긴 꿍꿍이가 맞다. 아주 못된 일이다.

하지만, 이미 결심했다.

"나는, 모든 걸 없었던 일로 만들고 싶어."

지금 내 손에는 모든 것이 다 있다.

이 힘으로 할 수 있는 최대한의 일을 하고 싶었다.

"모든 걸? 그게 무슨 소리야?"

"모든 걸 없었던 일로 한다니…… 설마──."

내가 하고자 하는 것을 이해한 듯, 우키카와 씨가 말을 잃었다.

그렇다. 오만한 생각이라는 건 나도 잘 안다. 그릇된 일이라는 것도 안다.

그래도 나는 포기할 수 없었다.

"메구루 씨도 화를 낼 거라는 건 잘 알아. 그래도 나는…… 이런 부조리한 상황을 받아들일 수가 없어. 지금까지 즐거웠던 일도 있었지만, 그보다 슬픈 일이 훨씬 더 많았어."

나도 모르게 메구루 씨에게서 시선을 외면하며 그렇게 말했다.

내 선택이 그릇된 선택이라는 것을 나 자신도 잘 알고 있다.

하지만, 그래도 이건 다 착각일 뿐이었다고 말하고 싶었다.

"르시아는 우키카와 씨를 미래로 보내 버리는 방법밖에 생각하지 않았고, 다른 사람들한테도 그렇게 얘기했지만, 내가 르시아에게서 받은 능력은 『시공전이』. 일단 과거로 가는 것도 가능하게 돼 있어."

"그걸 얘기 안 한 걸 보면, 과거로 가는 건 힘든 일이라는 거지?"

메구루 씨의 물음에 나는 고개를 끄덕였다.

그렇다……. 지난번에 혼자서 실험해 보았을 때, 어마어마하게 레벨을 올린 나조차도, 이 능력을 한 번 사용하면 사흘은 쿨타임을 거쳐야 재사용이 가능할 정도였다.

"어딘가에서 누군가가 얘기한 걸 들은 적이 있어. 세계는 항상 앞을 향해 나아가고 있고, 반대쪽…… 과거로는 갈 수 없다고. 그러니까 과거로 가는 게 힘든 건지도 모르지."

몇 번 고개를 끄덕인 다음, 메구루 씨는 나를 쳐다보았다.

"그런 짓을 하면 유키나리 군이 어떻게 될지 알고 있기는 한 거야? 인식 변조의 경우와 마찬가지로, 지금의 유키나리 군은 시공 변환에 대한 내성이…… 과거가 변하더라도 유키나리 군 자신은 변하지 않잖아!"

"다 각오하고 있어."

그렇다 해도 모두를 우키카와 씨를, 평행세계의 모두를, 시게노부를…… 그리고 메구루 씨를 구하고 싶다.

"그래서? 문제를 해결할 방법은 이미 다 생각해 둔 것 같은데, 뭘 없었던 걸로 만들겠다는 거야?"

"이…… 학급전이 사건을 전부 다."

내 대답에, 메구루 씨와 우키카와 씨 모두 말문이 막혔다.

"할 수 있을지도 모르지만, 유키나리 군은 그게 좋은 일이라고 생각해?"

"나쁜 일일지도 몰라. 하지만, 도저히 받아들일 수가 없어. 우리도 그렇고 평행세계의 애들도 그렇고, 원래는 이런 일에 말려들 이유가 없었어. 그 인과를 끊어서, 아무 일도 일어나지 않은 세계로 만들고 싶어."

"그렇게 하면…… 시게노부 군이 다시 살아나니까?"

메구루 씨의 지적이 가슴을 쿡 찌르는 것 같은 느낌이었다.

"시게노부뿐만이 아냐. 지금까지 이 세계에 소환돼 왔던 모든 희생자들을 위해서, 그렇게 하고 싶어."

"결심은…… 이미 굳은 거지?"

"응. 무슨 일이 있어도 나는 물러나지 않을 거야. 메구루 씨가 말린다고 해도."

"그렇구나……. 마음 같아서는 '그렇게 과거만 생각해서 어쩌자는 거야!' 라고 따끔하게 한마디 해 주고 싶지만, 유키나리 군이 사태의 원인을 제거하고 모두를 구하기로 마음먹었다면, 나도 말리지 않을게. 애초에…… 내 힘으로는 말릴 수도 없을 테고."

메구루 씨는 반쯤 체념한 말투로 말했다.

예상과는 달리 화를 내지 않은 것이 약간 의외였지만, 그렇게 이해해 주는 게 고마웠다.

"그래서? 구체적으로 이제 어떻게 할 건데?"

"우키카와 씨, 괴로울지도 모르지만, 일단 소환 의식이 돌아올 수 있도록 받아들이고, 저주에 지배당하지 않도록 조심하면서 나를 소유물로서 연결해줘."

"그랬다가는 큰일이 날지도 모르는데요?!"

"아직 얘기 안 끝났어. 그런 다음에 나와 힘을 합쳐서…… 내가 가진 시공전이의 힘을 이용해서…… 과거로 가는 거야."

"하지만…… 상전이의 힘으로 커버한다고 해도——."

나는 슬쩍 메구루 씨에게로 눈길을 주어서, 더 이상 말하지 말라는 신호를 보냈다.

절대로 포기할 수 없다.

"우키카와 씨라면 길을 만들 수 있지 않아? 너는 지금까지 모든 걸 다 지켜봐 왔으니까."

이 따위 운명을 부정할 수만 있다면, 그걸로 충분하다.

"유키나리 군."

메구루 씨가 팔짱을 끼고 의심 어린 눈초리로 나를 쳐다보며 말했다.

들키면 안 돼! 끝까지 속여야 해!

"왜 그래?"

"나도 갈 수 있지?"

"미안, 그건 안 돼. 유니크 웨폰인 쿠마코나 르시아라면 장비품으로 취급돼서 같이 갈 수 있을지도 모르지만, 실질적으로는 나 혼자 다녀올 수 있는 만큼의 힘밖에 없어."

"그렇구나……. 꼭 돌아올 거지?"

……나는 말없이 고개를 끄덕였다.

"쿠마코, 르시아, 얘기 들었지? 나는 과거를 바꿀 거야."

「오오, 이제 모든 인과를 매듭지을 수 있겠구나. 메구루가 찬성이라면 나도 찬성이다.」

"미안하게 됐어. 르시아는 여기에 두고 가는 게 좋을까? 혹시 르시아가 아는 메구루 씨와 같은 세계로 보내 줄 수 있다면 겸사 겸사──."

「싫다! 나도 쿠마코도 같이 가겠다! 그게 좋겠지, 메구루?」

「쿠마코, 어디든 같이 갈래~!」

"르시아, 유키나리 군을 부탁할게. 허구한 날 무모한 짓을 해

대니까, 꼭 이 세계로 돌아오도록 이끌어줘야 해."

「나만 믿거라!」

"……알았어."

나는 갈 수 있는 곳까지 간다. 그것뿐이다.

"정말…… 후회하지 않으시겠어요?"

"후회할 생각 없어. 나는 무슨 일이 있더라도 모두를 원래 세계로 돌려보내 주기로 마음먹었으니까."

모두를 구하고 싶다는 감정이 오만한 소원이라 하더라도, 그것을 실현할 수단이 있다면 포기할 생각은 없었다.

조금만 더, 조금만 더 가면 되는 것이다.

지금의 나라면, 그녀의 힘을 빌리지 않고도 지금의 하기사와와 요리후지 같은 친구들을 구할 수 있다.

『시각전이』를 통해, 고통에서 풀려난 동료들에게 전이를 지시했다.

"내 능력으로는 의식이 없는 사람을 돌려보낼 수 없어. 우키카와 씨, 무슨 말인지 알지?"

"으으으윽……. 아, 알았어요. 이 저주를…… 반드시 이겨내고 말겠어요. 유키나리 씨에게 최대한 힘이 되어 드릴게요!"

"고마워."

그리고 나는 『청각전이』를 발동해 모두에게 말했다.

"얘들아! 해냈어. 이제 돌아갈 수 있어!"

반 아이들의 목소리는 듣지 않았다. 더는 말하지 않았다.

내가 우키카와 씨와 힘을 모으자 위치를 지정하거나 승인을 얻지 않았는데도 전이가 작동해 모두 원래 세계로 돌아갔다.

시각전이를 통해, 모두가 학교로 돌아간 것을 확인했다

"이제 메구루 씨만 남았어."

"응……."

그리고 메구루 씨는 지난번에 숲에서, 샘 앞에서 약속했던 때와 같은 표정으로 나를 바라보며 말했다.

"약속 꼭 지켜야 해."

"물론. 모두 무사히 돌려보내고 나면, 그날 얘기에 대한 대답을 해 줄게."

그날, 나는 숲속에서 고백을 받았다.

힘든 일들이 너무 많아서 지금껏 보류해 왔던 약속이었다.

만약에 돌아갈 수 있다면, 그날의 고백에 대한 대답을 해 주고 싶었다.

"응."

메구루 씨에게 전이를 지시하고, 메구루 씨가 승낙……. 우리의 원래 세계로 돌아갔다.

"됐어."

"냐!"

미케를 비롯한 유니크 웨폰 몬스터들이 나를 배웅해 주었다.

나와 메구루 씨의 소유물이 된 영향으로 르시아가 내성을 갖게 된 것처럼, 그들도 임시 소유자가 된 내 영향으로 내성을 얻게 된 것이리라.

"너희는…… 어떻게 할 거지? 너희의 소유자들은 아마……. 그러니까 너희도 지금까지 있었던 일들을 없었던 일로 하는 흐름에 동참하는 게 좋을까?"

"냐아아아아!"

미케와 유니크 웨폰 몬스터들은 일제히 고개를 가로저어서 거부의 뜻을 나타냈다.

기억하고 싶다……. 그런 뜻이리라.

"알았어. 혹시 후회되거든 소유자 등록을 해제하도록 해. 그렇게 하면 아마……."

"냐!"

유니크 웨폰 몬스터들은 결의를 표하며 경례를 붙였다.

자, 출발할 시간이다.

약속을 지킬 수 있도록…… 최대한 노력해 볼 생각이다.

그래도, 모두가 잘 지내기를 기도했다.

오만하다고 욕을 먹어도 상관없다.

나는 고개를 끄덕이고 시야에 나타난 능력 항목에서 시공전이를 선택, 소지한 포인트와 마력을 총동원해서 과거로 전이를 지시했다.

과거로 돌아가려면 막대한 힘이 소비된다.

그렇기에 그 소비량을 조달할 수 있을 만큼 막대한 포인트를 얻어야만 했던 것이다.

"간다!"

이윽고 모래시계의 시간이 다 끝나고, 우리는 시공전이를 통해 과거로 전이했다.

과거에서 일어난 가장 최근의 마력 활성 발생 시기로 전이하니, 그 도중에 우리가 소환된 직후의 광경이 보였다.

나를 의식하지 못하는 시게노부와 메구루 씨 ~~ ~. 니는 내성

때문에 이미 여기에는 존재하지 않는 모양이었다.

보아하니 나라는 존재는 어느 시간에도 하나밖에 존재할 수 없게 된 것 같았다.

우리에 대한 소환과 그 전에 발생했던 소환을 '없었던 일'로 만들었다.

인식 변조—— 전이에 대한 내성은 있지만, 과거의 변조에 대한 내성은…… 없었다.

우키카와 씨와 내 사이를 연결하는 실이 휘청거리듯이 한 단계 약해졌다.

나와 연결되어 있기에 유지되고 있는, 르시아와 쿠마코가 갖고 있는 인식 변조 내성.

우키카와 씨의 인식은 그 시대의 자신과 공유하지 않았던 것으로 해야만 한다.

"어, 어서…… 빨리 가요. 쿨타임은 제가 단축해 볼게요."

내성이 있더라도 영향을 안 받는 건 아닌 것이리라.

과거로 거슬러 올라갈수록 나는 점점 더 약화될 것이다.

그렇기에 최소한의 유지가 가능하도록 애써야만 했다.

그렇게 대삼림의 역사를 무수히 거슬러 올라가며, 우리는 소환 자체를 없었던 일로 만들어 나갔다.

우키카와 씨는 내 존재를 통해 의식의 영향을 경감시켜서 가까스로 이성을 유지하고 있는 것 같았다.

그럼에도 이따금 폭주의 위기에 빠졌지만, 폭주할 상대는 나밖에 없었다.

전이를 시작한 직후, 모두의 레벨은 미약한 수준이었다.

손쉽게 제압할 수 있었다.

우리는 그렇게 마력 대활성을 이용해 계속 과거로 나아갔다.

"여기구나."

이윽고…… 첫 번째 소환의 때까지 다다랐다.

내가 아닌 나와, 내가 아는 메구루 씨와는 다른 메구루 씨.

그리고 반 아이들이 쓰러져 있었다.

거기서 우키카와 씨와 아이들을 원래 세계로 돌려보내서, 이세계 소환을 없었던 일로 만들었다.

이제 우키카와 씨가 소유한 능력은 얼마 남지 않았고, 의식의 끈도 이제 미약한 수준밖에 되지 않았다.

이쯤 되니 내가 모아 둔 포인트도, 포인트 상전이를 통해 변환시킨 힘도 거의 바닥났다.

"이제……."

소환 의식이 있는 위치는 알고 있었다.

우키카와 씨의 힘 때문에 복잡해졌던 요소는 이제 없었다. 본체를 파괴하기만 하면 된다.

"자, 잠깐!"

힘에 의해 나와 우키카와 씨를 이어 주던 끈은 이미 거의 끊어져 갔고, 우키카와 씨가 내게로 손을 뻗었다.

나는 우키카와 씨를 향해 웃어 보였다.

"여기까지 인도해줘서 고마워. 자…… 이제 너도 원래 세계로 돌아가야 할 때야."

"아니, 그게 아니에요. 그 의식을 파괴하고 손을 놓으면——."

그녀가 무슨 말을 하려는 건지는 나도 알고 있다.

지금 내가 갖고 있는 것은 시공전이, 그리고 르시아와 쿠마코에 대한 소유권.

레벨과 스테이터스는 포인트 상전이를 통해 포인트로 변환시켰기에, 초기 수치에 더없이 가까운 상태였다.

그리고…… 하얀 영혼이기도 했던 그녀가 가까스로 유지시켜 주고 있던 포인트 상전이는 이제 역할을 다하고, 그녀의 소실과 함께 사용 불가 상태가 된다. 항목이 점멸하는 것을 통해 알 수 있었다.

이제 몇 초 앞밖에 볼 수 없게 된 시공전이를 통해서도, 이제 곧 포인트 상전이가 소실된다는 것이 확인되었다.

과거로 전이한 상태인 만큼, 내가 돌아가야 할 원래 세계로 전이하는 것도 불가능하다.

전이할 위치가 다르기에 실패할 것이다.

그 점은 처음부터 각오하고 있었다.

"걱정하지 마. 분명히 약속했으니까. 다시…… 여기부터 시작하면 돼."

전이를 이용해 의식의 본래 위치── 비석을 향해 바위를 날려 보냈다.

이제 두 번 다시 이런 일이 일어나지 않도록 꼼꼼하게 파괴해 두었다.

우리를 수도 없이, 헤아릴 수도 없을 만큼 괴롭혀 왔던 의식이 맥없이 무너져 가는 모습을 보니, 살짝 상쾌한 기분이었다.

"이제…… 사토미 씨 차례야."

"네? 아──?!"

나는 손을 놓치지 않으려 필사적으로 애쓰던 그녀의 끈과 손을 놓았다.

"아, 안 돼요…… 유키나리 군……."

그러나 우키카와 씨는 내 손을 놓지 않으려고 저항했다.

나에게는 그녀에 대한 기억이 없었다.

이 시대의, 평행세계의 나와 같은 반이었기 때문이다.

하지만, 우키카와 씨가 히야마 메구루와 하네바시 유키나리라는 인물을 얼마나 소중히 여기고 있는지는 분명히 알 수 있었다.

그렇기에, 그녀가 원래 세계에서 행복해지기를 바랐다.

"이건 악몽…… 아니, 너는 학급전이 따위 없었던 세계로 돌아가는 거야. 이제 슬픔이나 살의에 물들 일은 없어. 재미는 없을지도 모르지만, 평화로운 세계로 돌아가는 거야."

"아, 아니…… 안 돼요! 놓으면 안 돼요……!"

이렇게 소중하게 여겨 주다니, 평행세계의 나란 놈도 제법인데.

평행세계의 나는 메구루 씨와 우키카와 씨라는 두 여자에게 애정을 받는 것 같으니 여러모로 고생도 많겠지만, 뭐, 평화로운 세상에서 잘해 보기를 바라는 수밖에.

내 성격상, 아마 양다리를 걸치지는 않을 텐데.

뭐랄까…… 지금의 나처럼 그녀들에게 상처를 주지 말아 주었으면 좋겠다고 생각하는 건 오만일지도 모르겠군.

하여튼, 그 점에 대해서는 평행세계의 나에게 기대를 걸어 보는 수밖에.

"네 세계의 나와 메구루 씨에게 안부 전해줘. 아마 기억 못 하겠지만…… "

"안 돼요! 그러면 안 돼요!"

우키카와 씨는 전이의 힘을 필사적으로 막고 저항했다.

안 된다……. 그렇다. 아마 해서는 안 되는 일일 것이다.

"고마워. 그렇게 말해 주는 사람이 있는 한, 나는 앞으로도 최선을 다할 수 있을 거야. 원래 세계로 돌아가는 걸 절대로 포기하지 않을게."

그렇게 말하고, 나는 손을 뿌리쳤다.

이윽고…… 우키카와 씨에게 전이의 힘이 작동하는 것이 느껴졌다.

"절대로 이대로 끝내지는 않을 거예요! 몇 년, 아니, 몇십 년, 몇백 년이 걸리더라도, 무슨 수를 써서라도, 시공을, 세계를 넘어서라도! 이번에는 당신을 구하러 갈 거예요! 약속——."

그녀가 눈물 젖은 눈으로 내게 손을 뻗으며 소생해서 육체를 되찾고, 공간의 벽으로 빨려 들어가고, 시공 변조에 휘말리는 모습이 보였다.

우키카와 씨는 돌아간 것이다.

평화로운 일상으로.

"약속이라……."

생각해 보면 나는 늘 약속을 어기기만 했다.

다 함께 돌아가겠다고 해 놓고 나 혼자만 남기도 하고, 메구루 씨와 한 약속도 결과적으로 어기고 있다.

정말이지, 내가 생각해도 못돼먹은 녀석이다.

본질적으로는 그 숲에서 사탕을 돌리던 시절과 달라진 게 없는 건지도 모른다.

"역시 나는 이기적이고 독선적인 녀석이라니까."

그녀가 보여 준 마지막 표정은 슬픔으로 물들어 있었다.

이 방법이 그릇된 방법이라는 건 이미 증명된 셈이다.

시게노부나 요리후지가 엄청나게 화를 낼 것 같다.

뭐, 인식 변조가 일어날 테니까, 그 점은 걱정할 것 없겠지.

반 아이들 입장에서도 자리 하나가 비는 것쯤은 대단할 것 없는 오차일 테고.

그때, 무기에서 각자 모습을 드러낸 르시아와 쿠마코가 말했다.

"그래, 참 이기적이구나. 하지만, 나는 녀석을 미래의 저편으로 날려 버리는 것보다 이쪽이 나을 거라고 생각해."

"그렇게 말해 주니까 좀 마음이 편하네……. 허락은 받았지만, 그래도 끌어들여서 미안해."

"아니, 마음 쓸 것 없다. 이제야 나도 사명에서 해방된 셈이니까."

"가우~."

하지만…… 어쩐지 이상한 느낌이 들었다.

그렇게 생각하고 있으려니, 이제 제법 무겁게 느껴지던 르시아와, 국가 사람들이 강화시켜 준 시게노부의 검이 아련하게 빛나는 게 보였다.

「호오……. 유키나리. 지금까지 유키나리와 여행을 함께한 덕분인지, 이제 그 검에도 의식이 움트기 시작한 것 같구나. 뭔가 가고 싶은 곳이 있는지 유키나리에게 부탁하는 것 같다만?」

검에서 어렴풋이 힘이 흘러 들어오고, 시공전이가 살짝 작동되었다.

그 너머에 있는 것이 무엇인지는 알 수 없었지만, 소환 의식의 힘이 느껴졌다.

끈질기군……. 시계노부의 검은 도망치려 드는 저 녀석을 처치하고 싶은 모양이다.

내포하고 있는 힘을 이용하면, 원래 세계로 돌아가는 게 조금 빨라질지도 모르겠다.

하지만…… 그래, 일단은 적을 해치우는 게 먼저겠지.

"알았어!"

검에 깃든 의지를 받아들여서 시공전이를 작동, 어디로 도망친 건지 알 수 없는 의식을 향해 내쏘았다.

퍽 하는, 능력으로 알 수 있는 확실한 손맛에 이어서…… 소환 의식을 완벽하게 처치했다는 확신을 느낄 수 있었다.

"이제야 모든 게 끝났어……. 아니, 시작된 건가."

일단은 이제 됐다는 자기만족에 잠겨 있기로 해야겠다.

원래 세계로 돌아갈 수 있다면 좋겠지만, 아마 힘들겠지.

전이는 이세계 안에서만 가능하고, 원래 세계에 물자를 가져올 수도 없다.

도중에 쓰러져 죽는 신세가 될지도 모른다. 그래도 나는 후회하지 않는다.

이것이 오직 자신의 만족만을 위해 오만한 짓을 한 나에게 주어진 대가다.

돌아가기는 힘들 테지만, 방법이 아예 없는 건 아니라고 믿기로 하자.

이대로 끝낼 생각은 없었다.

"그나저나, 앞으로는 어떻게 할 생각이지? 사명이 사라져 버렸으니, 앞으로는 다른 삶의 방식을 찾아야 할 텐데 말이야."

르시아의 경우는 그렇겠지.

하긴 지금까지는 저주로 변한 우키카와 씨와 싸우는 것만을 목표로 살아왔으니까.

그 저주가 사라져 버린 이상, 이제는 새로운 길을 찾아야 할 것이다.

"그렇구나, 유키나리. 원래는 메구루와 같이 하고 싶었던 거지만, 나와 함께 무도의 정점을 향해 노력해 보지 않겠느냐?"

"무도의 정점?"

"한마디로 최강의 길이라고 할 수 있지."

"관둬. 최강 타령은 오노와 타니이즈미만으로도 넌덜머리가 난다고."

"흠, 신성한 무의 추구를 그 녀석들과 똑같이 취급하다니 매우 유감이구나."

"맞아맞아! 유키나리는 쿠마코랑 같이 최강을 노릴 거야."

생각이 빼다 박았군……. 같은 유니크 웨폰 몬스터라서 같은 생각에 다다르는 건지도 모른다.

"유키나리. 원래 무술이라는 것은 약한 자를 구하는 올바른 마음이 말이지──."

"메구루도 그랬어! 힘이 없는 정의는──."

"알았어, 알았어. 내가 잘못했어."

르시아와 쿠마코의 설교가 귀찮았기에 일단 굽혀 주었다.

소환이 근원을 파괴해서 그런지, 어째 이 아이들의 마음속에서 나에 대한 기대치가 상승한 것 같은 느낌이 든다.

"그런 얘기는 나중에 하고, 일단은 가자."

"으음, 많이 약해진 것 같구나. 내가 지켜 주도록 하마."

"가우! 쿠마코도 쿠마코를 강화시켜 준 유키나리의 은혜를 갚을 거야!"

"그렇게 해 주면 고맙겠어."

그렇게 해서, 나는 셋이서 숲속을 걷기 시작했다.

예전보다 숲이 조금 밝아진 것 같은, 그런 느낌이 들었다.

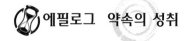 **에필로그　약속의 성취**

몇 개월 후.

숲을 벗어나서, 원래는 우키카와 씨가 멸망시켰던, 훗날 라이크스가 되는 나라일까……? 그런 나라를 슬쩍 둘러보았다.

이런저런 우여곡절이 있었지만, 장삿속에 밝은 르시아가 적절하게 처신해 준 덕분에 남들의 눈에 띄지 않고 여행할 수 있었다.

메구루 씨와 한 약속은 아직 살아 있지만…… 내가 살아 있는 동안에 성취할 수 있을지는 솔직히 의문이었다.

그런 생각을 하면서, 나와 쿠마코와 르시아는 내가 처음 소환되었던 숲속 광장을 개척해 숲속에 집을 세웠다. 그리고 거기에서 생활하는 중이었다.

아침에 일어나면 점심때까지 대부분 자유 행동을 한다. 나는 사냥하러 숲으로, 쿠마코는 냇물에서 물고기를 채집하거나 우물에서 빨래를 하곤 했고, 르시아는 우리가 세운 오두막의 청소나 확장 작업에 몰두했다.

나는 쿠마코의 글러브나 르시아의 성검이 있으면 숲속에서 혼자서도 충분히 싸울 수 있을 만큼 강해졌다.

그날은…… 일과에 따라 레벨업을 위한 가벼운 마물 퇴치 작업을 하면서, 오후에 쿠마코나 르시아와 함께 외출할 곳을 점찍어 두었다.

그리고 숲속의 거점으로 귀가했다.

"후우……."

"아, 메구루가 도망쳤어!"

응? 환청인가? 하기사와 같은 목소리가 들렸는데.

어쩐지 왁자지껄하다……. 쿠마코가 숲에서 친해진 동료 유니크 웨폰 몬스터와 장난이라도 치면서 놀고 있는 건가?

『전이』를 통해 돌아온 오두막 안에서 문을 열고 밖으로 나가려 했을 때…… 메구루 씨와 딱 마주쳤다.

어?! 메구루 씨?

돌아가고 싶다는 생각이 만들어 낸 환상인지, 메구루 씨가 얼굴을 붉힌 채 나를 보고 있었다.

"저기……."

환상이라도 반갑다는 기분과, 어떻게 말을 붙여야 할지 모르는 망설임이 뒤엉켰다…….

"여어, 하네바시~! 아무리 기다려도 안 돌아오기에 우리가 데리러 왔다고."

하기사와가…… 어째선지 복싱 대결을 벌이고 있는 쿠미고외 미노리의 시합을 관전하면서 말을 걸었다.

왜 미노리 씨가 복싱을 하고 있는지 도통 이해가 안 간다.

도대체 어쩌다가 이런 사태가 벌어진 거지?

으음…… 평행세계의 애들은 아닌 것 같은 분위기였다.

꿈이라도 꾸고 있는 게 아닐까 싶었다.

"하기사와, 요리후지……. 그리고 미노리 씨에 쿠로모토 씨까지, 대체 무슨 수로……."

"듣자 하니 타임머신인가 뭔가 하는 걸 구해서 찾아왔다더구나. 게다가 사토미까지 같이 왔지 뭐냐."

사토미…… 우키카와 씨가 자못 당연한 듯 나를 향해 작게 손을 흔들고 있다.

유령이 아니라, 또렷한 실체를 가진 모습.

도대체 뭐가 어떻게 된 건지 이해가 가지 않았다.

타임머신이라는 건 혹시 시야 한구석에 보이는…… 도라야키를 사랑하는 모 국민적 인기 애니메이션 캐릭터가 갖고 있는 것과 똑같이 생긴 저것 말인가?

"아니, 타임머신이라니……."

"약속을 지키러 온 거예요. 메구루 씨랑 사카에다 씨랑 같이."

"유키나리."

그 목소리에 내 심장이 요동쳤다.

나와 메구루 씨를 구하기 위해 힘을 쥐어짜서 검을 만들어 냈다가, 오노의 공격을 받고 죽었던 친구의 목소리.

천천히 일어서서 이쪽으로 다가오는 친구…… 시게노부 쪽을 쳐다보았다.

"오랜만이라고 해야 하나? 타임머신으로 오다 보니까, 얼마나 과거로 거슬러 온 건지 애매모호해서 말야."

"그래, 꽤 오랫동안 못 만났었네."

가슴속에서 뜨거운 것이 용솟음치는 감각이 느껴졌다.

이것이 기쁨이라는 감정이라는 걸, 지금껏 내가 해 온 노력이 헛수고가 아니었다는 것을 깨달았다.

일단 정말 진짜인지 아닌지, 손을 잡고 만져 보았다.

유령도, 꿈도, 환상도 아니라는 것을 실감했다.

"메구루 씨나 하기사와, 요리후지랑 애들한테 얘기 많이 들었어. 유키나리 너도 참, 제일 중요한 걸 숨기면서 행동하는 버릇은 여전한가 보네."

쓴웃음을 짓는 시게노부의 표정이 더없이 그립게 느껴졌다.

"하네바시~ 사카에다가 말이야~ 네가 없으니까 완전 맛이 가더라니까."

"하기사와, 쉿~! 그건 굳이 말 안 해도 되잖아."

시게노부가 어쩐지 쑥스러워하며 하기사와에게 주의를 주었다.

"시게노부, 원래부터 그렇게 하기사와랑 친했었나?"

"뭐, 유키나리가 내가 모르는 시간을 살았던 것처럼, 네가 바꾼 시간 속에서도 여러모로 우여곡절이 있었거든. 그렇지, 메구루 씨, 사토미 씨?"

"응……."

시게노부의 말에 메구루 씨가 고개를 끄덕였다.

"타임머신으로 왔다고 들었는데……."

"이런저런 우여곡절이 있은 뒤에, 저 타임머신을 손에 넣어서 이렇게 온 거야."

도대체 어떤 우여곡절이 있으면 저런 물건이 손에 들어오는 건지 따져 묻고 싶었지만, 실제로 여기에 온 걸 보면 아마 사실이겠지.

우리 반 아이들의 행동력에 감탄이 나올 뿐이었다. 실은 내가 아니었더라도 우키카와 씨를 구할 수 있었던 거 아닐까?

약간 황당해하고 있으려니, 메구루 씨가 얘기를 얼버무리려는 듯 헛기침을 하고 말했다.

"다 없었던 일이 됐어도, 다들 유키나리 군이 없어서 상심했어. 아니, 애초에 완전히 없었던 일로 하는 건 불가능했던 거야."

"그랬어? 그럼……."

"걱정 마. 이렇게 사카에다 군이랑 우키카와 씨가 있다는 게 바로, 유키나리 군이 한 일이 헛된 일이 아니었다는 증거니까."

"그러게 말이야. 처음에 기억을 떠올렸을 때는 엄청 혼란스러웠다니까."

시게노부가 쓴웃음을 지으며 덧붙였다.

기억을 떠올렸다……. 내가 모든 걸 없었던 일로 하는 바람에 모두 나를 잊어버렸었다는 건가?

"저는 약속을 지키러 온 것뿐이에요. 악의 같은 건 전혀 없어요. 싸움은 끝났으니까요."

"흐음……. 뭐, 그렇다고 치자."

우키카와 씨와 르시아가 어째 서로 눈싸움을 벌이는 것 같았다.

하긴 원래는 숙적 같은 관계랄까, 서로 처절하게 싸우던 사이였지. 해묵은 감정이 있는 건지도 모른다.

"저도 이런저런 일들을 겪은 끝에 여기까지 왔어요. 기적은 일어나는 게 아니라 일으키는 거예요, 유키나리 군."

우키카와 씨가 별 일 아니라는 듯이 그렇게 말했지만……

나중에 자세한 얘기를 들어 보니, 모든 게 없던 일이 된 뒤에도 『고독』 능력은 남아 있었고, 이런저런 우여곡절 끝에 최종적으로 그 능력이 원래 세계에 있는 메구루 씨와 만나는 데 도움을 주었다고 한다.

어떻게 도움이 된 건지는, 내가 이해하기에는 시간이 좀 걸릴 것 같다는 점만 적어 두겠다.

"아, 맞아. 유키나리 군, 이거."

그렇게 말하며 메구루 씨가 나에게 건네준 것은, 르시아와 국가 사람들이 한계치까지 개조해 준 시게노부의 검.

소환 의식을 부수기 위해 『시공전이』를 통해 날려 보냈던 검을, 왜 메구루 씨가 갖고 있지?

수수께끼가 끝도 없이 튀어나와서 혼란스러웠다.

"우리가 위기에 빠졌을 때 이 검이 떨어져서 힘이 돼 줬어."

"그랬어……? 그럼, 의식의 숨통을 끊은 건……."

"그래, 아마 우리였을 거야."

"으엑……. 내가 한 일은 헛수고였다는 거야?"

"그렇지 않아. 네가 이렇게까지 해내지 못했더라면 의식을 제압하지도 못했을 테니까."

"흐~음……."

"있잖아, 유키나리 군?"

"왜 그래?"

메구루 씨가 어째서인지 엄지를 척 세우고, 얼굴에 웃음을 띠고서 말했다.

"우리는 이렇게 데리러 왔어. 그때 일, 기억나?"

"기억나냐니⋯⋯?"

"다 같이 돌아가겠다고 약속했잖아. 너 혼자만 희생한다고 해서 기뻐할 사람은 아무도 없어. 없었던 일로 만들려고 했지만, 결국은 완전히 없었던 일이 되지는 못했어. 그런데도 다 함께 최대한 노력해서, 이렇게 더 나은 미래를 움켜쥐었어."

"유키나리가 노력한 만큼 우리도 노력해야 한다고 다들 얘기했어. 다시 이 세계에 오게 됐을 때도, 모두들 굳은 결의를 보여 줬었고."

메구루 씨와 시게노부는 간결하게 말했다.

내가 모든 일을 없었던 일로 만든 후, 메구루 씨를 제외한 우리 반 아이들은 뭔가 잊어버린 것 같은 기분에 휩싸여서 지냈다는 모양이다.

메구루 씨는⋯⋯ 분명 모든 게 다 없었던 일이 됐을 텐데도, 이 세계에서 있었던 일을 똑똑히 기억하고 있었다고 한다.

게다가 능력을 쓸 수 있을 것 같은데도 쓸 수 없는, 내가 세계를 오가던 시절보다도 더 답답한 상황이었다는 것이다.

그때 사토미 씨가 나타나서 선택을 종용했고, 모든 것이 다시 시작되었다나 뭐라나.

우리 반 아이들도 메구루 씨의 얘기를 듣고, 잊어버린 무언가를 되찾기 위해 속속들이 이세계로 건너오게 되었다고 했다.

아니, 왜 오는 거야. 평화로운 세계에서 생활해야지.

내가 미간을 찌푸리고 있으려니…….

"뭐, 우리 반 애들 중에는 이세계 생활에 너무 익숙해져서 원래 세계로 돌아가기 싫다면서 투덜대는 녀석도 있어."

"나 원 참…….."

"한심하다니까. 그래도 다 같이 학습회를 개최해서 학력은 최대한 유지하고 있어."

"메구루 씨답네."

참고로 오노나 타니이즈미처럼 마구 날뛰었던 녀석들은 제외했다고 한다.

어쩐지 그들에 대한 얘기는 얼버무린 것 같은 느낌인데, 메구루 씨 일행과 같이 오지는 않은 모양이었다.

"그건 그렇고, 내가 없으니까 시게노부가 맛이 가더라는 얘기는?"

"아, 유키나리는 모르고 있었느냐? 내가 아는 사카에다는 도박에 환장한 녀석인데 말이지."

"쉿~!"

시게노부가 어쩐지 당황한 기색으로 르시아의 말을 가로막으려 들었다.

"아, 확률 낮은 도박은 싫어하지 않는다면서 일부러 지는 쪽에 거는 버릇 같은 거?"

"단번에 알아채다니…… 역시 사카에다의 친구라니까!"

"냐~!"

내가 무슨 우스운 말이라도 한 건가?

"쓸데없는 소리 말고 넌 좀 닥치고 있어!"

"후후후, 시게노부 군도 유키나리 군한테 멋있게 보이고 싶은 가 보네."

메구루 씨가 훈훈한 표정으로 그렇게 말하며 웃었다.

그런 분위기를 깨부수듯이, 주먹질을 주고받는 소리가 울려 퍼 졌다.

"훅! 그럼 안 되지, 쿠마코! 가드가 너무 허술하잖니! 받아라받 아라받아라!"

"크윽…… 안 질 거야!"

제법 중요한 얘기를 나누고 있는 와중에도 시합에 집중하고 있 는 쿠마코와 미노리 씨를 보고 있자니…… 너무 긴장할 필요는 없겠다는 생각이 들었다.

"그나저나 하네바시."

하기사와가 뭔가 양아치처럼 걸어와서 내 어깨에 손을 얹고, 도발적으로 눈을 치떠서 나를 쳐다보며 말했다.

"뭐, 뭐야?"

"너, 완전히 은거 상태잖아! 르시아와 쿠마코를 데리고 유유자 적한 하렘 라이프냐?!"

"하렘이라니……. 너도 참 여전하네."

"냐~!"

미케가 하기사와와 함께 울었다.

너는 내 일에는 신경 끄고 미케랑 놀기나 하라고. 정다운 사이 인 거 다 아니까.

"미케! 고~!"

"냐~!"

내가 명령을 내리자 미케가 재빨리 하기사와에게 달려들어서 끌고 간 다음 장난치기 시작했다.

"악! 하지 마, 미케! 하네바시의 명령을 들으면 어쩌자는 거야!"

"냐~!"

"그냥 분위기에 맞춰서 하기사와한테 장난치는 거겠지."

친해서 좋겠네, 하기사와.

"뭐, 미케…… 씨는 하기사와 군이랑 노는 걸 워낙 좋아하니까, 이런 분위기를 그냥 넘기지는 않겠지."

미케 씨? 무슨 일이라도 있었던 건가?

나중에 들으니, 미케는 미래에 국가에서 남작 칭호를 받아 온 나라 여자들의 인기를 한 몸에 모으게 된다나.

하기사와 앞에 있을 때 이외에는 일거수일투족이 우아하기 그지없어서, 미케 씨라고 부르는 사람이 많다고 한다.

하기사와가 그렇게도 간절히 바라 마지않는 상황을 미케가 손에 넣었다는 거군.

"그나저나 너희도 참 대단하구나. 솔직히 우리는 이 시대에 뼈를 묻게 될 거라고 생각했는데 말이지."

"그래서 데리러 온 거야. 여러모로 고생도 많았지만."

"흐음, 이세계인들은 참 굉장한 발명을 다 하는구나. 유키나리가 그렇게 엄청난 힘과 대가를 동원해서 간신히 한 일을 이렇게 손쉽게 해내다니."

그 말마따나 내가 가까스로 해낸 일을 이렇게 당연하다는 듯 해냈다는 얘기를 들으니…… 참 대단한 미래의 나라에서 왔구나

하는 생각이 든다.

"하지만 지금은 일단 너희는 그 타임머신을 타고 원래 세계로 돌아가서, 3년 후에 다시 와 줬으면 좋겠구나. 그 정도 시간이면 유키나리를 함락할 수 있을 것 같은데 말이지."

"넌 또 무슨 헛소리를 하는 거야?"

"무슨 말도 안 되는 소리야?!"

"후후후…… 메구루. 혹시 질투하는 게냐? 안심하거라."

"뭘 안심하라는 건데……."

르시아는 뭔가 자신에 찬 표정으로 호언장담했다.

"메구루는 유키나리를 남편으로, 유키나리는 메구루를 아내로, 나는 메구루를 남편으로 삼고, 유키나리를 아내로 삼으면 모든 게 해결되니까 말이지!"

"뭐가 해결된다는 거야! 유키나리 군, 르시아 제대로 길들인 거 맞아? 어째 예전보다 머릿속이 더 이상해진 것 같은데?"

"의식을 처치한 뒤로, 예전보다 더 기분이 들떠서 말야……."

평화 회복에 의한 반동이려니 하고 체념하기로 했다.

무술의 정점을 꿈꾼다는 목표는 어디로 간 거람?

최근에는 나한테 기습을 시도하는 지경에 이르렀고 말이지.

모조리 회피하고 있기는 하지만.

"끝을 내 줄 거야~!"

쿠마코와 미노리 씨의 시합이 뜨겁게 달아오르고 있었다.

아, 쿠마코가……. 요즘 들어 쿠마코는 복싱은 별로 안 하고, 펭귄 모습으로 지내는 걸 즐기곤 한다.

듣자 하니 복싱 강화 시합을 하면서 보스를 물리치면, 그 보스가 속한 종족의 모습으로 변신할지를 선택할 수 있다는 모양이다. 인간 형태 이외에 두 종류로 더 변화할 수 있는 것이다.

글러브를 강화하는 과정에서 펭귄이 시비를 걸었던 게 계기가 된 건가?

"와아아아아아아아!"

미노리 씨가 시종일관 파르스름한 잔상을 전개하며 쿠마코를 압도했고…… 쿠마코가 쓰러졌다.

왜 미노리 씨가 글러브를 끼고 있는 건지, 이상해도 너무 이상한데…….

일단 미노리 씨는 항상 자신을 치료할 수 있는 듯, 전투 중에도 부상이 회복되어 갔다.

쿠마코도 휴식 시간에는 스스로를 치료할 수 있지만, 상당히 불리한 게 사실이었다.

그런 생각을 하는 순간, 미노리 씨의 재빠른 훅이 쿠마코의 몸통에 꽂히고, 펭귄 모습의 쿠마코는 그대로 녹다운 당하고 말았다.

심판이 카운트를 세기 시작하고…… 쿠마코는 끝끝내 일어서지 못한 채, 시합 종료를 알리는 공 소리가 땡땡땡 울려 퍼졌다.

이 공 소리는 어디서 들리는 거지?

"내가 이겼네, 쿠마코."

한 손을 치켜들고 한바탕 포효한 미노리 씨가 쿠마코에게 말했다.

그리고 미노리 씨의 등 뒤에 홀연히 또 한 마리의 곰이 출현했다.

누, 누구야, 그 녀석은?

"가우가우."

"안타까운걸, 쿠마코. 설마 이렇게까지 마음이 해이해져 있었다니⋯⋯."

"우우우⋯⋯."

간신히 일어선 쿠마코에게, 미노리 씨가 글러브를 겨누어 척하고 삿대질했다.

그러자 쿠마코 주위에 정체불명의 정전기가 발생했다.

뭐지? 무슨 일이 벌어지려는 거지?

메구루 씨 쪽을 보니, 나와 마찬가지로 어안이 벙벙한 표정이었다.

르시아는⋯⋯ 눈웃음을 짓고 있잖아.

"그런 쿠마코에게는 반성이 좀 필요하겠는걸."

"응? 뭐, 뭐야?"

쿠마코가 뭔가 얼이 빠진 듯 양손을 뺨에 대더니⋯⋯ 퐁 하고 모습이 바뀌었다.

그러자 그 자리에 나타난 것은⋯⋯ 곰 형태의 쿠마코였다.

"모, 모습이 곰으로 변했잖아~! 쿠마코의 유키나리 공략 모습이~!"

아, 쿠마코가 절규하고 있군.

그러다가 어깨를 축 늘어뜨린 채 그 자리에 쓰러졌다.

하긴 육상에서 그 모습으로 움직이는 건 힘들 테니까.

"가우! 가우가우가우!"

쿠마코보다 덩치가 큰 곰이 쿠마코를 향해 뭔가 떠들고 있었다.

"이제 와서 스승 노릇 하려고 해 봤자, 쿠마코는 몰라!"

"가, 가우……."

어째 안절부절못하는 것 같은데, 대체 누구야, 그 녀석?

시선을 집중해서 찬찬히 살펴보았다.

……처음에 쿠마코를 동료로 삼았을 때 물리쳤던 펀칭베어 보스와 비슷해 보였다.

"가우가우!"

"쿠마코, 네 말대로 펀칭베어 보스는 쿠마코에게 아무것도 해 주지 못했는지도 모르지만…… 오히려 그래서 그 잘못을 만회하려고 이렇게 만나러 온 거야. 그랬는데 쿠마코의 복서 혼이 약해진 걸 보고 화내고 있는 거라구."

"나는 미노리 씨의 복서 모습이 오히려 더 경악스럽던데."

"미노리는 말이지…… 저쪽 세계에서도 틈만 나면 쿠마코 타령을 했었어."

쿠마코에 대한 미노리 씨의 집착은 이미 병적인 수준이다.

쿠마코를 따라서 복서가 되기까지 한 모양이니…….

"끝내주는데. 그런 일도 일어나나 보네."

"유니크 웨폰 몬스터의 생태는 수수께끼가 많군."

하기사와와 시게노부가 그런 감상을 늘어놓고 있었다.

나도 놀라움에 벌린 입을 다물 수가 없다.

뭐…… 어쩌면 보스를 거느리고 있는 덕분에 그 저주스러운 힘을 갖게 된 건지도 모르지만.

왜 보스가 미노리 씨에게 테이밍되어 있는지는 알 수 없었다.

"그치만……."

"쿠마코가 정말로 복싱을 그만두고 싶다면, 말리지는 않겠어……. 쿠마코는 어떻게 하고 싶어?"

미노리 씨가 거느리고 있는 보스가 나를 향해 친근하게 손을 흔들고 있다.

아~ 네, 쿠마코는 잘 지내고 있어요.

"쿠마코도 한심하구나. 뭐, 그동안 단련에 소홀했던 건 사실이니, 이번 패배를 계기로 한층 더 정진해 나가면 되겠지."

"네가 할 소리는 아닌 것 같은데?"

메구루 씨에게 매달려서 신이 난 얼굴로 성희롱 같은 짓을 하고 있던 르시아가 그런 소리를 해 봤자 설득력이 없다는 말에는 나도 격하게 동의했다.

자꾸 몸을 맞대는 경우가 많고, 솔직히 말해서 세계를 지키기 위해 싸우는 성검다운 분위기는 평소에는 거의 찾아볼 수 없었다.

"당신도 그러면 안 돼요, 성검 씨."

"끄응……. 너는 필요 없다!"

"그럴 수는 없어요."

어떻게 이렇게 된 건지 경위를 좀 듣긴 했지만, 사토미 씨가 메구루 씨의 손을 잡고 르시아와 눈싸움을 벌이기 시작했다.

이쪽도 여러모로 성가시게 됐군.

"우…… 유키나리가 좋아하는 모습이었는데……. 그래도 좋은 시합이었어. 다음엔 안 질 거야."

"바로 그거야, 쿠마코!"

어깨를 축 늘어뜨리고 있던 쿠마코가 일어서서, 패배를 순순히 받아들이고 미노리 씨와 악수를 나누었다.

좋은 시합이었다고 수긍하는 분위기였다.

하긴 요즘 쿠마코는 르시아의 부채질에 넘어가서 나한테 심하게 들이대곤 했으니 이제 좀 좋은 방향으로 변화하기를 기도해 보는 수밖에.

"유키나리 군."

시합을 마친 미노리 씨가 내 쪽으로 다가왔다.

뭐, 뭐지? 이번에는 나한테 설교하려는 건가?

"쿠마코 씨를 제대로 돌봐 주셨어야죠."

"아니, 나는 할 만큼 했어. 쿠마코가 말을 안 들어서 말이지…… 그나저나 미노리 씨도 글러브를 손에 넣었나 보네."

"네. 쿠마코와 제대로 친해지려면 라이벌이 되는 편이 좋을 거라고 생각했거든요."

아, 그러셨군요…… 어떤 놈이야, 미노리 씨한테 그런 식으로 바람을 넣은 게?

뒤쪽에 있는 펀칭베어 보스 쪽으로 눈길을 주니, 자기는 아니라는 듯 고개를 가로저었다.

메구루 씨를 보아도 약간 황당한 듯 어깨를 으쓱할 뿐.

미노리 씨가 스스로 이끌어 낸 결론인가…… 뭐, 쿠마코와 친했던 건 사실이었으니까.

그리고 미노리 씨는 글러브 낀 손을 꽉 쥐고 내게 질렀다.

빠르다…… 하지만 피할 수 없을 정도는 아니었다.

아슬아슬하게 피하고, 카운터로 주먹을 뻗어 미노리 씨의 눈앞에서 멈추었다.

"좋아요! 유키나리 군은 제대로 수련하고 있었나 보네요!"

어째 미노리 씨가 만족한 듯 활짝 웃으며 말했다.

르시아와 쿠마코의 맹공을 피하다 보니 그렇게 된 건데…….

뭐, 그 얘긴 접어 두자.

"그런데 유키나리 군, 일단 의논해 봐야겠지만……. 쿠마코가 괜찮다면, 보스랑 쿠마코를 교환 이적하지 않을래요?"

"미노리. 그렇게 대뜸 얘기해도 되는 거야?"

"아주 철두철미하네, 미노리는!"

"냐~!"

교환 이적……. 아마 쿠마코와 저 보스를 트레이드하지 않겠냐는 제안인 것 같은데.

아무래도 그건 좀 문제가 있지 않을까.

쿠마코도 싫어할 테고…….

"싫어! 쿠마코는 유키나리 체육관에 있을래!"

그런 생각을 하고 있으려니, 쿠마코는 실제로도 싫은 듯 거세게 고개를 가로저었다.

체육관은 또 뭐야?!

"그렇구나……. 쿠마코가 싫다면 어쩔 수 없지."

"가우가우!"

"하지만 쿠마코, 강해지기 위해서는 내 체육관에 들어올 필요가 있을지도 모른다는 걸 일단 기억해줘."

체육관……. 뭐지. 미노리 씨가 아주 머나먼 곳으로 가 버린 것 같은 착각이 느껴지는데.

학급전이 전에는 우리 반에서 손꼽히는 미소녀로 반 아이들의 호감을 사던 아이였는데 지금은 여성 복서……. 원래 세계로 돌아가면 어떻게 될지 무서운 게 한둘이 아니다.

가능하면 미노리 씨는 간호사 같은 직업을 선택해 줬으면 좋겠다.

"그나저나 쿠마코 녀석, 유키나리에게 잘 보이기 위해서 펭귄 모습으로 지냈다면서, 그걸 박탈당하고도 딱히 신경 쓰지는 않는 것 같네."

그때 하기사와가 쓸데없는 소리를 중얼거렸다.

"응! 쿠마코는 신경 안 써."

이, 이런!

"그러고 보니……."

"자신의 패배를 순순히 인정하고 반성하는 거 아니야? 그런 마음가짐, 나는 마음에 드는걸."

메구루 씨도 그런 쿠마코에 대해 좋은 인상을 품고 있는 모양이었다.

미안, 메구루 씨. 쿠마코는 그런 정신으로 그러는 게 아니야.

"미노리 씨는 쿠마코를 어떻게 하고 싶은데? 나한테서 빼앗고 싶어?"

"네? 으~응…… 잘 모르겠어요. 유키나리 군이랑 같이 있는 쿠마코도 좋아하고, 저를 바라봐 주는 쿠마코도 좋은걸요."

"백합 커플!"

하기사와, 닥쳐! 넌 미케랑 호모 커플이나 되라고!

"우호호호."

"미기! 진정해! 그런 건 돌아가서 해!"

쿠로모토 씨가 스케치북을 펼쳐서 뭔가를 그리기 시작했고, 요리후지가 그런 그녀를 말렸다.

"후후후…… 쿠마코. 메구루가 온 이상, 유키나리의 마음을 차지하기 위한 허들은 한층 더 높아진 셈이구나. 펭귄 모습을 잃었으니 이제 할 수 있는 일이 얼마 안 남았을 텐데? 빨리 되찾는 게 좋을 게야."

"너는 또 무슨 소리를 하는 거야?"

르시아는 다시 메구루 씨에게 매달려 있었다.

르시아, 너야말로 이제 그 변태짓 좀 그만 하고 정신 차리는 게 좋을 것 같은데.

"쿠마코는 준비를 게을리 하지 않아. 혹시 모를 위기에 대비할 거야!"

아, 쿠마코가 르시아의 도발에 대답했다.

그리고는 여유를 과시하기라도 하는 눈매로 르시아의 시선을 맞받아치며 모습을 바꾸려 시도했다.

이, 이런!

"잠깐, 쿠마코! 일단 인간화하는 정도로만 참아!"

"보거라! 쿠마코가 가진 또 하나의 모습을!"

"유키나리 군?"

"쿠마코, 내 말 이해하지? 난 널 위해서 이렇게 말하는 거야. 지금은 그 모습으로 있어야 해!"

"하네바시! 너 뭘 숨기고 있는 거냐!"

"숨기긴 뭘 숨겨?!"

괜한 소동이 벌어지는 걸 막고 싶은 것뿐이야!

이윽고 쿠마코는 내 충고를 받아들여서…… 아니, 받아들이지 않고 또 하나의 모습으로 변신하려 들었다!

쿠마코는 순식간에 변신을 마치고 가슴을 쭉 폈다.

"뀨우! 어때? 유키나리가 두 번째로 좋아하는 모습이야!"

그렇다. 결국 쿠마코가…… 곰 모습을 완전히 버렸다는 사실을 모두 앞에서 드러낸 것이다.

거기에서 나타난 것은 레서판다 모습의 쿠마코였다.

"어때! 이게 바로 유키나리가 좋아하는 쿠마코!"

쿠마코는 의기양양하게 내 쪽으로 달려왔다.

나는 이마에 손을 짚고 한숨을 지었다.

나는 분명히 말렸다고!

참고로 신장은 쿠마코 때 그대로여서, 확대된 레서판다를 보는 느낌이었다.

모두 어안이 벙벙한 표정으로 쿠마코를 응시하고 있었다.

이럴 것 같아서 숨겼던 거라고.

"제…… 제2라운드! 파이트!"

하기사와가 쿠마코를 응시하며 외쳤다.

나는 미노리 씨 쪽을 살펴보았다.

또 파르스름한 아우라가 감도는 것 같은데?

그나저나 쿠마코, 지금 그런 모습을 보여 주면 몰수당할 거라는 것쯤은 너도 상상할 수 있을 거잖아!

"유키나리…… 어째서 그런 짓을……."

"내가 한 게 아니야! 쿠마코가 집요하게 원해서 저렇게 된 거라고!"

나도 계속 숲에만 틀어박혔던 건 아니고, 지금 있는 과거 시대를 여행하기도 했었다.

그 도중에 레서판다 보스를 물리친 쿠마코는, 곰의 모습을 파기하고 그 모습을 손에 넣었다.

갖고 싶다면서 상당히 고집스럽게 나에게 떼를 썼다.

내가 좋아하는 동물이 레서판다와 펭귄이라서 그렇게 되기를 갈망한 모양이었다.

펭귄을 좋아하는 건 어디서 알았을지 짐작이 가는데, 레서판다를 좋아한다는 건 어디서 안 거지?

나는 할 수 없이 허락했을 뿐인데…….

미노리 씨 쪽을 살펴보니…… 몸에 파르스름한 아우라가 휘감겨 있고, 눈에 그림자가 져 있어서 무서웠다.

하지만 파란 아우라는 이내 흩어지고, 미노리 씨는 쿠마코에게서 등을 돌렸다.

"하루 안에 연속으로 시합을 벌이는 건 복서의 자존심이 허락하지 않으니까, 지금은 일단 넘어갈게요."

응? 복서의 자존심?

"그건 또 무슨 논리야, 미노리?"

다행이다. 메구루 씨도 나와 같은 생각인 모양이다! 이렇게 생각하는 게 나뿐만이 아니었구나.

예상과는 다른 반응에 놀라고 있으려니, 미노리 씨가 다시 쿠마코 쪽을 돌아보았다.

"그치만 쿠마코, 알고 있겠지? 다음번 시합에서 나한테 지면, 이번에는 그 모습을 바꿔 줄 테니까!"

"뀨우!"

쿠마코도 지지 않겠다는 듯 주먹을 내밀며 답했다.

뭔가 등 뒤에 불길을 휘감은 것처럼 보인다. 뜨거운 우정이라고 볼 수도 있긴 하겠지만…… 뭔가 다른 느낌이다.

어쩐지 펭귄 모습의 쿠마코와 싸웠을 때보다 미노리 씨의 파워가 더 강력해질 것 같았다.

"나는 무슨 일이 있어도 쿠마코를 쿠마코의 모습으로 돌려놓고 말 거야!"

"미노리, 좀 진정하라구!"

"이것도 사랑이겠죠."

사토미 씨, 어째 황홀경에 취한 눈매인데, 도대체 어떤 감각인지 이해가 안 가는데?

원래 그런 캐릭터였던가?

"그렇다!"

르시아……. 내 생각에는 쿠마코가 이 지경으로 애정 공세를 펼치게 된 게 너 때문이 아닐까 싶은데?

"하네바시를 둘러싼 공방전…… 젠장, 이 부러운 놈!"

"샤아~!"

"하기사와, 넌 좀 닥치고 있어!"

넌 미케랑 같이 놀기나 해!

"소재가! 소재가 이렇게 끝도 없이 흘러나오다니! 아아……."

"그건 위험한 소재야! 일단 정리부터 해, 미키!"

요리후지는 여전히 쿠로모토 씨에게 휘둘리고 있는 모양이다.

그러고 보니 동인지 직구매 카탈로그를 사다 달라고 한 녀석이 있었지……. 그게 쿠로모토 씨였던가.

그리고 있는 걸 보아하니 하기사와와 미케 관련인가?

아니, 백합 망상도 하고 있는지도 모르겠다.

지금까지 그랬던 것처럼, 될 수 있으면 안 봐야겠다.

"상황이 점점 난장판이 되는데, 유키나리."

"그래……. 의논 상대가 돼 주는 건 너밖에 없어, 친구. 저기 있는 저 썩어빠진 인간들에게 먹잇감을 주지 않는 정도의 우정이 지금은 딱 좋아."

"여전히 고생이 많네."

"아니, 갑자기 확 늘어난 것 같은데."

원래 세계에 돌아가면 이게 일상이 될 거라 생각하니, 머리가 지끈거리는 기분이었다.

르시아와 쿠마코의 공격에 시달리고, 친구들과 함께하는 일상이 그리웠었지만, 막상 만나고 나니 고생거리가 더 늘어난 것 같은 느낌이 들었다.

"아하하……."

메구루 씨의 쓴웃음은 그칠 줄을 몰랐다.

아까 느꼈던 재회의 감동이 싹 날아가 버린 기분까지 들었다.

"하여튼, 이렇게 데리러 왔어."

"그렇구나."

나 나름대로는 최선을 다해 봤지만, 저 먼 미래에 있던 메구루 씨 입장에서는 너무 늦었던 건가…….

역시 아무리 잘난 척해도…… 나 혼자 힘으로는 아무것도 못하는군.

친구들이 있기에 뭐든지 다 할 수 있었다.

오노 같은 독불장군은 결국 아무것도 할 수 없을 것이다.

"자…… 원래 세계로 돌아가자. 앞으로의 일들은 다 같이 생각해 보기로 하고."

원래 세계와 이세계……. 우리에게 닥친 이 거대한 사건은, 어쩌면 아직 시작에 불과할지도 모른다.

"알았지, 유키나리 군?"

시게노부와 메구루 씨, 사토미 씨와 다른 아이들도, 여기에 이르기까지 많은 경험을 했으리라.

그것을 전부 다 듣자면 시간이 얼마가 있어도 부족할 것이다.

메구루 씨와 친구들이 데리러 와 준 것에 대한 기쁨이 몰려왔다.

결의를 바탕으로 과거를 바꾸고, 과거의 이세계에서 평생을 보낼 각오로 생활해 왔지만, 메구루 씨와 친구들이 미래에서 이렇게 찾아와 준 것이다.

나는 메구루 씨가 내민 손을 잡고…… 원래 세계로 돌아갔다.

우리의 일상은…… 이제 막 시작되었을 뿐이고, 이 행복이 영원하기를 빌어야겠다.

이 아름다운 나날이…… 영원히 이어지기를…….

——제1부 끝——

나만 집에 가는 학급 전이 3

2023년 09월 15일 제1판 인쇄
2023년 09월 25일 제1판 발행

지음 아네코 유사기
일러스트 유큐폰즈

발행 영상출판미디어(주)
등록번호 제 2002-000003호
주소 07551 서울특별시 강서구 양천로 570 NH서울타워 19층
대표전화 02-2013-5665

ISBN 979-11-380-3292-6
ISBN 979-11-319-6342-5 (세트)

OREDAKE KAERERU KURASU TENI volume3
ⓒAneko Yusagi 2017
First published in Japan in 2017 by KADOKAWA CORPORATION, Tokyo.
Korean translation rights arranged with KADOKAWA CORPORATION, Tokyo.

구매 시 파손된 도서는 구매처에서 교환하실 수 있습니다.
기타 불편사항, 문의사항이 있으신 독자님께서는 노블엔진 홈페이지
[http://novelengine.com] 에서 Q&A 게시판을 이용해 주시기 바랍니다.